회귀 경찰의

리
셋
라
이
프

The Reset Life

회귀 경찰의 리셋 라이프 15

초판 1쇄 발행 2022년 10월 13일

지은이 ㅣ 한길
발행인 ㅣ 신현호
편집장 ㅣ 이호준
편집 ㅣ 송영규 최종건 정재웅 양동훈 곽원호 조정범 강준석 최성화
편집디자인 ㅣ 한방울
영업 ㅣ 김민원

펴낸곳 ㅣ ㈜ 디앤씨미디어
등록 ㅣ 2002년 4월 25일 제20-260호
주소 ㅣ 서울시 구로구 디지털로 26길 111 JnK디지털타워 503호
전화 ㅣ 02-333-2513(대표)
팩시밀리 ㅣ 02-333-2514
E-mail ㅣ papy_dnc@dncmedia.co.kr
블로그 ㅣ blog.naver.com/gnpdl7

ISBN 979-11-364-3796-9 04810
ISBN 979-11-364-2581-2 (SET)

한길 현대 판타지 장편소설

Papyrus Modern Fantasy

회귀 경찰의

리셋 라이프

15

PAPYRUS
파피루스

1장. 북쪽에서 날아든 초대장

북쪽에서 날아든 초대장

우르르!

한 건물을 향해 수십 명의 사람들, 형사들과 검사들이 나아간다.

"씨발."

방금 전 스쳐 지나온 청년 때문에 표정이 썩 좋지 못한 그들.

"빠드득! 저 새끼들 꼭 죽이자."

"무조건요."

오택수와 최재수의 말에 고개를 끄덕인 종혁은 핸드폰을 들었다.

-장동웅에게 재확인 결과, 작전 세력 A팀 전원 아지트에 모여 있는 걸로 확인됐습니다.

편의상 A, B, C, D, E, F로 이름을 붙인 여섯 개의 작전 세력.

"강 검사님은요?"

—언제든 7분 안에 JU그룹을 봉쇄할 수 있다고 합니다.

"예, 알겠습니다."

전용진 과장의 전화를 끊은 종혁은 특별수사 2팀장 김판호에게 전화를 걸었다.

—어, 여기도 문 앞이여. 아따, 이 새끼들 일율날 얼마를 빨아 재꼈는지 이렇게 사람들이 몰려오는디도 눈치까지 못하는디?

"푸흐. 여기도 그러네요."

이렇게 크게 발소리를 내며 다가오는데 건물이 조용하기 그지없다.

뭐랄까, 경찰의 기척이라면 10미터 밖에서도 알아차리는 범죄자로서 실격이랄까?

'아, 끝날 때가 되니 별 잡생각이 드네.'

지이잉!

[3팀, 건물 앞. 시작한다.]

이로서 모두 스탠바이.

종혁은 눈을 빛냈다.

"재밍 터트리세요."

찌이잉!

—치지직!

순간 먹통이 된 핸드폰을 귀에서 뗀 종혁은 다른 형사들을 봤다.

"전화선 및 전기선 절단 완료."

—칙! 2층, 대현 F&M 앞입니다.

종혁은 고개를 끄덕였다.

이래서 베테랑과 일하는 게 편하다. 순식간에 척척 해내니까.

이제 이 건물은 원시시대나 다름없게 됐다.

모든 준비가 끝났으니 남은 건 한 가지였다.

종혁은 성인 PC방이라고 적힌 문을 보며 옆으로 손을 내밀었고, 최재수가 들고 온 오함마를 냉큼 넘겨주었다.

"자, 그럼 우리도 들어가…… 봅시다!"

꽈앙!

산산이 부서지는 유리문과 그 안에서 컵라면 따위를 먹다가 눈을 동그랗게 뜨며 이쪽을 바라보는 놈들.

종혁은 그런 그들을 향해 씩 웃어 줬다.

"까꿍?"

"……씨발, 짭새다! 튀어!"

"씨바랄!"

순식간에 마치 불을 놓은 들판의 메뚜기처럼 펄쩍 뛰는 놈들.

씩 웃은 종혁은 그 아비규환을 향해 발을 성큼 내디디며 주먹을 들었다.

* * *

도자기와 그림 따위로 화려하게 꾸며진 사무실.

어젯밤 있었던 술자리 탓에 잔뜩 피곤한 표정을 지은 채 이태리에서 공수한 원목 흔들의자에 누워 젊은 미녀의 어깨안마를 받고 있던 주영도가 돌연 피식 웃는다.

"오늘부터군."

루에보의 주가가 다시 상한가를 치기 시작할 때가 말이다.

아침부터 터질 호재와 세력들의 매입에 주가가 뛰기 시작할 터. 개미들은 그 거짓된 희망에 저번 주의 끔찍한 일을 잊고 다시 돈을 꼬라박을 거다.

그리고 다음 주에 다시 밑바닥을 구경할 거다.

그다음 주에는 밑바닥 아래의 지옥에 처박힐 거다.

"그러면서도 또 이어질 호가에 달려들겠지. 설탕물에 몰려드는 개미처럼."

이래서 개미라 부르는 거다. 뭐가 진실인지도 모른 채 그저 눈앞에 보이는 것에 눈이 빨개져 달려드니까.

지금 어떤 상황이 벌어졌는지 아무것도 모르는 주영도는 그렇게 간절한 이들을 욕하며 피식피식 웃었다.

'그럼 그 돈으로 뭘 할까……. 어떤 걸 할까…….'

그의 머릿속이 행복한 고민으로 젖어 들어갔다.

"예? 무슨 말 하셨습니까?"

눈치 없이 끼어드는 비서의 말에 안마가 멈추자 주영도는 눈살을 찌푸렸다.

"오늘 스케줄이 뭐야?"

"아, 오늘은 10시에 투자자들에게……."

주영도는 비서의 말을 한 귀로 흘리며 옆에 서서 팔을

안마하는 미녀의 은밀한 곳을 쓸어내렸다.

"쯧. 어, 그래. 거기. 거기."

"호호. 여기요? 시원하세요?"

"조금 더 위에……."

주영도는 말을 하면서 뭐하냐는 듯 비서를 노려봤고, 그 시선을 눈치챈 비서는 슬그머니 회장실을 빠져나갔다.

"어, 이거 너무 더운데. 우리 미스 리가 안마를 잘해선가?"

미녀는 눈을 빛내며 살짝 몸을 꼬았다.

"저…… 다른 것도 잘하는데……."

"그래? 우리 더우니까 좀 벗고 할까?"

"그러실래요?"

잠시 후 회장실에 열풍이 몰아쳤다.

"후우. 고년 참……."

주식 시장이 열릴 시간이 다 되어 가기에 컴퓨터 앞에 앉은 주영도는 능숙하게 여의도발 찌라시를 모아 놓는 사이트를 클릭했다.

"어디 뭐 어떤 걸로 호재를 터트렸는지 볼…… 어?"

손을 비비며 잔인하게 웃던 그는 순간 눈을 부릅떴다.

루에보 작전이었다?

루에보! 작전 세력, 일망타진?

검경. 루에보 작전 세력 급습!

"이, 이게 무슨?!"

그는 다급히 어떤 채팅 사이트에 접속했다.

주식하는 큰손들만 모아 놓은, 아니 정확히는 그런 이들을 모아 루에보의 호가를 띄우기 위해 그와 총책들이 만든 비밀 채팅 사이트다.

－루에보, 지금 빼세요! 이거 터졌습니다!
－씨발. 내 이럴 줄 알았다! 주영도 어디 있어?!
－지금 그게 문제야? 일단 팔아야지!
－한강 온도 함께 체크할 사람 구함.
－잠깐, 현몽준 당대표가 루에보에 갔다는데?
－뭐? 그건 뭔 개소리…….

섬뜩!

주영도는 다급히 몸을 일으켰다.

이럴 때가 아니었다. 일단 도망부터 쳐야 했다.

그 순간이었다.

"우와아아아아!"

시끄러워지기 시작한 바깥.

다급히 창가로 걸어간 주영도는 눈을 부릅떴다.

"대, 대체 언제 저것들이?"

어느새 JU그룹 전체를 둘러싼 경찰 버스들.

새까만 옷을 입은 이들이 한 손에 방패를 들고 JU그룹의 사옥 안으로 밀고 들어오고 있었다.

주영도는 이 순간 직감했다.

끝났다. 모든 게 끝났다.

다리에 힘이 풀린 그는 그대로 주저앉았다.

콰앙!

"회, 회장님! 헉?! 아, 지금 이러실 때가 아닙니다! 피, 피하셔야 합니다!"

"……피한다고?"

'어디로?'

경찰이 건물 전체를 봉쇄했다. 날개가 없는 이상 도망치는 건 불가능하다고 봐야 했다.

하지만 그것도…….

투다다다다!

하늘 위를 날아다니는 헬기들.

더듬더듬 소파로 기어 간 주영도는 리모컨을 들어 TV를 켰다.

─지금 여기는 JU그룹의 본사입니다. 보시다시피…….

피식!

"정말 이러실 때가 아니라니까요. 회장…… 어이쿠!"

우당탕!

비서가 무언가에 치인 듯 땅바닥을 구르고, 그 뒤로 강철선이 특수부 검사들과 함께 들어온다.

"하따 마. 올라오기 빡시네. 엘리베이터는 와 중지를 시키고 그랬는교?"

"으윽. 회장님은 데려갈 수…….."

빠악!

이마에 흐르는 땀을 훔치다 헛소리를 하는 비서의 턱을 걷어찬 강철선은 이쪽을 멍하니 보는 주영도를 향해 활짝 웃어 주었다.

"나 처음 보지요, 회장님? 내 중앙지검 특수부 부장검사 강철선이라 합니더."

"특수부……?"

주영도의 표정이 더 멍해진다.

병력이 너무 많이 쳐들어오기에 범상치 않다 생각했지만, 설마하니 특수부일 거라곤 생각조차 못했다.

"그람 이리 고혈을 쪼옥 마시고도 우리가 모를 거라 생각했으예? 이야, 우리 사기꾼 새끼 순진하네?"

"크큭!"

"큽!"

부하 검사들을 향해 눈치를 준 강철선은 다시 주영도를 보며 활짝 웃었다.

"자, 그럼 갈까요? 우예…… 끌려갈래요, 아님 순순히 따라갈래요? 내사 마 성격이 너무 좋아가 이런 선택 정도는 해 줄 수 있다 안 캅니꺼. 난 끌고 가는 걸 선호하는데…… 넌 우얄래? 골라 봐라."

주영도는 살벌하게 웃는 강철선의 모습에 고개를 푹 숙였다.

그렇게 2006년 대한민국을 떠들썩하게 만들 사기꾼 주영도와 JU그룹 임직원 전체가 검거되는 순간이었다.

"자자, 어서 타라."

"여기 자리 모자란데요?"

"그냥 욱여넣어!"

난장판이 따로 없는 JU그룹 사옥 앞.

담배를 문 강철선이 그걸 보며 혀를 내두른다.

본청으로도 모자라 서울경찰청까지 병력 요청을 해야 했던 이번 검거 작전, 그리고 검경 합동수사.

지이잉!

"어. 종혁아, 지금 어데고?"

―지금 이놈들 데리고 넘어가고 있습니다.

"그래? 조심히 오레이. 좀 이따가 보자!"

전화를 끊은 강철선은 한숨을 푹 내쉬었다.

"하따 마. 이제 다 끝났네."

검찰이 오랜 시간 지켜봐 온 JU그룹, 주영도.

더 이상 피해가 발생하기 전에 마무리 지어서 다행이었다.

"아니…… 시작이네."

주영도부터 시작해 JU그룹 사원들을 싹 다 조사할 걸 생각하니 암담함이 눈앞을 가린다.

"아, 복귀하기 싫…… 아이다, 됐다. 부장인 내가 안 하 믄 누가 하겠노."

갑자기 부장이 된 게 후회되기 시작한 강철선은 어깨를 축 늘어트리며 차로 향했다.

"하늘 참 맑다! 시벌 거."

그런 그는 몰랐다. 아직 루에보에 남아 있는 일이 있다는 것을 말이다.

* * *

"허허. 세기의 천재를 만나 뵙게 되어 영광입니다. 현
몽준입니다."

'이자인가?'

미국과 러시아가 주목하는 천재.

그를 정점으로 안내하는 데 힘을 보탤 이.

눈을 빛낸 현몽준은 손을 내밀었고, 그와 동시에 기자
들이 셔터를 눌렀다.

촤라라라라라!

"저, 저도 영광입니다!"

오 상무, 오성득은 정신을 차릴 수 없었다.

아무리 연구에 미쳐 살아도 현몽준 당대표를 모를 리
있을까.

그는 자신도 모르게 권아영을 찾았다.

오성득 자신이 만든 성, 루에보까지 예쁘게 포장해서
데리러 오겠다는 약속을 지킨 그녀.

루에보가 손에 쥐어진 그때, 형제로 생각했던 이들과
완벽한 이별을 고한 그날 저녁, 가슴에 뚫린 구멍에 공장
바닥에 주저앉아 술을 마시던 그에게 권아영이 다시 다
가와 말을 했다.

무제한의 연구비를 투자하겠다고.

그리고 오늘 후원자를 얻게 될 거라고.

'그게 현몽준 의원이라고는 말 안 했잖습니까ー!'

그런데 이런 사고를 친 권아영을 어디서도 찾을 수가 없다.

"그럼 안내를 부탁드려도 되겠습니까?"

"예, 옙!"

'……감사합니다. 정말 감사합니다, 권 이사님!'

무려 당대표가 관심을 가지는데 허황되다 말하는 사람이 누가 있을까. 이젠 모든 공학자가 바라는 꿈처럼 자신도 인정을 받으며 연구할 수 있었다.

그는 서울 어딘가의 청년처럼 흐르려는 눈물을 애써 참아 내며 발을 크게 내디뎠다.

하루라도 빨리 자율주행 전기자동차를 완성시키겠다고 다짐하며.

구름 한 점 없는 푸른 하늘이 그들의 앞날을 축복하듯 싱그러운 미소 지어 주었다.

* * *

자율주행 전기자동차! 공상인가? 현실인가?

점점 미래를 향해 나아가는 인류! 석유 아웃?

한 주 동안 울고 웃은 시민들!

루에보를 지키려는 모임, 루키모 발족!

"……수여한다. 경찰청장 이택문."

"내빈분들에게 향하여 경례!"

"충-성!"

"와아아아아아!

짜자자자자짝!

이렇게 포상금과 표창장을 받으며 루에보 사태는 완벽하게 마무리되었다.

"크아!"

"캬으아!"

꽃게찜, 꽃게탕, 게살 비빔밥 든 꽃게 코스가 펼쳐진 식당에 특별수사팀 전원이 모여 뒤풀이 파티를 즐긴다.

"자! 우리 특수부 검사님들도 한잔하시고!"

"술이 들어간다! 쭉- 쭉쭉쭉!"

오늘 수여식 때문인지, 아니면 철을 맞이한 암게 때문인지 그들의 입가엔 미소가 가득하다.

빵빵한 상여금과 인사 고과.

비록 진급을 한 이는 없지만 모두는 부어라 마셔라 흥겹게 술을 즐기고 있다.

"……고맙데이."

"응? 뭐가요?"

"다."

특수부 부장을 단 지 얼마 되지 않아 JU그룹을 일망타진했다.

이제 그 누가 있어 강철선 본인의 능력을 의심할까.

이렇게 깔끔하게 일망타진하다 못해 피해를 줄일 수 있었던 건 모두 종혁 덕분이었다.

'뭔 놈의 은혜가 갚을 길 없이 쌓이기만 하노.'

가슴이 무거우면서도 왜 감사해하는지 모르겠다는 듯 연기하는 종혁을 보니 절로 웃음이 나왔다.

"그래서 검찰은 언제 올 끼고?"

"그걸 아직도 포기 안 했다고요?!"

분명 장난이지만, 그 안에 섞여 있는 진심에 종혁은 뜨악했다.

"와? 내가 포기할 것 같드나?"

"저 경정입니다, 경정! 그냥 저기 윤재 씨나 잘 키워 보세요."

"김 프로?"

고개를 돌린 강철선은 검사들 사이에서 폭탄주에 죽어 나는 김윤재를 보며 묘한 미소를 지었다.

아래 검사들이 초고속 진급을 한 그를 인정 안 하며 파벌을 이루는 걸 왜 모를까.

"와? 재능 있어 보이드나?"

"눈은 열심히 돌아가더라고요. 마치 압박에 겁먹은 토끼처럼."

"……호오. 맞나?"

이제 삼십 대 초반의 나이에 특수부 검사다. 그 능력과 인맥을 의심할 게 있을까.

그런데 압박을 받고 있다?

잘하면 특수부를 완전히 장악하는 데 요긴하게 쓸 수 있을 듯했다.

"그리고 우리 과장님과도 잘해 보시고요."

"정 과장?"

"서로 도울 수 있는 부분이 꽤 많을 겁니다."

'이놈아가 그렇게 말할 정도라꼬?'

눈을 빛낸 강철선은 재빨리 종혁의 옆에서 술을 홀짝이다 피식 웃는 정용진 과장을 향해 의미심장한 미소를 지었다.

"이거 인사를 다시 해 볼까요?"

"아무래도 누구 때문에 그래야겠군요."

종혁에게 눈을 흘긴 정용진 과장은 강철선에게 손을 내밀었다.

"정용진 과장입니다."

"강철선입니더. 편하게 강 부장이라고 불러 주이소."

"정 과장이라고 불러 주십시오."

종혁은 손을 맞잡는 둘을 보며 눈을 빛냈다.

'두 분이서 합을 맞추면 시너지가 볼만하겠지.'

정보국 출신의 본청 과장과 특수부 부장검사.

종혁은 이야기를 시작하는 강철선을 응시했다.

'얼른 자리 잡으세요.'

드디어 강철선이 특수부에 왔다.

미래에 해체되는 중수부와 달리 끝까지 그 위명을 지키는 특수부. 앞으로 해야 할 일이 참 많았다.

"잠시 화장실 좀 다녀오겠습니다."

"오야. 얼른 다녀오레이."

잠시 자리를 비켜 주기 위해 일어난 종혁은 담배를 피우기 위해 밖으로 향했고, 김윤재는 멀어지는 종혁을 보며 눈을 가늘게 떴다.

"그래서 지켜본 결과는?"

"……나중에 따로 말씀드리겠습니다."

공조를 할 때 종혁을 지켜보라 지시했던 선배 검사는 고개를 끄덕이며 옆 사람을 향해 입을 열었고, 김윤재는 생각에 잠겼다.

'최종혁……'

모든 행동이 상상을 초월했던 종혁.

김윤재는 술을 홀짝이며 이번 사건에서 종혁이 했던 모든 행동과 말을 되짚어 보기 시작했다.

한편 밖으로 나온 종혁은 혀를 찼다.

"에혀. 또 피바람이 불겠구나."

경찰도, 검찰도.

JU가 그런 엄청난 짓을 하는데도 본청 경찰이 알아차리지 못한 이유가 뭐겠는가.

JU그룹의 사옥이 관내에 있는 경찰서가 묵인을 한 거다.

'회귀 전엔 서장부터 줄줄이 목이 날아갔지. 검찰에서도 몇 명 날아갔고.'

참 은밀한 인사이동이었다.

거기다 어디 그뿐일까. 구, 시의원들도 제법 자리에서 내려놔야 했다.

"이놈의 견찰은 씨발, 진짜."

헛웃음을 터트린 종혁은 어두워진 밤하늘을 봤다. 그의 속마음처럼 씁쓸하고 어두운 밤하늘을.

지이잉! 지이잉!

"청장님?"

'아니, 이 양반이 또 왜?'

갑자기 촉이 맹렬하게 울린다. 왠지 받으면 안 될 것 같다는 촉이.

종혁은 불이 깜빡이는 핸드폰을 보며 받을까, 말까 정말 심각하게 고민하기 시작했다.

* * *

부르릉!

본청 주차장에 곱게 차를 세우고 내린 종혁이 기지개를 편다.

6일의 특별 휴가를 제대로 즐김으로서 얼굴에 윤기가 좔좔 흐르는 그.

"으그그! 응? 과장님?"

종혁은 정문 밖에서 잔뜩 피곤한 얼굴로 걸어 들어오는 특수범죄수사과 김종두 과장을 보며 의아해했다.

"이제 출근?"

"예. 과장님도 지금 출근하세요? 그런데 왜 밖에서 걸어서…… 아, 요일제."

월요일에서 금요일 중 하루를 정해 해당 번호의 차량을 쉬게 하는 승용차 요일제.

현재 전국 공공기관 전체가 시행하고 있는 제도다. 그건 경찰 본청도 마찬가지였다.

"씨부럴."

"큭큭. 욕보십니다."

"야, 너도……."

종혁의 차를 본 김종두는 얼굴을 더 구겼다.

"예, 전 그냥 바꿔 타고 오면 되죠."

"그래! 네 똥 굵다, 시꺄!"

"아니, 왜 아침 댓바람부터 이렇게 성이 나셨을까? 어제 사모님과 싸우셨어요?"

"몰라, 인마! 내가 어? 얼마나 잘하는데 어? 아침에 김밥 꽁다리나 주고!"

'싸웠네.'

그것도 제일 서러운 먹을 걸로 싸운 것 같다.

"내가 주말에 그냥 놀았으면…… 에휴, 말해 뭐하냐. 종혁아!"

"예?"

"넌 결혼하면 무조건 가정에 충실해라! 진짜 그래야 돼!"

"네, 네. 이번 주말에 댁에서 한잔해요. 제가 사모님이랑 애들 아주 혼쭐낼게요. 우리 과장님이 어?!"

"내 가족 욕하지 마, 시꺄!"

"……나보고 어쩌라고요."

"에혀. 그래, 너한테 말해 뭐하겠냐……."

'이 양반이?'

"그보다 언제 올 건데?"

종혁은 김종두 과장의 은밀한 물음에 입맛을 다셨다.

"뭐 팀이 자리 잡으면 그때 옮기지 않겠어요?"

팀이 생긴 지 이제 반년이 안 된 점도 있지만, 솔직히 팀이 자리를 잡는다고 해도 다시 특수범죄수사과로 복귀할 수 있을지 미지수다.

"그거야 차기 청장님 마음에 달린 거겠죠."

위에서 까라고 하면 까야 되는 공무원.

본청에서 해야 할 일이 많기 때문에 기를 써서라도 남을 테지만, 어떻게 될지는 아무도 몰랐다.

"차기 청장이라……. 그러네. 이택문 청장님이 오신 지 벌써 1년이 다 됐네."

이택문이 경찰청장이 된 이후로 얼마나 많은 일이 있었던가.

참 바쁘게 달린 1년 같았다.

"벌써 이런 말을 하면 좀 그렇지만, 넌 누가 될 것 같냐?"

"……현재로선 박종명 부산청장님이요."

싫은 건 싫은 거고, 진실은 진실이다.

박종명이 부산청장을 맡은 뒤로 검거율이 상승하고, 범죄율이 감소한 부산.

이력도 화려하지 않던가. 서울 안의 또 다른 도시라는 강남의 강남경찰서 서장에서 서울청과 동급인 부산경찰청의 청장으로.

그럼 이다음은 뭐겠는가.

현재로선 그가 경찰청장에 가장 가까웠다.

"흠. 너도 그렇게 생각하네."

김종두의 낯빛이 흐려지자 종혁은 이해한다는 듯 고개를 끄덕였다.

현재 이택문과 반대 파벌인 박종명.

최기룡-이태문으로 이어지는 라인에 올라탄 김종두라면 생각이 많아질 수밖에 없다.

'그건 나도 마찬가지지.'

종혁 본인이 이택문의 참모이자 선봉장으로 불리는 걸 왜 모르겠는가. 이래서 어떻게 될지 모른다고 생각하는 거였다.

"뭐…… 에이, 아직 1년도 넘게 남은 일인데 지금 생각해서 뭐해요. 골치만 아프지. 그럼 수고하세요!"

"오냐. 너도 수고해! 이번 주말에 온다는 거 잊지 말고!"

"냉장고나 꽉꽉 채우세요!"

안으로 들어가는 김종두를 향해 손을 흔든 종혁은 꼭대기층, 경찰청장실을 보며 담배를 물었다.

저번주 회식 때 휴가 끝나면 보자고 한 이택문 경찰청장.

종혁은 얼굴을 미간을 좁혔다.

"진짜 인사이동은 아니다. 진짜 하지 마라."

어떻게든 종혁을 알차게 써먹으려는 이택문이 취임한 지 이제 곧 1년. 그 말은 인사이동 시즌도 코앞으로 다가 왔단 소리였다.

여기에 특별수사팀이 대형 사건들을 해결하며 제법 이름값을 알린 상황인 데다가 이택문은 전과까지 있다.

경찰 이미지 마케팅팀이 자리를 잡을 만하니까 특별 인 사이동을 시킨 전과가.

"그러기만 해 봐라. 내가 진짜 엎어 버린다."

종혁은 이를 빠득빠득 갈며 경찰청장실로 향했다.

"충성. 경정 최종혁."

"앉지."

종혁이 올 걸 미리 알았는지 테이블에 김이 모락모락 올라오는 차가 놓여 있다.

"흠. 벌써 1년이군."

움찔!

자리에 앉아 찻잔을 들던 종혁이 눈을 가늘게 떴다.

'이 양반이 시작부터 약을 파네.'

이런 종혁의 마음을 아는지 모르는지, 이택문은 말을 이어 갔다.

"참 다사다난했어."

경찰대학교를 갓 졸업한 어린놈이 이렇게까지 해낼 거라고 누가 예상할 수 있었을까.

솔직히 처음엔 이택문도 예상 못했다. 종혁이 여기까지

경찰개혁을 해낼 줄은.

　최근의 중앙경찰학교는 어떤가. 위에서부터 아래까지 참 많은 게 바뀌었다.

　모두 종혁 덕분이었다.

　"이번 경찰의 날 특집 방송은 어떡할 거지?"

　"그걸 왜 저한테 물어보십니까? 그건 홍보부 담당 아니었습니까?"

　주한빈이 고꾸라지면서 경찰 이미지 마케팅팀도 거의 해체 수순을 밟고 있다. 이젠 이름만 남은 부서라고 할까.

　"……그렇군."

　"돌려 말하지 않겠습니다. 다른 데 안 갑니다."

　움찔 몸을 굳힌 이택문은 고개를 들어 종혁을 봤다.

　인사이동 따위 절대 거부하겠다는 굳은 눈빛.

　"특별수사팀이 창설된 지 이제 4개월 됐나? 5개월?"

　"안 갑니다."

　"나도 보낼 생각 없어."

　"예. 저도 안 갑…… 예?"

　"잘하고 있는 경찰을 보내긴 어딜 보내?"

　종혁은 눈을 껌뻑였다.

　"그럼 왜?"

　"그건……."

　똑똑똑!

　"청장님 손님께서 오셨습니다."

　"왔나 보군."

'손님? 나랑 약속을 잡아 놓고 손님을 부른다고?'

종혁은 더 이해를 할 수가 없었다.

"들어오시라고 해. 일어나지."

"예? 예⋯⋯."

의아해하며 일어난 종혁은 이내 곧 문이 열리며 들어오
는 사람을 보곤 고개를 모로 기울였다.

그레이색 정장을 입은 평범한 인상의 오십대 남성.

하지만 사람을 부리는 사람인 듯 걸음걸이에 그런 부류
특유의 분위기가 배어 있다.

'어디서 본 얼굴인데⋯⋯.'

이쪽을 쳐다보는 눈빛도 좀 그렇다.

마치 오래전 잃어버린 소중한 것을 찾으려는 듯한 간절
한 눈빛이랄까.

"오셨습니까, 차관님."

'차관?'

정차관 할 때 그 차관.

"인사 나누지, 최 팀장. 통일부의 정용철 차관님이시다."

"아, 예. 간편신고관리과 특별수사팀 최종혁 경정입⋯⋯."

'잠깐, 통일부?'

순간 느낌이 쎄했다.

"아이고! 만나 뵙게 되어 반갑습니다! 통일부의 정용철
입니다!"

손을 덥썩 잡아 오는 뜨거운 손길 때문에 더 그랬다.

'하! 그레 이 쉨 입고 올 때부터 알아봤어야 하는데⋯⋯.'

"혹시 제가 잡은 범죄자 중 차관님이 나설 만한 놈이 있는 겁니까?"

그게 아니라면 무려 차관씩이나 되는 인물이 일개 경찰 팀장을 만나러 올 이유가 뭐겠는가.

그런데…….

'음?'

흠칫 놀란 정용철이 이택문을 보며 마치 아직 이야기가 안 된 거냐는 듯한 시선을 보낸다.

"어흠!"

"아니, 청장님……."

"지금 이야기하셔도 최 팀장은 알아들을 겁니다."

종혁의 미간이 좁혀졌다.

'날 잘 아는 이 양반이면 말을 안 할 이유가 없는데?'

범죄자 인도에 관한 내용이면 벌써 이야기를 해도 했을 이택문. 그 역시 경찰이기에 예민할 수밖에 없는 문제니까.

'자, 잠깐?!'

순간 싸늘해진다.

가슴에 비수가 날아와 꽂힌다.

통일부 차관, 여기에 이택문의 반응과 곧 있으면 열릴 남북대화합 이벤트 더해지면 하나의 결론밖에 안 나온다. 그것도 정말 말도 안 되는 미친 결론이.

종혁은 다급히 이택문을 봤다.

'이 양반이 진짜-!'

"어흠! 커피 드시겠습니까?"

"청장님! 이번 일이 얼마나 중요한지 아시는 분께서!"

"괜찮습……."

"안 괜찮은데요?"

둘의 시선이 종혁에게로 모인다.

하지만 이택문은 이내 곧 슬그머니 시선을 돌렸고, 안절부절못하던 정용철이 다급히 입을 열었다.

"최종혁 팀장님, 제가 차근차근 설명을 드리겠습니다. 이게 어떻게 된 일이냐면……."

"저를 두고 어떤 딜이 온 거겠죠. 이를테면 국군 포로 및 피랍 한국인 비밀 송환이라든지."

쿵!

작은 폭탄이 그들 사이에 떨어진다.

"흡! 아, 알고 계셨습니까?!"

"아니요. 몰랐습니다. 평소엔 과묵하시지만……."

정용철 차관과 달리 눈치챌 줄 알았다는 듯 웃는 이택문.

빠득!

'이 양반이 뭘 잘했다고 웃어?!'

"이런 장난을 좋아하는 어떤 분 때문에."

순간 정용철의 표정이 어두워진다.

딱 봐도 기분이 많이 상해 있는 듯한 모습.

그는 이 중요한 일에 이런 장난을 친 이택문이 원망스러우면서도 이 상황을 어떻게 풀어 가야 할지 아찔해했다.

이럴 땐 진심이다. 진심을 보여야 했다.

정용철은 냅다 허리를 숙였다.

"억?!"

"부탁드립니다, 최 팀장님! 부디 어려운 상황에 처한 분들을 위해서……! 예, 압니다. 국가가 최 팀장님에게 해 드린 게 없다는 걸! 해 드릴 것도 없다는 걸!"

국민의 세금으로 주는 월급?

북한의 의미를 알 수 없는 제안에 종혁을 조사해 본 결과, 그는 한 해에만 수억에 달하는 금액을 기부하고 있었다.

여느 재벌 이상의 재력을 갖추고 있는 그에게 월급은 큰 의미를 갖지 못했다.

무엇보다 그가 정당한 일을 해서, 아니 그 이상의 일을 해내서 지급하는 월급을 국가에서 해 준 것이라고 할 수 있을까?

오히려 그 정도 월급을 받고 국가에 봉사해 주는 것에 감사해야 할 지경이었다.

"하지만 이렇게 부탁드리겠습니다! 염치없는 부탁인 걸 알지만……!"

종혁은 묘한 눈으로 정용철의 뒤통수를 응시했다.

'이런 양반도 있네…….'

맨날 개인지 사람인지 구분이 가질 않는 정치인만 보다가 이런 순수한 사람을 보니 기분이 묘해진다.

그래서 앞으로 할 말에 좀 미안하긴 했다.

"뭐, 좋습니다."

"최 팀장님! 가, 감사합니다! 정말 감사……."

"아니요."

종혁은 감격에 젖어 가는 정용철을 향해 손가락 세 개를 폈다.

"헉! 그, 그런 돈은⋯⋯."

종혁은 미간을 좁혔다.

"뭘 생각하는 겁니까. 딱 세 명의 범죄자입니다."

"⋯⋯?"

"제가 지목하는 세 명의 범죄자들에겐 무슨 수를 써서라도 죄에 걸맞은 법의 엄중한 심판을 내려 주십시오. 이건 박노형 대통령님께서 직접 약속해 주셔야겠습니다."

혹여 퇴임을 한다고 해도 들어줘야 한다는 말도 안 되는 억지.

"예에에?! 최, 최 팀장님!"

"아니면 안 갑니다."

국군 포로, 피랍 한국인 송환.

물론 좋다.

지금도 이역만리에서 고통받고 있을 그들을 떠올리면, 사실 아무런 보상이 없더라도 기꺼이 도움을 줄 의향이 있었다.

하지만 그렇다고 굴러 들어온 기회를 걷어찰 생각은 없었다.

"아, 아니⋯⋯."

종혁은 할 말 다 끝났다는 듯 눈을 감았고, 당황한 정용철은 원래 이런 사람이냐며 이택문을 보았다.

하지만 그것도 잠시다.

'범죄자 세 명을 처벌하는 게 자신에게 무슨 이득이 된다고…….'

이제야 종혁에 대한 판단이 명확하게 내려진다.

'이렇게 정의롭다니!'

굳이 박노형 대통령을 언급한 것도 혹여 감당하기 힘든 인물이 나타나면 그걸 징치하려는 것일 터!

'그건 아마 국회의원들이겠지! 이 개 같은 놈들!'

대체 얼마나 시달렸으면 이 젊은 청년이 국회의원을 불신하게 된 걸까.

그러면서도 이런 사람이 경찰이 되어 줘서 감사하고, 이런 사람이 국민들을 지킨다니 든든했다.

"알겠습니다."

종혁은 눈을 번쩍 떠서 정용철을 바라봤다.

'거절할 이유가 없지.'

없는 죄를 만들어서 처벌해 달라는 것도 아니고, 지은 죄에 걸맞은 처벌해 달라는 것뿐이다.

이들 입장에서 이 제안을 받아들이지 않을 이유가 없었다.

물론, 그 대상에 오해는 있었지만 말이다.

'조희구……. 그리고 회사 이 씹새끼들.'

경검을 비롯해 정재계 인사들에게 뇌물을 뿌린 조희구.

이미 그물 안의 물고기나 다름없는 놈이지만, 조희구에게 돈을 받아 처먹는 놈들이 어떻게든 그를 빼내기 위해 눈에 불을 켜고 달려들 터.

이 때문에 회귀 전에도 놈을 놓치지 않았던가.

또한 조희구 외에도 배경이 너무 튼튼해 법정에도 세우지 못한 놈들이 있었다.

까다롭기는 오히려 국회의원보다도 더한 놈들.

'개새끼들. 너흰 다 뒤졌어.'

종혁은 그들을 떠올리며 속으로 이를 갈았다.

* * *

뿌우우우! 뿌우!

커다란 여객선이 고적을 울리며 속초항에서 멀어진다.

"와아!"

"조심히 다녀와요—!"

"사진 많이 찍어 와!"

떠나는 배를 향해 손을 젓는 사람들과 그런 그들을 향해 잘 다녀오겠다고 크게 외치는 사람들.

제14차 남북이산가족 특별상봉 행사 및 금강산 관광을 위해 대한민국을 잠시 떠나는 이들이다.

이번에 만나지 못하면 다신 만날 수 있을까 걱정이 되는 남북 관계.

단 한 번도 밟아 보지 못한 미지의 자연, 금강산.

사람들은 저마다 걱정과 설렘으로 부푼 가슴을 끌어안고 북쪽을 바라보았다.

뿌우우우웅!

뱃고동 소리가 그런 그들을 응원하고 축복하는 듯했다.

하지만 모두가 그렇게 생각하는 것은 아니었다.

"푸후우."

비가 오려는지 흐린 하늘, 희뿌연 담배 연기가 북쪽에서 불어오는 찝찝한 바닷바람에 흩어진다.

그 담배 연기의 주인은 오택수였다.

"또라이 새끼."

기어코 그 말도 안 되는 걸 받아 냈다.

어떤 놈들을 지목하려는 건지 몰라도, 종혁의 사이즈로 봤을 땐 엄청난 거물들뿐일 것이 뻔했다.

'아주 난리가 나겠구만.'

속 시원할 미래를 떠올리며 킬킬 웃던 오택수는 순간 흠칫했다.

"야, 근데 혹시 대통령을 따려는 건 아니지?"

종혁의 똘끼라면 그럴 수 있다. 충분히 그럴 수 있었다.

하지만…….

"미쳤어요?"

지상최악의 마약을 빤다고 해도 경찰 레벨로서는 절대 건드릴 수 없는 게 대통령이다.

"그럼 다행이고. ……허허. 내가 살다 살다 북한에 다가 보네."

마음을 놓은 오택수의 미소에 푸근함과 기대가 서린다.

"씨발, 덤벼 봐. 싹 다 죽여 버릴 테니까. 우리의 주적은 북한!"

빠아악!

"죽이면 국제 문제다, 시꺄! 아니, 전에 그쪽 애들과 공조할 때는 잘하던 놈이 왜 이래?"

"그땐 걔들이 우리 관할로 온 거였잖아요!"

병장 만기 제대라 북한에 대한 적개심이 강한 최재수와 그런 최재수가 불안한 오택수.

그런 둘을 일견한 종혁은 뒤를 봤다.

"총정치국이라고요?"

움찔!

"예, 예?"

뒤에 서 있는 캐주얼 차림의 이십대 후반의 청년.

북한에 있는 동안 심부름을 해 줄 거라며 통일부 차관이 붙여 준 공무원이다.

"날 초대한 쪽 말입니다."

총정치국.

현재 북한의 국가최고기관이라 할 수 있는 국방위원회의 제1부위원장을 역임하고 있는 자가 수장으로 있는 엄청난 기관이다.

노령으로 건강이 급격히 나빠져 최근 대외 활동에서 점차 자취를 감추고는 있으나, 여전히 북한에서 그의 위상은 엄청나다 할 수 있었다.

"네, 맞습니다! 와, 총정치국이라니! 내가 그곳에 가다니! 와아아!"

공무원은 마치 상상만 했던 파라다이스에 입장하는 사람처럼 잔뜩 흥분한 채 난간에 매달렸다. 마치 북한 바다를 조금이라도 더 가까이에서 보고 싶다는 듯.

'저건 북한 사람인지, 남한 사람인지…….'

누가 보면 북한 사람이라고 오해할 정도로 참 순수한 사람이었다.

"그나저나……. 이 새끼들은 대체 무슨 생각이지?"

기억이 맞다면, 곧 북한은 대한민국 및 전 세계 안보에 심각한 위협을 가한다.

이미 북한의 윗대가리들끼리는 이야기를 끝마치고 준비까지 하고 있을 상황.

그런데도 적국이나 다름없는 대한민국의 경찰을 부른다?

'그것도 나를?'

의도가 순수하다고 볼 수 없다.

통일부야 국군 포로 송환에 홀랑 넘어간 것 같지만, 모든 상황을 의심하며 사는 경찰인 종혁으로서는 아니올시다였다.

'그게 아니라면 순영 씨가 불렀다는 건데…….'

순영에게 그 정도의 권한이 있는 건지 의구심이 든다.

며칠째 나오지 않는 결론에 종혁의 머릿속이 복잡해졌다.

그런 그에게 오택수가 입을 열었다.

"야, 괜찮겠지?"

최재수의 얼굴에도 불안감이 서려 있다.

같은 한민족임에도 미지의 나라인 북한. 온갖 말이 많은 곳이다 보니 걱정이 될 수밖에 없다.

종혁은 두 사람을 보며 코웃음을 쳤다.

"괜찮지 않을 건 또 뭔데요."

'잘해 봐야 억류일 텐데, 북한 따위가 러시아와 미국의 압박을 견딜 수 있을까?'

나라를 위한 일이 아닌 이상 절대 못 버틴다.

거기다 나름 준비도 해 놓은 상태.

종혁은 갑자기 간지러워지는 등을 긁으며 담배를 물었다.

"그런 것보다 난 밥이 걱정이네요."

"밥? 어, 씨발?"

최재수도 눈이 동그래진다.

종혁을 따라다니며 맛집만 다닌 터라 잠복 중에도 고급 베이커리의 빵이 아니면 먹지 않을 정도로 입이 고급스러워진 그들.

그리고 매년 아사자가 나올 만큼 못살기로 유명한 나라, 북한.

"아파트에서도 아궁이를 뗀다는데 내 입에 맞는 음식은 있으려나……. 철이한테 들어 보면 간도 심심하다던데……."

"어, 뭐? 아파트에서 뭘 해?"

"아궁이요."

"에이, 설마. 아무리 못산다지만, 그런 미친 짓을……진짜야?"

"옥류관 냉면은 맛있다고 하던데……."

"야, 진짜 아궁이 떼? 지금 2006년인데?"

"북한 맛집 투어나 다닐까."

"야! 야, 이 시꺄!"

'아무리 관광객의 통제가 강한 북한이라지만 잘만 비벼 보면 가능할 것 같기도 한데…….'

종혁은 북한 사람들이 달러를 좋아한다는 나탈리아의 충고에 달러로 왕창 환전해 온 돈을 담은 묵직한 스포츠백을 만지며 눈을 가늘게 떴다.

'내가 다른 건 몰라도 그건 꼭 먹어 본다. 두부밥.'

리동수가 한국엔 없어서 아쉽다며 극찬을 한 두부밥.

'맛없기만 해 봐라, 아주 그냥…….'

종혁은 어쩌면 마중을 나올 수 있는 리동수를 떠올리며 눈을 빛냈다.

*   *   *

"와아아아아!"

금강산행 여객선이 정박한 북한의 항구, 고운 한복을 차려입은 여성들이 태극기를 흔들며 이산가족들을 맞이한다.

이북에 남겨 두고 온 가족들을 만날 생각에 사람들은 얼굴이 발갛게 달아오르는지도 모르고 옛 기억을 떠올리며 발걸음을 옮긴다.

살아생전 다시 밟아 볼 거라 생각 못한 고향.

어느덧 한국을 고향으로 삼게 된 그들이건만, 옛 향수가 그들의 심장을 콩닥콩닥 뛰게 한다.

눈시울이 뜨거워진다.

"남조선에서 오신 동무들을 환영합네다!"

"환영합네다!"

"이쪽으로 오시라요!"

환영 인파가 걸어 주는 화사한 꽃목걸이를 걸고 태극기를 손에 든 사람들은 북한 측의 안내를 받아 항구를 빠져나와 북한이 미리 준비한 버스에 올랐다.

"거기 동무들은 이 유람뻐스를 타시면 됩네다."

차관들이 탄 관광버스를 힐끔 본 종혁은 고개를 끄덕이며 안내원을 따라 다른 버스에 올라탔다.

옛 70년대 버스를 연상시키는 꽤 허름한 버스.

아무 빈자리에 앉아 목에 걸린 꽃목걸이와 스포츠백을 옆자리에 던지니 유니폼을 입은 외모가 고운 아가씨가 다가와 손을 내민다.

"짐은 제게 주시면 됩네다."

"아, 무거우실 텐데."

"일없습네다."

단아하게 웃은 아가씨는 종혁의 스포츠 백을 집어 들었다가 그대로 굳어 버렸다.

"흡?! ……호호. 흡!"

종혁은 피식 웃었다.

"놔두세요. 그거 머리 위로 들다가 허리 다칩니다."

"미, 미안합네다."

얼굴이 희게 질린 아가씨는 오택수와 최재수의 짐을 머리 위 보관 장소에 넣은 후 이어 올라타는 이들의 짐을 받아 들었고, 그녀가 멀어지자 최재수가 목에 걸린 꽃목걸이를 쓸어내리며 음흉하게 웃는다.

"어흐흐. 오 경감님, 아무래도 내 얼굴이 북한에서 먹히는 것 같지 않아요?"

"저도 그런 것 같지 않아요?"

종혁과 오택수는 최재수와 공무원의 볼에 찍힌 입술 자국을 발견하곤 고개를 저었다. 그들은 이미 진즉에 지워 버린 입술 자국이건만 둘은 뭐가 그리 좋은지 희희낙락이다.

"하! 부럽다면 부럽다고 하세요! 못생긴 사람들이 아주 심보마저 못돼 가지고!"

공무원도 말은 안 했지만 동감이라는 듯 시선을 돌린다.

오택수는 종이 쪽지를 보물처럼 소중히 갈무리하는 둘을 안쓰럽다는 듯 응시했다.

"……야, 쟤들 어쩌지? 진실을 말해 줘?"

"냅둬요. 저러다 자기 통장까지 싹 다 털려 봐야 아, 내가 북한 꽃뱀한테 물렸구나 하겠죠."

"통장만 털리면 다행이니까 그렇지."

"설마 초대받고 온 사람들 상대로 통나무 장사를 하겠어요?"

다른 나라도 아니고 한국인들을 맞이하는 환영 인파다. 나라에 대한 충성심과 사상이 검증된 이들 중에서도 고르고 골라 교육까지 확실하게 했다고 봐야 했다.

그리고 그 안에 북한 측 요원이 섞여 있을 거란 건 당연한 의심이었다.

어느덧 심부름꾼으로 따라붙은 공무원을 비롯해 사람이 몇 명 더 탄 버스를 둘러보며 눈을 빛낸 종혁은 이내 의자를 뒤로 젖히려 끙끙거리다 '에라이, 관광버스가 뭐 이러냐'며 포기하곤 눈을 감았다.

"눈이나 붙이세요. 꽤 오래 걸릴 것 같으니까."

"⋯⋯뭐야, 그런 거였어? 쯧."

오택수는 '전화는 어떻게 걸지? 호텔에서 빌려야 하나?' 심각하게 고민하는 최재수를 힐끔 보곤 이내 종혁처럼 눈을 감았다.

그리고 이내 곧 버스가 출발했다.

부르릉!

"⋯⋯님. 팀장님."

몸을 흔드는 손길과 작은 목소리에 눈을 뜬 종혁은 어느새 하얗게 질린 얼굴로 옆자리에 앉은 최재수를 보며 고개를 모로 기울였다.

"왜?"

"아, 아니 뭔가 이상해요. 저희 선두 차량이랑 다른 길로 들어섰어요."

"그래?"

온통 풀밭뿐인 창밖의 풍경과 뒤에서 코를 골며 자고 있는 오택수를 본 종혁은 고개를 끄덕였다.

"알았어. 좀 더 자."

"네? 아, 아니 느낌이 쎄하다니까요?"

"네, 네. 알았어요."

손을 저은 종혁은 다시 잠을 청하려다 이내 목이 말라 다시 눈을 떴다. 그러곤 냅다 앞좌석을 발로 걷어찼다.

퍼억!

"헉?!"

"동수 씨. 나 물."

움찔!

갑작스런 행동에 눈이 동그래졌던 최재수는 이어지는 종혁의 말과 앞좌석에 앉은 이의 반응에 벌떡 일어났다.

"도, 동수 씨세요?! 어, 언제 버스에?!"

종혁은 고개를 돌리지 않는 모자를 쓴 남성의 모습에 계속 의자를 걷어찼다.

"나 물 달라니까요? 물! 아니면 맥주랑 두부밥!"

퍼억! 퍽! 퍽!

"이 아새끼래!"

벌떡 일어나며 모자를 벗어 팽개친 리동수가 종혁을 노려본다.

"지금 여기가 남조선인 줄 아네?!"

"오랜만에 봐 놓고 인사도 안 한 양반이 뭐래! 그것도 저렇게 시꺼먼 사람들만 데려와 놓고!"

일행들을 제외한 모두가 살기를 갈무리한 귀신들이다. 다 모르는 얼굴들인 것을 보니 보위부 요원들인 것 같았다.

환영 인사치곤 참 거했다.

하지만 그게 무슨 상관일까.

"손님 대접을 이렇게 해도 되는 거야?! 맥주랑 두부밥―!"

……빠득!

"누가 맥주랑 두부밥 좀 가져오라!"

"많이!"

"……모두 다! 이제 됐네?"

"땡큐! 아, 오랜만에 만나서 더럽게 반갑습니다, 리 조장."

"이 물에 빠지면 주둥이만 둥둥 뜰 아새끼래……."

뒤늦은 인사에 얼굴이 구겨져 있던 리동수는 헛웃음을 터트렸고, 요원들은 눈을 동그랗게 떴다.

'지금 저 리 조장이 밀린 거이가?'

'보고도 못 믿네?'

'오마니. 이 아들이 곧 오마니를 보러 가려나 봅네.'

작은 충격이 버스 안을 휩쓸었다.

* * *

부우웅! 끼익!

북한의 수도, 평양시의 호텔 주차장에 버스가 멈춰 선다.

터벅터벅!

"에이, 별로네. 두부지짐이랑 큰 차이 없는데?"

"지금 30명이 먹을 걸 혼자 다 처먹고 그런 말을 하는 기야? 어떻게 사람이 소보다 더 처먹는 거이네!"

"차라리 거기다 다진 고기를 넣으면 어때? 그럼 좀 괜찮을 듯?"

"그건 고기가 넘쳐 나는 너희 남조선 자본주의 부루주아 돼지들이나 할 법한 생각이디! 두부의 순수한 맛을 즐기라!"

"픕!"

"응?"

고개를 돌린 종혁은 눈을 동그랗게 떴다.

북한군 정복을 입은 십여 명의 군인들 때문이 아니다. 그 앞에 서서 마치 하얀 백합처럼 깨끗하게 웃고 있는 한 여성 때문이다.

얼굴이 확 밝아진 종혁은 그녀를 향해 다가가 와락 끌어안았다.

"헉!"

헛숨 삼키는 소리가 터져 나왔지만, 종혁에겐 들리지 않았다.

"이 경우 없는 행동이나 어디서나 당당한 주둥이는 여전한 것 같습네다. 공화국에 오신 걸 환영합네다, 종혁 동무."

"큭큭. 이게 제 무기죠. 오랜만이에요, 순영 씨."

그렇게 말하며 잠시 떨어진 종혁은 그녀의 얼굴과 전신을 살피곤 고개를 끄덕였다.

'트라우마가 없는 것 같아서 다행이네.'

가끔은 뒤늦게도 찾아오는 트라우마. 험한 일을 겪었던 그녀인 만큼 이런 부분을 조심해야 됐다.

종혁은 다시 그녀를 끌어안으며 속삭였다.

"제 도움이 필요하면 언제든 말하세요."

"……소중한 곳이 뭉개지기 전에 개수작은 그만두시라요."

"쩝. 요거 안 먹히네."

뒤로 물러난 종혁은 싱긋 웃으며 호텔 외관을 둘러봤다.

"이야, 이게 저희가 며칠간 묵을 숙소예요?"

겉은 제법 그럴싸했다.

"종혁 동무의 눈에는 차지 않을 테지만 그래도 지낼 만할 겁네다."

"어흠!"

"아, 이쪽이 일전의 그분입네다."

'일전의 그분? 아!'

가리봉동 위조지폐 사건의 범인 중 한 명으로 인해 인생이 나가리될 뻔했다던 인간.

"인민보안성의 림학철 소좌요. 원래는 중좌였지만……."

"소좌 동지."

"커흠. 아무튼 은인을 이렇게 귀찮게 해서 미안하게 됐소."

인민보안성.

북한에서 치안을 담당하는 기관으로, 경찰 업무뿐만 아니라 철도와 소방까지 겸하고 있는 곳이다.

"대한민국 경찰청 간편신고관리과 특별수사 1팀의 최종혁 경정입니다. 이쪽은 제 팀원들이고, 저쪽은 통일부 직원입니다."

"남조선의 부호 경찰에 대해선 내 바람따라 흘러드는 소리로 많이 들었소."

"……부호 경찰이요?"

"소좌 동지."

"어흠흠."

뜨악하던 종혁은 이내 어색하게 웃다가 고개를 모로 기울였다.

"그런데 전 총정치국에서 불렀다고…….

"하하. 내 아바디가 중앙위원회의…….

"한 번만 더 부르면 세 번 부르는 겁네다, 소좌 동지!"

"아아."

그제야 상황을 파악한 종혁은 접대용 미소를 지어 주었다.

"이거 훌륭한 아버님을 두신 분이셨군요. 그 커다란 등을 쫓느라 고생이 이만저만 아니시겠습니다."

"허! 그걸 어찌…….

"날이 선선합네다. 일없으면 올라가시디요."

리순영은 종혁의 등을 떠밀며 소좌를 향해 이를 드러냈고, 그제야 아차 싶은 소좌는 목을 움츠리며 주춤주춤 그들의 뒤를 따랐다.

그렇게 도착한 호텔방은 외국인 전용이라서 그런지 그럭저럭 나쁘지 않게 꾸며져 있었다.

다만 거의 모텔 수준이라서 모든 부분에서 미흡했다.

쏴아아!

"수압도 나쁘지 않네요."

"전기를 제외하고 불편한 점은 없도록 할 테니 너무 걱정 마시라요."

고맙다는 듯 웃은 종혁은 침대에 털썩 앉으며 리순영을 봤다.

그리고 씩 웃었다.

"그래서요?"

흠칫!

마치 영혼을 꿰뚫는 듯한 날카로운 눈빛.

종혁의 미소는 몸이 굳는 그녀를 보며 더욱 짙어졌다.

"아무리 생각해도 그냥 인사치레만 하려고 부른 건 아닌 것 같은데……."

옆의 떠벌이 소좌가 아주 중요한 단서들을 말해 주었다.

계급이 강등당한 자식을 둔, 그것도 국군 포로를 내놓을 정도로 대단한 권력을 지닌 아버지.

몸을 사려도 모자랄 판에 이런 무모한 짓을 한다?

말도 안 된다.

'무슨 꼬투리를 잡히려고?'

한국군보다 목이 날아가는 게 더 쉬운 북한이다. 즉, 그런 위험을 감수하면서까지 부를 만한 이유가 있다는 거다.

이에 대한 단서도 나와 있는 상태였다.

'부호 경찰.'

여기에 무려 정찰총국의 조장을 사사로이, 그것도 보위

부와 섞어 마중을 나오게 한 점까지 합쳐지니 지난 며칠 동안 머릿속을 복잡하게 만들었던 모든 게 깔끔하게 정리됐다.

종혁은 속으로 헛웃음을 터트렸다.

'햐, 이 북한 사기꾼 새끼들. 내 이럴 줄 알았다.'

종혁의 미소가 더욱 짙어졌다.

"그래서 내게 뭘 얼마나 주시려고요?"

철렁!

들켰다. 모두 들켜 버렸다.

'이래서 반대를 한 것이건만!'

앞으로 펼쳐질 일을 직감한 순영은 눈을 질끈 감았지만, 림학철은 아니었다. 갑작스런 정곡에 경악하긴 했지만 그는 함박미소를 지었다.

"으하핫! 이거 호탕하기가 호랑이보다 더 호탕합네다! 뭘 원하십네까? 아니, 뭘 상상하든 우리 공화국은 더 해줄 수 있습네다!"

"호오? 제게 돈을 바라시면서요?"

겉으로 드러난 어머니 고정숙의 자산만 수백억 그 이상의 규모다. 여기에 종혁의 명의로 된 자산까지 합하면 거의 천억에 육박한다.

아마 태국 사건과 그 이후, 순철과 순희를 받아들이면서 북한에서도 조사를 했을 터.

'부호 경찰'이라는 건 바로 이런 의미였다.

'물론, 당장 지금 갖고 있는 것만 보고 이러는 건 아닐

테지.'

당장 가지고 있는 돈보다도 그것을 벌어들인 능력. 주식 쪽은 드러나지 않았을 테지만, 10년도 채 안 되어 천문학적인 돈을 벌어들인 능력을 원하는 것일 터였다.

움찔!

몸을 굳힌 림학철은 이 정도는 예상했다는 듯 흐뭇하게 웃었다.

"그 돈이 장마당 꽃거지들 코 묻은 옷처럼 느껴질 정도의 정보라면 어떡하겠습니까?"

종혁은 눈을 빛냈다.

'천억을 우습게 볼 정보?'

이건 약간 흥미가 돈다.

그 기색을 눈치챈 건지 림학철의 눈이 반짝였다.

"부와 명예, 미녀. 얼마든지 말만 하시라요. 우리 공화국이 다 누리게 해 주겠습네다."

얼른 안기라는 듯 양팔을 벌리는 림학철.

종혁은 그럴 줄 알았다는 듯 웃으며 손가락을 폈다.

"서른 살에 내무본부 국장, 별장 20채, 3억 달러 즉시 지불."

"무, 무슨……!"

"러시아가 내게 귀화 조건으로 건 베팅입니다. 미국은 여기의 1.5배."

아니다. 러시아와 미국은 이 열 배를 불렀다.

지금은 더 올라간 상태다.

하지만 그 정보라는 것에 흥미가 생겼기에 종혁은 슬그머니 거짓말을 했다.

하지만 그것만으로도 림학철뿐만 아니라 다른 이들까지 모두 경악을 한다.

"무, 무, 무슨……."

"음? 거짓말 같습니까? 당신들도 나에게 가치가 있다고 판단해서 이런 자리를 마련한 거 아닙니까?"

국군 포로. 한국을 억제시킬 수 있는 수단마저 선뜻 포기하면서까지 말이다.

"어떡하실래요? 아니, 그 전에……."

종혁은 하얗게 질린 림학철을 향해 희게 웃어 줬다.

"러시아와 미국, 감당할 수 있겠어요?"

종혁의 귀화에 가장 큰 장애물인 러시아와 미국.

어느 정도 예상은 했지만, 이 정도일 줄은 몰랐던 림학철은 이내 반발하듯 외쳤다.

"익! 곧 있으면……."

"소좌 동지!"

순영의 외침에 림학철은 다급히 입을 다물었고, 종혁은 재차 눈을 빛냈다.

'곧 있으면이라…….'

미래를 알고 있어서 그런지 뒤에 이어질 말이 절로 떠오른다.

'흠. 순영 씨도 이것에 대해 안다는 건가?'

림학철을 죽일 듯 노려본 순영은 고개를 숙였다.

"우리 공화국의 준비가 미흡했습네다. 그러니 조금 더 고민할 시간을 줄 수 있갔습네까?"

"얼마든지요."

재고할 가치조차 없다고 여기리라 생각했기에 너무나도 순순히 고개를 끄덕이는 종혁의 모습에 순영은 깜짝 놀랄 수밖에 없었다.

"……감사합네다. 그럼 쉬시라요. 우린 이만 가 보갔습네다. 아, 보위부는 림 소좌를 모셔라. 내 최 동무와 할 말이 있으니 그것만 하고 따라가갔어."

"예. 가시디요, 소좌 동지."

"음……. 후. 그럼 쉬시라요."

제아무리 눈치가 없어도 이런 상황에선 물러나는 게 옳다는 건 아는지 림학철은 순순히 방을 빠져나갔고, 순영은 문이 닫히는 소리가 들리자마자 종혁에게 허리를 숙였다.

"미안합네다, 종혁 동무. 이게 어떻게 된 거냐면……."

"아, 괜찮습니다. 대충 예상이 가니까요."

무리해서 순철과 순희를 종혁에게 보낸 순영. 거기에 가족이란 약점까지 있으니 순영은 아마 상부의 지시를 거스르지 못했을 거다.

"일단 그 정도 베팅으론 힘들다는 거 아시죠? 그리고 날 억류할 수 없다는 것도"

"……알고 있습네다. 아마 로씨아가 폭격기를 띄우겠디요."

"푸흐. 그 정도는 아닐 테지만 그래도 알고 있다니 다행이네요."

그런 베팅을 받고도 러시아나 미국에 귀화를 하지 않았다는 건 한국을 그만큼 사랑한다는 증거였다.

어차피 처음부터 귀화는 무리였다는 뜻이다.

러시아와 미국의 조건을 알았다고 해도 말이다.

"이제 어떡하실 겁네까? 공화국이 조건을 다시 맞출 때까지는 시간이 걸릴 겁네다."

아마 종혁이 돌아가는 그날까지 판돈이 준비되지 않을 수 있다. 돌아가는 배편에 종혁이 나타나지 않으면 큰일이 날 테니 그 전에는 돌려보내야 했다.

'아직 공화국은 준비가 안 됐다.'

"그러게요. 저도 그게 고민이긴 하네요. 내가 평양에 대해 잘 아는 것도 아니고, 그렇다고 관광도 하루 이틀일 테고……."

감시를 받으며 할 관광이 재미나 있을까.

순영은 고민하는 듯한 종혁의 모습에 눈을 빛냈다.

마침 그녀도 종혁이 호텔에만 머물게 하면 안 된다는, 북한의 좋은 모습을 보여 주라는 명령을 받은 상태였다.

"그럼 이건 어떻습네까? 종혁 동무와 경찰대학교의 교수 동무가 합작하여 개발한 수사 기법을 강의하는 겁네다."

"……네?"

종혁은 눈을 껌뻑였다.

그러다 활짝 웃었다.

"오호라? 이거 내가 호텔에 있으면 안 되는구나?"

움찔!

"좋아요. 우리 순영 씨 부탁인데 당연히 해 줘야죠. 우리가 어떤 사인데요. 그런데…… 맨입으로?"

"……뭘 원하십네까?"

순간 종혁의 낯빛이 차갑게 가라앉았다.

"한국에서 범죄를 저지르고 북한에 숨어든 범죄자 새끼들 있죠? 걔들 내놔요."

* * *

"리 소좌! 왜 이제…… 컥!"

굳은 얼굴로 호텔을 나온 순영은 초조해하다 다급히 손을 드는 림학철의 목을 움켜쥐었다.

철컥! 촤좌작!

순간 두 패로 나뉘어 서로에게 총을 겨누는 군인들.

"그만."

그들을 멈춰 세운 순영은 살의를 담은 눈으로 림학철을 죽일 듯 노려봤다.

"어이, 림학철이. 처신을 잘못해서 강등되고도 배운 게 없는 거이야?"

움찔!

"와, 와 이러네! 컥! 나, 난……."

"공화국의 훌륭한 모습을 보여 준 후에 조건을 내밀어

도 모자랄 판에 와 조건부터 내미네? 그건 어디서 배운 협상질인지 말해 보라. 내 직접 가르쳐 준 아새끼의 모가지를 돌려 버릴 테니!"

"지, 진정하라, 리 소좌!"

"진정하게 생겼네! 지금 이걸 어떻게 할 거이야! 너도 사내새끼라면 은혜를 알아야 할 것 아니간–!"

마치 호랑이의 포효처럼 추상 같은 호통.

"……미, 미안하다, 소좌 동지. 내 또 마음만 앞서 일을 그르쳤어."

림학철이 울음을 터트릴 듯 울상을 짓는다.

순영은 이제 그만둬야 할 때란 걸 깨달았다.

"하아. 일없습네다. 일단 밖으로 끌어낼 수는 있게 됐으니."

"헉! 저, 정말이야?! 공화국의 훌륭한 모습을 보여 줄 수 있게 된 거이야?"

고개를 끄덕인 순영은 종혁과의 딜을 말해 주었고, 림학철의 얼굴이 확 밝아졌다.

"잘했다! 정말 내겐 리 소좌밖에 없어!"

공화국에 외화를 바치는 범죄자들을 내놔야 하는 게 마음에 좀 걸리지만 임무를 망치는 것보다는 백배, 천배 나았다.

"닥치고 잘 들으시라요."

"웅! 웅! 말해 보라."

"종혁 동무는 소좌나 나나 막을 수 없는 존재란 건 인정하디요?"

종혁의 방북이 결정된 그날, 러시아에서 연락이 왔다. 이래저래 돌려 말하긴 했지만, 종혁을 건드렸다가는 가만 안 두겠다는 엄포. 이날 러시아 계파 쪽 장성들도 참 많이 찾아왔었다.

그래서 위에선 더 욕심을 냈지만, 그렇기에 건드릴 수조차 없었다.

처음부터 말이다.

"걱정 말라! 내 앞으론 이런 실수 안 할 거이야! 무조건 동지 말을 듣갔어!"

"……그 말 꼭 지키시라요."

너무 믿음직스럽지 못해 짜증이 울컥 솟지만, 정말 어쩔 수가 없다.

종혁이 이대로 돌아갈 확률이 백 퍼센트에 육박한데, 림학철이 얻는 게 없다? 그땐 림학철의 보좌인 순영 자신의 자리가 위태로워지는 걸 넘어 교화소로 보내질지도 모른다.

'내가 이 빚은 어떻게든 받아 내갔어.'

콧방귀를 뀌며 돌아선 순영은 종혁을 떠올리며 피식 웃었다.

'대단한 사람.'

적지의 한가운데임에도 당당하기 그지없던 미친 배짱.

정말 존경심밖에 안 들었다.

"아, 기런데 오늘 보낼 그 선물은 어찌할 거이가?"

"……놔두시라요."

모든 걸 눈치챈 이상 종혁이 알아서 할 거다.

그녀는 종혁을 믿었다.

'그나저나 북한에 숨어든 범죄자라…….'

이쪽에서 속인 게 있으니 싹 다 추려 내야 할 터.

명단을 확보하려면 아마 꽤 뛰어다녀야 할 듯싶었다.

생각을 정리한 그녀는 걸음을 성큼성큼 옮겼고, 림학철 소좌는 그런 그녀의 뒤를 쫄래쫄래 쫓았다.

2장. 사람뿐인 나라

사람뿐인 나라

짹짹짹짹.

자기 전 커튼을 걷어 놓았는지 창문을 통해 햇볕이 쏟아져 내린다.

"……어그그그!"

썩 만족스럽지 못한 침대라 앓는 소리를 내며 일어선 종혁은 옆을 보곤 피식 웃었다.

옷을 입은 채 잠들어 있는 작은 체구의 여성.

스스로를 여대생이라 밝힌 여성으로, 어젯밤 순영이 보낸 선물이자 이대로 돌아가면 자신은 수용소에 갇힌다고 울고불고 매달려서 어쩔 수 없이 한 침대에 재울 수밖에 없었던 여자다.

'웃기고 자빠졌네. 미인계, 그것도 요원인 게 뻔히 보이는데 여대생은 무슨.'

어느 여대생이 어제와 같은 상황에서 묻는 것도 많고, 북한에 대해 좋은 이미지만 심어 주려 할까.

어젯밤 짧게 이야기를 나누는 동안 북한 유람 한 번 제대로 다녀왔을 정도였다.

"어이구, 이불은 또 언제 걷어차셨대. 감기 걸리게."

이불을 다시 멍석처럼 말아 준 종혁은 화장실로 향했고, 그사이 눈을 번쩍 뜬 여성은 미간을 좁혔다.

"고자는 아닌데…….."

아까 살짝 깼을 때 본 그 우람한 산봉우리.

슬쩍 얼굴을 붉힌 그녀는 몸을 일으켰다.

여대생의 신분으로 위장했으니 부끄러움 많은 여대생처럼 누군가 보기 전에 도망을 친다는 이미지를 보여야 했다.

메모로 전화번호를 남기며 슬그머니 방을 빠져나온 그녀는 1층의 카페로 향했다.

그곳엔 순영이 있었다.

"소좌 동지."

"어젯밤은 어땠네?"

순영은 큰 기대를 하지 않은 채 물었다.

순간 여성의 눈이 반짝였다.

"소좌 동지! 남조선 남자들은 다 저렇게 봄바람처럼 살랑살랑한 겁네까?"

"……응?"

순영은 눈을 껌뻑였지만 여성에겐 보이지 않았다.

분명 그녀의 목적이었던 뜨거운 밤은 아니었지만, 다른 의미로 뜨거웠던 밤.

그저 여자라면 눈이 벌게져 달려들고 남자라는 권위만 앞세우는 북한 남자들과 달리, 자신의 말을 들어 주고 공감해 주며 함께 욕해 주었다.

그 박력 있던 모습과 가슴께를 간질이던 서울말. 북한 남성에게선 볼 수 없는 떡 벌어진 어깨와 잘생긴 외모.

딱 한국 드라마의 남자 주인공이라 몸이 절로 뜨거워져 정신을 차릴 수 없었다.

"드라마가 영 후라이 까는 건 아니었구나."

순영은 몽롱하게 젖어 가는 요원의 눈을 보며 이마를 잡았다.

꼬시라고 보내 놨더니 꼬드김을 당해 버렸다. 아니, 홀랑 넘어가 버렸다.

"이 에미나이 사상 교육 좀 시키라. 일주일짜리로."

"예."

"헉! 아, 아닙네다! 살려 주시라요, 소좌 동지! 살려 주시라요—!"

순영은 끌려가는 요원을 보며 관자놀이를 꾹꾹 누르며 고개를 저었다.

그때였다.

"응? 영희 씨는 어디 가요?"

흠칫!

깜짝 놀라 고개를 돌린 순영은 눈을 부릅떴다.

마치 오래 입은 것처럼 늘어져 딱 젖꼭지만 가린 채 근육을 다 드러낸 민소매 셔츠와 말보다 더 역동적인 다리 근육을 여실히 드러낸 사각팬티 같은 반바지.

"그, 그 흉측한 모습은 뭡네까!"

"응? 운동복인데요?"

"아, 아니 무슨 운동을……."

"흠 여긴 그렇게 안 입나 보네요. 아무튼 전 운동할 테니 이따가 봐요. 영희 씨도 적당히 하고요."

움찔!

역시나 눈치챈 듯한 종혁이 멀어지는 걸 멍하니 응시하던 순영은 슬그머니 고개를 돌려 손부채질을 했다.

얼굴이 너무 뜨거워 터질 것 같았다.

"시, 심장엔 나쁜 동무구나야."

여자를 홀리는 요물임이 틀림없다.

그녀도 여자였다.

그것도 혈기 넘치는 이십대 여자.

* * *

"와, 진짜! 하!"

"우와아!"

찰칵! 찰칵!

통일부 직원과 최재수의 셔터 소리가 울리는 조용한 거리.

듬성듬성 오가는 사람들이 그들을 힐끔거리며 신기해한다. 평양 시내에서 남한 사람을 본 적 없기 때문이다.

말로만 듣던 남한. 서로가 서로를 궁금해했다.

그러나 서로에게는 다가가지 못한다. 둘의 근처에서 이건 찍으면 안 된다, 저건 찍으면 안 된다 말리는 군인들 때문이다.

그런 그들을 일견한 종혁은 도시라곤 믿을 수 없을 만큼 상쾌한 공기에 옅은 미소를 지었다.

한국에 비해 많은 게 낙후되어 있지만, 그래도 사람이 사는 곳인 듯 입가에 미소가 매달린 북한.

뚜벅뚜벅, 또각또각.

옆에서 나란히 걷는 순영의 구둣발 소리까지 기분 좋은 소음을 낸다.

"일단 한 가지 말하자면, 강의 몇 번으로 기법 자체를 이해시키는 건 불가능합니다."

이렇다 할 수사 기술이나 범죄학에 대한 연구가 부족하다고 말한 그녀. 어제와는 이야기가 좀 다르지 않냐는 듯 순영이 쳐다보자 종혁은 고개를 저었다.

"시간이 절대적으로 부족합니다."

배운 사람조차 난해해하는 프로파일링과 행동심리학을 기본으로 둔 수사 기법이다. 겉핥기로나마 두 개의 학문을 배우는 데만 해도 최소 2년은 걸린다.

선무당이 사람 잡는 꼴 보지 않으려면 그래야 한다.

"꽤 오래 걸리는군요."

"열 길 물속은 알아도 한 길 사람 속은 모르다고 하잖아요?"

순영은 어쩔 수 없다는 듯 고개를 끄덕였다.

"확실히 요원들도 꽤 오랫동안 교육을 받긴 합네다."

"그러니 개념과 기법을 관통하는 맥락 정도만을 가르칠까 해요. 이미 논문으로 발표된 것이니 나머지 자료들은 쉽게 찾아볼 수 있을 테고, 부족한 게 있으면 보내 드리도록 하죠."

뼈대만 올바르게 세워 두면 살을 붙이는 건 비교적 어렵지 않다.

물론 비교적이지 아마 많은 범죄학자들의 도움이 필요할 거다.

"그리고……."

종혁은 순영을 봤다.

"순영 씨가 바라는 것도 이 정도인 것 같은데요. 아닌가요?"

정확히는 새로운 기술을 배울 수 있는 기회 제공 및 동기 부여.

만약 이 이상을 바란다면 종혁은 손을 털 수밖에 없었다.

움찔!

"……이것도 그 수사 기법입네까?"

"흐흐. 이 눈을 피할 사람은 없다고 말하고 싶지만, 작정하고 속이는 놈까지 잡아내기 힘들죠."

특히나 소시오패스가 그렇다.

"소시오패스?"

처음 듣는 단어인지 순영뿐만 아니라 주위를 따르는 군인들의 귀가 쫑긋 솟는다.

"사이코패스에 대해 아세요?"

한국에서조차 그 개념이 전파된 지 몇 년 되지 않은 사이코패스.

역시나 순영은 고개를 저었고, 종혁은 그럴 줄 알았다는 듯 사이코패스에 대해 설명했다.

"그, 그럼 연쇄살인을 저지르는 아새끼들이?"

"70퍼센트 이상이 사이코패스라고 봐야겠죠."

"하!"

북한이라고 왜 연쇄살인이 없겠는가.

그러나 검거율은 극악하다. 이마저도 수사를 통해 잡아내는 게 아니라 의심 가는 놈들을 죄다 데려가 고문을 하다가 얻어 걸리는 거다. 인력, 시간, 돈까지 모든 게 낭비였다.

'그런데 이 미친 또라이 놈들이 정형화되어 있다니!'

"이런 놈들은 의외로 골라내기가 쉽습니다. 참을성이 없고, 과시욕이 많고, 시기심이 많으며, 무리에서 리더가 되려 하는 등등. 하지만 소시오패스는 아니에요."

"뭐, 뭐가 아니라는 겁네까?"

순영은 어느새 종혁의 말에 흠뻑 빠져들었다.

"그 단점이 거의 사라진, 제 목적을 위해서라면 얼마든지 일반인들과 어울리며 인내를 할 줄 아는 괴물. 감정이 결여된 냉철한 이성을 바탕으로 모든 걸 통제하려 드는 게 바로 소시오패스거든요."

"헉!"

순간 하얗게 질렸던 순영은 이내 고개를 모로 기울였다. 이와 비슷한 부류의 사람들을 알고 있기 때문이다.

"네. 특수부대원들."

움찔!

"그들이 온갖 노력을 통해 갖추게 된 통제력과 잔혹성을 날 때부터 가지고 태어난다고 보면 됩니다."

"그런……."

'그런 괴물이 공화국 내에 돌아다닌단 말이야?'

등골이 오싹해질 수밖에 없었다.

'그럼 이놈들을 골라내기 위해선?!'

종혁은 다급히 자신을 보는 그녀를, 아니 그들을 향해 씩 웃어 줬다.

"어떤가요? 제 짧은 강의는 마음에 들었나요?"

"……?!"

"이런 식으로 가르칠 예정인데, 순영 씨 생각은 어때요?"

"……판돈을 깎을 수가 없을 것 같네다."

모든 지식을 갖추고 현장을 뒹군 형사의 강의다. 글로 보는 것과는 와닿는 게 차원이 다를 수밖에 없었다.

지금 그걸 여실히 깨닫는 중이었다.

종혁은 멍하니 바라보는 그녀를 보며 쿡쿡 웃었다.

"이거 미인을 앞에 두고 삭막한 말만 한 것 같네요."

"아, 아닙네다. 유익한 시간이었습네다."

"그럼 다행이고요. 자, 그럼 이제 어디로 가는 건가요?"

순영은 기대감이 가득한 종혁의 눈에 짓궂게 웃었다.

"어딜 가고 싶습네까? 여자가 많은 곳을 원하면⋯⋯."

"재수! 오 경감님! 어디 가고 싶으세요?"

종혁의 외침에 다가온 사람들이 미간을 좁힌다.

"아니, 그렇게 물어도 북한에 대해 아는 게⋯⋯."

"저요! 저!"

사람들은 손을 번쩍 든 통일부 직원을 봤다.

"장마당에 가보고 싶습니다!"

"장마당?"

"한국으로 치면 시장 같은 곳인데요⋯⋯."

슬그머니 다가온 직원이 종혁의 귀에 나지막이 속삭였다.

"북한 장마당에선 집에서 직접 만든 밀주를 판대요."

흠칫!

눈을 동그랗게 뜬 종혁이 진짜냐며 직원을 본다.

"시중에서 파는 술은 비싸서 그런다는데⋯⋯ 밀주에 좌라라라 기름에 지진 지짐과 뜨끈한 국물, 어떠세요?"

"⋯⋯하!"

딱 봐도 유혹하는 게 보이는 모습에 헛웃음을 터트린 종혁은 낯빛을 굳혔다.

"콜."

음식을 사랑하는 사람으로서 이걸 넘어간다는 건 죄악
이었다.

그렇게 그들은 평양에서 제일 큰 장마당으로 향했다.

웅성웅성, 왁자지껄.

사려는 사람들과 팔려는 사람들로 북적이는 장마당.

종혁과 일행들은 그 광경을 보며 눈을 동그랗게 떴다.

"린민들이 많아서 그럽네까?"

군복을 입은 사람들이 무더기로 나타나면 난리가 나기
에 어느새 사복으로 갈아입은 순영의 질문에 종혁과 일
행은 고개를 끄덕였다.

모든 게 궁핍한 북한. 그러나 이곳만 보면 그런 모습이
잘 느껴지지 않는다. 종혁은 자신도 모르는 사이에 얕잡
아 봤다는 걸 깨닫고 반성할 수밖에 없었다.

"죄송합니다."

흠칫!

갑작스런 사과에 놀랐던 순영은 이내 푸근히 웃었다.

"오늘 림학철 소좌가 초대한 걸 기억하시지요? 조금만
드시라요."

"흐흐. 걱정 마세요. 아주 조금만……."

"평범한 동무들 기준으로."

"……너무하네."

"사내 주제에 말이 많습네다. 이쪽으로 오시라요. 음식
잘하는 곳을 압네다."

마치 친구에게 맛집을 소개시키는 사람처럼 들뜬 그녀의 모습에 종혁은 미소를 지으며 뒤따랐다.

"건배!"

"캬아!"

좋은 사람들과 함께 하니 낯선 맛의 술도 꿀떡꿀떡 넘어간다.

달러의 위력에 얼굴에 미소가 한가득이 된 사장은 구슬땀이 흐르는 것도 모른 채 메뉴에 있지도 않는 음식들을 만들어 내고, 그 냄새에 이끌린 허름한 옷을 입은 술꾼들이 슬그머니 주위를 기웃거린다.

그 간절한 눈빛을 이기지 못한 종혁이 결국 지갑을 여니⋯⋯.

"으하하핫!"

"잘 먹겠소, 남조선 동무들!"

장마당에 잔치가 열린다. 고작 백 달러면 잔치를 열수 있다는데 지갑을 열지 않을 수가 없었다.

'마치 시골의 오일장 같네.'

술 냄새와 시골 잔치 특유의 음식 냄새, 행복의 냄새.

"다음부턴 이러지 마시라요. 버릇 나빠집네다."

"좀 나빠지면 어때요. 웃고 즐기면 그만이지."

'그건 나도 마찬가지고.'

만날 범죄자의 뒤만 쫓는 삭막한 삶.

평범한 사람들의 아무 걱정 없는 미소는 크나큰 힐링이다.

물론 이런 것에 빠져 나태해진다면 문제가 있겠지만, 가끔은 이런 이벤트도 나쁘지 않았다.

그런 개운한 미소에 더 말하기를 관둔 순영은 웃고 떠드는 사람들을 둘러보다 이내 피식 웃으며 술을 홀짝였다.

말은 그렇게 했지만, 그녀도 이 모습 이 광경이 참 보기 좋았기 때문이다. 서로 모르는 사람들끼리 돈 걱정 없이 푸짐한 음식으로 웃고 떠드는 처음 보는 모습이.

……피식!

"응? 왜 그래요?"

"아닙네다."

어차피 회유될 이유가 없는 종혁.

그렇기에 그저 북한을 찾아온 친구에게 북한의 좋은 모습을 보이려고 했는데, 종혁이 만든 좋은 모습을 보고 있다.

"싱겁기는……."

'응? 화장실 가나 보네.'

다급한 표정으로 몸을 일으킨 통일부 직원이 어디론가 달려가자, 보위국 직원도 슬그머니 일어나 그의 뒤를 쫓는다.

혀를 찬 종혁은 순영을 봤다.

"그런데 오늘 파티는 림학철 소좌가 여는 거예요? 아니면……."

"림 소좌가 여는 겁네다."

"따로 드레스코드는 없고요?"

"그런 건 없습네다. 말이 파티지 편한 차림으로…… 응?"

후다다다닥!

그들의 근처로 웬 남자가 누군가에 쫓기듯 스쳐 지나간다.

그때였다.

"저, 저놈 잡으라–!"

'어?'

남자의 뒤를 쫓는 사람이 익숙하다. 자신들을 호위하던 요원이었다.

순간 눈이 마주친 종혁과 오택수는 누가 먼저랄 것 없이 자리를 박차며 뛰어나갔다. 남의 나라지만, 이건 본능에 새겨진 행동이었다.

최재수도 반 박자 늦게 땅을 박찼다.

"아, 잠깐?! 뭐하네! 날래 쫓으라!"

"예!"

요원들도 다급히 종혁의 뒤를 쫓았다.

"비켜요! 비키세요!"

"으악!"

"꺅!"

평균 키보다 머리 한 개 반이 큰 거구가 불도저처럼 달려드는데 감히 그 앞을 막아서는 사람이 있을까.

사람들은 재빨리 뒤로 물러섰다.

그렇게 앞이 뚫리니 종혁은 온전히 속도를 높일 수 있

었고, 이내 곧 소매치기의 거친 숨소리가 들릴 거리까지 접근할 수 있었다.

'잡았…….'

콰악!

뒷덜미를 낚아챈 종혁.

"다, 이 새끼야!"

그대로 놈을 땅바닥에 처박은 종혁은 휴우 거친 숨을 내쉬었다.

"아, 새끼. 기분 좋게 술 마시는 사람 땀 빼게 하고……."

"넌 뭐이네?"

놈을 쫓다 보니 어느새 들어오게 된 좁은 골목.

딱 봐도 뒤통수부터 처박혀 정신을 차리지 못하는 놈의 패거리 같아 보인다.

그리고 그들의 옆엔 한 소년이 널브러져 있다. 구타를 당한 듯 여기저기 새겨져 있는 폭행의 흔적.

"어, 그래. 잠깐만?"

이미 골목에 들어섰을 때부터 패거리가 있을 거라고 예상하고 있던 종혁은 일단 수갑을 찾았다.

후다다닥!

"야, 잡았냐!"

"아, 오 경감님. 수갑 있어요? 나 수갑 놓고 온 거 같은데?"

"어? 그래? 야, 나도……. 이런 씨. 여기 북한이잖아, 인마! 수갑을 챙길 이유가 없잖아!"

"아."

"너흰 뭐냐고 묻지 않네–!"

촤좍!

무리의 대장으로 보이는 이의 외침에 골목 안에 있던 3명의 사내가 식칼과 손도끼를 꺼낸다.

"어후으. 씨발, 무서워라."

"그러게. 어휴, 이 동네 험하네."

"……이 종간나 새끼들이!"

"아, 뭐냐고? 뭐긴 뭐겠냐."

우르르르르르!

"팀장님!"

"최 동지! 괜찮습네까!"

움찔!

종혁은 뒤이어 도착한 요원들에 굳어 버리는 놈들을 향해 씩 웃었다.

"짭새지."

"……."

"이리 와, 새끼들아."

* * *

"죄송합니다. 죄송합니다!"

"아니, 통일부라 북한에 대해 공부를 많이 했을 양반이……."

화장실을 다녀오다 뭐가 예뻐 보여 달러가 가득 든 지갑을 꺼냈단다. 내 돈 가져가라고 광고한 거다.

비록 북한뿐만 아니다. 해외에 가면 절대 지갑을 함부로 보여선 안 된다.

"죄송합니다······."

"에휴. 뭐 없어진 건 없어요?"

"네. 없는 것 같습니다. 돈도 그대로고, 사진도 그대로네요."

이제 이십대 후반인데 벌써 결혼을 한 건지 아이를 끌어안고 있는 사진을 소중히 쓸어내리는 직원의 모습에 종혁도 다행이라고 생각했다. 직원에겐 저 사진이 돈보다 소중한 보물일 테니 말이다.

"다음부턴 조심합시다."

"예, 예! 감사합니다."

고개를 끄덕인 종혁은 정신을 차리는 십대 중반의 소년에게 다가갔다.

'어? 눈이?'

붉은색에 가까운 밝은 갈색 눈. 이목구비도 혼혈처럼 보인다.

"괜찮니?"

"Дякую····· 아, 일없습네다."

'우크라이나어?'

눈을 빛낸 종혁이 입을 열려던 그때였다.

"비키라우!"

"너흰 또 뭐이네?"

갑자기 소란스러워지는 골목 입구와 그쪽을 보더니 몸

을 굳히는 소년. 골목 입구를 본 종혁은 눈을 가늘게 떴다.

'비슷한 냄새가 나는데?'

종혁과 일행들을 호위하기 위해 나선 보위국 요원들과 비슷한 냄새를 풍기는 이들이 골목 안으로 들어오려 한다.

종혁은 소년을 슬그머니 뒤로 숨기며 입을 열었다.

"보호해 줄까?"

흠칫!

소년은 자신을 가리고도 한참이나 남는 커다란 등을 멍하니 쳐다봤다. 마치 북한 사람이 아닌 듯 다른 발음의 사내.

소년의 눈이 크게 흔들린다.

하지만…….

"일없습네다. 그리고…… дякую, що врятува в мене."

구해 줘서 고맙다는 나지막한 말.

종혁은 입술을 깨문 채 골목 입구로 향하는 소년을 보며 눈살을 찌푸렸다. 소년의 얼굴을 보곤 순간 동요하더니 슬그머니 비켜서는 순영 때문에 더.

"미안합네다."

"……후. 다신 그러지 말라. 가자."

보호하는 자와 보호받는 자의 모습을 보이며 멀어지는 그들.

종혁은 순영에게 다가갔다.

"아는 사람들입니까?"

"아, 공화국에 관광 온 외국인 같습네다. 요원들이 저리 붙어 있는 걸 보니 아마 꽤 지체 높은 가문이겠디요."

"흐응. 그래요?"

순영은 마치 진실을 말하듯 한 점의 흔들림도 없었지만, 종혁은 그걸 쉽게 인정할 수 없었다.

곧 대한민국 및 전 세계 안보에 치명적인 위협을 가하는 북한. 그리고 옛 소련의 영토였던 우크라이나의 말을 쓰는 혼혈 소년.

골치 아프기 그지없는 그림이 그려진 퍼즐의 한 귀퉁이가 맞춰지는 것 같았다.

그러나 이쪽을 보는 순영의 시선에 종혁은 어깨를 으쓱였다.

"쯧쯧. 그럼 답답해서 도망친거겠네요. 에휴, 저렇게 보호를 받는 게 얼마나 좋은 건지도 모르고⋯⋯. 배가 불렀네, 불렀어."

"아하하하. 그렇게 생각하십네까?"

"그럼요. 자, 이제 돌아가죠! 아직 배 채우려면 멀었잖아요?"

식당 주인이 곧 굴림만두라는 걸 만들어 주기로 했다. 처음 먹어 보는 음식이라 무척 기대가 되었다.

"네. 돌아가야디요. 호텔로."

"⋯⋯네?"

"벌써 오후 3시입네다. 아무리 편한 차림으로 가도 된다지만 술 냄새를 풍기며 갈 수는 없지 않갔습네까?”

“아니?”

“아니는 없습네다.”

“있습니다! 지금 굴림만두가! 수제 맥주가!”

“내일 드시라요. 자, 갑시다.”

손목이 잡힌 종혁은 그대로 질질 끌려갈 수밖에 없었다.

* * *

부우우웅!

한국으로 치면 퇴근 시간인 7시임에도 차가 별로 없는 평양의 도로. 종혁을 태운 검은색 세단이 목적지를 향해 나아간다.

‘교통경찰이 많네.’

이렇게 차가 없는데도 신호등 불이 꺼진 교차로마다 제복을 입은 여성들이 **삑삑** 호루라기를 불며 수신호를 보낸다.

가로등 불이 켜진 곳도 별로 없는 도로.

북한의 생활상이 여실히 드러나는 부분이었다.

부스럭부스럭.

옆을 본 종혁은 피식 웃었다.

흰색 민소매 드레스를 입은 순영이 훤히 드러난 어깨가 어색한지 어깨를 만지작거리고 있었기 때문이다.

“웃지 마시라요.”

"왜요. 예쁜데요. 이거 림학철 소좌가 보는 눈이 좋은데요?"

마치 그녀를 위해 만들어진 듯 순영과 굉장히 어울리는 드레스는 림학철 소좌가 호텔로 보낸 것이었다.

"……림 소좌는 한 번 다녀왔습네다."

"아, 죄송합니다."

"몰라서 그런 거니 이해하겠습네다."

새초롬 고개를 돌리는 그녀의 모습에 볼을 긁던 종혁은 아차 하며 입을 열었다.

"아, 그런데 가서 주의해야 할 점이 있습니까?"

파티 형식의 설명회는 가끔 가 봤지만, 이런 형식의 파티는 처음인 종혁.

"그런 건 없을 겁네다."

단단히 주의를 줬는데 이상한 짓을 한다? 미치지 않고서야 그럴 수 없다.

"혹여 있더라도 그냥 부모 잘 만난 애새끼들의 재롱이라 생각해 주시라요."

"아, 그래요?"

순영의 얼굴을 보니 어떤 파티인지 예측이 된다.

모든 걸 종혁 본인에게 맞춘 파티.

'그럼 편히 있어도 되겠네.'

마음을 편하게 먹은 종혁은 점점 어두워지는 도로를 가만히 응시했다.

"내가 다시 한번 말하겠디만은……."

"한 번만 더 들으면 백 번이다! 그만하라!"

"……진짜 하디말라. 나 교화소에 가기 싫다."

"아, 거 아새끼래……."

친구가 단단히 주의를 주기에 그럴 마음도 없었지만, 이런 모습을 보니 더 장난칠 마음이 사라진다.

찌르면 찌르는 대로 반응하는 친구 림학철.

고개를 저은 그는 파티장을 둘러봤다.

―비바람이 부는 길가에…….

종혁의 마음을 붙들기 위해 단단히 준비한 듯 한국 발라드가 흘러나오는 거실에서 웅성거리는 미남미녀들.

그리고 진취적인 성향을 가진 2세, 3세들과 북한 주재 대사의 자녀들. 러시아는 무려 대사 본인이 왕림해 있다.

여기에 친러시아계 젊은 간부들과 해외에서 영입한 과학자들까지.

비록 그 숫자는 다 합쳐도 서른 명이 될까 싶지만, 그런 건 문제가 되지 않을 만큼 급이 높다.

림학철에게 이런 능력이 있었나 싶을 정도였다.

'아니디. 아버님 능력이디.'

"하, 대체 언제 오는 기야?"

친구는 창밖을 보며 초조해하는 림학철의 모습에 고개를 저었다.

'이 아새끼는 다 좋은데 호랑이처럼 대범하디 못해…….'

"왔다!"

얼굴이 확 밝아진 림학철은 재빨리 문으로 다가가 기다렸고, 친구는 그 모습을 보며 고개를 저었다.

하지만 그래도 친구라서 그는 옆에서 함께 기다려 주기로 했다.

그런데…….

또각또각!

부드럽게 열리는 문 안으로 들어오는 하얀 원피스의 여인.

"흡!"

"헉!"

헛숨을 삼킨 둘의 눈이 파르르 떨리자, 이제 십대 후반이나 됐을 하얀 원피스의 소녀가 새빨간 입술을 비튼다.

"림 동무가 재밌는 연회를 연다고 해서 와 봤습네다. 혹시……."

깊은 호선을 그리는 소녀의 눈.

"내가 못 올 곳을 온 거 아니겠디요?"

"……아, 아닙네다!"

"예. 어서 오시라요!"

북한 어느 곳을 간다고 해도 꿇리지 않는 배경을 지녔음에도 굽실거리는 그들.

그럴 수밖에 없다.

눈앞의 소녀는 백두혈통, 이 나라 지배자의 혈통이었기 때문이다.

그것도 숨겨진 혈통이었다.

* * *

해가 온전히 저물고 나서야 평양 외각 림학철의 저택에 도착한 종혁은 저택의 규모를 보며 눈을 빛냈다.

'위세가 대단한데?'

"하하. 어서 오시라요! 역시 리 소좌! 내 어울릴 줄 알았어!"

"……감사합네다."

고개를 돌리는 순영의 모습에 빙구처럼 히죽 웃은 림학철이 종혁을 본다.

"오시는 데 불편하진 않았습네까?"

"보내 주신 차 덕분에 편히 왔습니다. 아, 편한 차림이어도 된다고 해서 평소처럼 입고 왔는데, 괜찮을지 모르겠습니다."

그 말에 종혁의 옷차림을 살핀 그는 활짝 웃었다.

바지에 티셔츠만 입고 와도 감지덕지일 텐데도, 마치 이쪽을 배려하듯 슈트를 입어 주었다.

딱 봐도 보통 명품이 아니라는 듯 선이 매끄럽고 유려한 슈트. 시계는 놀라 뒤로 넘어질 정도였다.

'파, 파텍필립이지 않네?'

림학철조차 감히 엄두를 낼 수 없는 명품 중 명품.

종혁이 지닌 부를 새삼 깨닫게 된 림학철의 어깨가 그 본인도 모르게 움츠러든다.

"나, 날이 덥습네다. 안으로 들어오시라요."

싱긋 웃으며 저택 안으로 들어오던 종혁은 순간 흥미진진한 눈으로 이쪽을 보는 한 소녀를 발견하곤 자신도 모르게 굳어 버렸다.

'어? 저 여자는?'

"최 동지?"

"아, 집이 너무 잘 꾸며져서 잠시 놀랐습니다."

"으하하핫! 그렇습네까?!"

시작이 좋다.

입가에 함박웃음이 피어난 림학철은 짓궂은 표정을 지으며 검지를 까딱였다.

"언젠가 동지가 받을 공화국의 선물에 비하면 아무것도 아니디요. 자, 이리 오시라요. 내 친하게 지내는 동무들을 소개시켜 주갔습네다."

오늘 초대를 하며 처음 보는 이들이 대다수지만, 지금 이 순간만큼은 모두 친한 친구였다.

슬그머니 멘트를 던진 그는 누가 지켜보는지도 모른 채 그렇게 종혁을 안내했다.

'흐응. 저자가…….'

소녀의 눈이 종혁과 순영을 모두, 아니 순영을 더 담는다.

리순영. 공화국이 낳은 괴물이자, 공화국이 키운 천재.

고작 이십대의 나이에 소좌가 된 여장부.

공화국 역사상 이런 파격이 있었던가.

리순영은 같은 여자로서 꼭 만나고 싶었던 인물이었다. 아무도 몰래 이 자리를 찾아온 것도 바로 순영을 만나기 위해서였다.

아직은 누군가를 사사로이 부를 정도의 권력이 쥐어지지 않은 그녀.

'그래. 지금은 그렇다.'

하지만 대학에 입학할 내년부터는 달랐다.

의미심장하게 눈을 빛낸 소녀는 그제야 종혁을 온전히 눈에 담았다.

"저치가 리 소좌를 구했다고 했네?"

"그렇습네다. 기런디 그 방법이라고 알려진 게 골 때리는 거이⋯⋯."

"됐다. 알고 있다."

남한의 부유한 경찰. 러시아와 깊은 연관이 있다지만, 그게 자신과 무슨 상관인가.

"먹디 못할 떡은 욕심내는 게 아니디."

"예?"

손을 저어 친구의 입을 다물게 한 소녀는 종혁에게 신경을 끄며 언제 다가가야 할까 순영을 응시하며 타이밍을 쟀다.

파티장 한구석에 자리한 혼혈 소년과는 달리 말이다.

"저 사람은?"

놀란 소년의 우크라이나어에 옆에 서 있던 큰 덩치의 오십대 금발 외국인이 반응한다.

모국인 우크라이나의 독립에 소련의 연구소에서 실직하였다가 이곳 북한에 스카우트를 받아 넘어온 친구가 이곳에서 결혼해 낳은 아들.

그 자신과 달리 세상에서 가장 위험한 무기를 연구하는 친구다 보니 가족은 보호란 명목 아래 새장에 갇힌 새가 됐는데, 그 사정이 안타까워 이 파티에 데려온 그로서는 기꺼울 수밖에 없다.

갇혀 사는 신세에 친구도 가지지 못해 뭘 하든 심드렁해하거나 반항만 하던 친구의 아들이기에 더.

친구가 스카우트될 때 옆에서 바람을 넣은 사람이 바로 본인이기에 더욱더.

"아는 사람이냐? 어떻게? 누군데?"

"……그냥 아까 시장에서 잠깐 본 사람이에요."

쪽팔리게 소매치기 패거리에게 당했다는 걸 어떻게 말할까. 어리지만 소년도 남자였다.

"아무래도 러시아와 깊은 관계를 맺고 있다는 게스트가 저 사람인가 봐요."

"아, 그건 싫군."

지금도 소비에트 연방이었던 시절을 잊지 못한 듯 우크라이나를 괴롭히는 러시아. 당의 높은 간부의 자식인 림학철의 초대가 아니었다면 아마 이 자리에 오지 않았을 거다.

물론 그것과는 상관없이 보다 여러 가지를 겪게 해 주려고 소년을 데려온 것이지만 말이다.

'이런 걸 두고 우연이라고 하던가?'

우연, 인연, 필연.

한창 그런 것에 빠질 나이인 소년으로서는 이 말도 안 되는 우연에 눈을 초롱초롱 빛낼 수밖에 없었다.

그러다 종혁과 눈이 마주치자 흠칫 놀랐다.

그건 종혁도 마찬가지였다.

콰악!

"반갑습니다, 동지!"

누가 러시아인 아니랄까 봐 악수조차 힘이 넘치는 평양 주재 러시아 대사가 종혁의 볼에 뽀뽀를 하려는 듯 몸을 기울인다.

"이놈들이 무슨 수작을 부리진 않던가요?"

걱정이 가득한 목소리.

난생처음 보는데도 이렇게 걱정을 해 준다는 것에 묘한 표정을 지은 종혁이 고개를 저으며 러시아어로 답했다.

"절 귀화시키려고 이런 자리를 만든 것 말고는 딱히?"

"……하. 되지도 않는 욕심을 부리는군요."

'아니, 흠. 나쁘지 않을지도.'

무려 러시아의 2인자가 어떻게든 보호하라며 연락을 해 올 정도로 중요한 인물인 종혁.

메드베제프가 친구라고 칭한 이상 종혁은 러시아의 친구였다.

그런 종혁이 북한에 귀화를 한다?

그럼 러시아도 가능하다는 소리였다.

'그렇게만 된다면?'

생각을 정리한 러시아 대사는 나지막하게 입을 열었다.

"저들이 선을 넘을 것 같으면 지체 없이 달려오십시오."

"……감사합니다."

무조건적인 호의에 가슴이 몽실해진다.

하지만…….

"그런데 제가 그쪽에 가지 못할 상황이 되면 어떡합니까?"

장난을 치듯 짓궂은 물음에 러시아 대사의 얼굴이 굳는다.

"구하러 가겠습니다."

"그럴 수 없는 상황이라고 해도요?"

"그렇다고 해도요. 러시아는 결코 친구를 버리지 않습니다."

"……든든하군요."

"별말씀을. 아, 이쪽은…….."

러시아 대사는 친히 북한의 친러시아계 젊은 간부들을 소개시켜 줬고, 종혁은 웃으며 그들과 악수를 나눴지만 머릿속은 복잡했다.

'모르고 있다? 흐으응…….'

눈을 가늘게 뜨던 종혁은 순간 손에서 느껴지는 간지러움에 정신을 차렸다가 고개를 모로 기울였다.

'얜 또 뭐야? 중국인?'

생김새가 딱 그렇다.

"분명 우리도 좋은 친구가 될 수 있을 겁니다. 비록 언어는 다르지만 말이죠."

그렇게 영어로 말한 이십대의 청년은 종혁의 옆에 서 있는 림학철을 보며 의미심장하게 웃었고, 림학철은 경기를 일으키듯 반응했다.

"무슨!"

'푸핫! 얘 봐라?'

아무것도 모른 채 왠지 림학철이 공을 들이는 것 같으니 냅다 재부터 뿌리는 거다. 그러다 종혁이 중국으로 넘어오면 그제야 종혁에 대해 알아보겠다는 고약한 심보.

"흠. 글쎄요. 요새 중국의 경제가 많이 발전하고 있다지만……."

"그렇지."

종혁이 고민하는 기색을 보이자 러시아 대사가 재빨리 나선다.

"아니, 요새 좀 무리하고 있지 않나? 대북 지원이 좀 줄었다는 말이 나오던데."

"근거 없는 헛소문입니다."

"증거가 있는데도?"

"헛소문입니다."

'대북 지원이 줄었다?'

눈을 빛낸 종혁은 영어로 싸우기 시작한 둘을 가만히 응시했고, 사람들은 그 진귀한 장면에 슬금슬금 모여들기 시작했다.

'이, 이게 아닌데?'

종혁에게 귀화를 하면 맨날 이런 사람들과 만날 수 있다는 걸 보여 주기 위해 만든 자리인데, 공화국으로선 넘볼 수 없는 두 나라가 종혁을 가지기 위해 싸우고 있음에 림학철은 울상이 될 수밖에 없었다.

그러나 그런 그와 달리 조용히 서 있던 순영은 터지려는 웃음을 참기 위해 노력하고 있었다.

'정말 대단한 사람이라니까.'

가만히 있어도 무리의 중심이 되는, 그것도 모자라 말 몇 마디에 두 거대한 나라가 싸우게 만들었는데 어찌 대단하다 말하지 않을 수 있을까.

하지만 더 이상 놔뒀다간 직무 유기이기에 순영은 림학철을 쿡 찔렀다.

"다른 분들도 소개시켜야디 않갔습네까?"

"아! 기, 길티! 기래야디! 고조 잠시 실례하갔습네다! 최 동지도 이쪽으로 오시라요."

냉큼 종혁의 손을 잡은 림학철은 러시아, 중국과 상관없는 사람들을 향해 이끌었고, 가만히 있어도 알아서 툭툭 나오는 단서에 눈을 빛내던 종혁은 아쉬워하며 몸을 돌리다 순간 눈이 마주치는 소년을 발견하곤 깜짝 놀랐다.

'어? 쟤는?'

마침 눈이 마주친 소년도 흠칫 놀랐다.

"와, 여기서 만날 줄은 몰랐는데?"

종혁의 능수능란한 우크라이나어에 소년을 비롯한 주위 사람들이 깜짝 놀란다.

"우, 우리나라 말을 할 줄 아셨어요?"

회귀 전에 배운 거다.

가끔 국내에서 범죄를 일으키는 우크라이나 출신 노동자들.

강원도부터 울산까지 러시아발 밀수 때문에 러시아어를 할 줄 아는 경찰들은 제법 있지만, 우크라이나어를 아는 사람은 극히 소수이기에 배웠었다. 당시엔 미쳐 살았던 승진에 도움이 되니 말이다.

"조금? 외국어 배우는 게 취미거든."

"미친……."

"푸흐."

이 나이 또래의 가감 없는 표현에 웃음을 흘린 종혁은 소년의 옆에 선 외국인을 봤다.

"대범한 아드님을 두셨더군요. 반갑습니다. 최종혁입니다."

"우슬란입니다. 그런데 아들이 아니라 친구의 아들입니다. 새로운 세상을 견학시키고자 데려왔죠."

묘하게 톡 쏘는 말투.

러시아와 우크라이나의 관계를 떠올린 종혁은 아무렇지 않다는 듯 말을 이었다.

"와, 아무리 친구 아들이라지만 쉽지 않은 선택이었을 텐데……. 친구끼리 우애가 많이 깊으신가 보군요."

진심 어린 칭찬에 외국인의 얼굴에 서린 불쾌함이 사라진다.

"하하. 겨울날 호수에서 함께 수영을 할 정도로 친한 친구라서 말입니다."

"……겨울에요? 많이 추울 텐데?"

"얼어붙은 호수에서 수영 정도는 할 줄 알아야 우크라 이나 남자라고 할 수 있죠!"

"아."

'나 이 말 들어 본 적 있는데.'

주로 러시아 남자들이 이런 식의 말을 했다.

그렇게 잠시 대화가 끊기자 림학철이 재빨리 나섰다.

"공화국에서 무기를 연구하는 동무입네다."

"아, 그럼?"

종혁의 시선에 외국인은 고개를 끄덕였다.

"저와 비슷한 분야의 연구를 하는 친구입니다."

"그래요……."

급격히 흥미가 식은 눈을 한 종혁은 소년을 봤다.

"괜찮냐? 어디 아픈 곳은 없고?"

"……괜찮아요."

"그래? 병원에는 가 봤고?"

"이 정도면 침만 발라도 나아……."

"병원? 침?"

"헉!"

의아해하는 외국인의 모습에 깜짝 놀란 소년은 종혁에 게 더 이상 말하지 말라는 듯 간절한 눈빛을 보냈고, 종 혁은 흐뭇하게 웃었다.

"앞으론 그런 뒷골목엔 들어가지 마라."

"아!"

"잠깐, 뒷골목? 흠. 아무래도 진지한 대화가 필요할 것 같구나, 안드리."

"아니, 그게……!"

키득키득 웃은 종혁은 소년의 머리를 손을 얹었다.

"너를 둘러싼 세상이 답답하고 힘들면 무언가에 집중을 해 봐."

속상해하며 종혁의 손을 쳐 내려 했던 소년은 종혁의 진지한 표정에 낯빛을 굳혔다.

"……집중?"

"책도 좋고, 그림도 좋고, 혹은 미래에 대한 생각이나 꿈도 좋지. 최소한 그 시간만큼은 널 둘러싼 걸 잊을 테니까."

그리고 미래를 위한 준비도 할 수 있다.

"준비……."

"참고로 내가 내일 대학에서 강의를 하거든? 한번 와 봐. 취향에 맞지는 않더라도 시간 떼우기 정도는 되어 줄 테니까."

종혁은 생각이 많아지는 듯한 소년의 모습에 싱긋 웃었다.

"다음부턴 달라는 돈 다 줘 버려. 쪽팔리게 여자한테 맞지 말고."

"네? 난 여자한테……."

콰악!

억센 손이 소년의 어깨를 움켜쥔다.

"여자까지…… 정말 할 이야기가 많을 것 같구나, 안드리!"

"아, 아니에요! 아니라니까요?!"

킬킬 웃은 종혁은 몸을 돌렸고, 순영은 그런 그를 보며 못 말리겠다는 듯 고개를 저었다.

"그렇게 놀리니까 재밌습네까?"

"오, 우크라이나어를 배우셨어요?"

"공화국에 돌아다니는 언어는 다 익히고 있디요."

그냥 심심해서 익혔다.

'피유. 순영 씨도 괴물은 괴물이라니까.'

"종혁 동무는요? 정말 취미입네까?"

"남의 나라에 와 놓고도 범죄를 저지르는 새끼들이 많아서요. 그래서 일단 한국에 입국하는 외국인들의 언어는 다 익히려 하죠."

"그럴 줄 알았습네다."

"어…… 잠깐, 그러니까 지금 그런 이유로 그 많은 외국어를 익혔다는 겁네까?"

식겁하는 림학철의 모습에 종혁과 순영은 고개를 모로 기울였다.

"그런데요?"

"뭐 잘못됐습네까?"

"그러니까 겨우…… 허, 미친."

이 말도 안 되는 괴물들에 림학철은 종혁에게 잘 보여야 하는 것도 잊은 채 된 소리를 낼 수밖에 없었다.

주위 사람들의 반응도 별반 다르지 않았다.

"어떤 재밌는 대화를 하는지 물어도 되겠습네까?"

또각또각!

지루함을 이기지 못했는지 이쪽으로 다가오는 소녀의 모습에 림학철이 다시 식겁하고, 순영의 눈이 파르르 떨린다.

"아! 최, 최 동지. 이, 이쪽은⋯⋯."

"반갑습네다, 남조선 동무. 서단이라고 합네다. 아바디가 정치국에 적을 올리고 있디요."

스스럼없이 손을 내미는 그녀의 모습에 종혁은 재밌다는 듯 웃었다.

'그렇지. 아버지가 정치국 소속인 건 맞지.'

최상단, 그것도 사망하지 않는 이상 결코 내려오지 않는 정점에.

눈앞의 소녀는 서단이 아니라 김단이었다.

"북한에 와서 먼저 손을 내미는 여성은 여기 순영 씨 말고 서단 씨가 처음이네요. 반갑습니다. 최종혁입니다."

종혁은 이 여자가 왜 여기에 있는 건가, 왜 먼저 다가온 건가 그 진의를 살피기 위해 가만히 그녀의 얼굴을 응시했다.

방금 전 무기 개발자의 말에 복잡해진 머릿속이 팽팽 돌아가기 시작했다.

* * *

짹짹짹짹!

오늘도 아침을 알리는 새소리에 잠에서 깬 종혁은 번데기처럼 이불을 돌돌 말고 있는 여성을 멍하니 쳐다봤다.

"어쩐지 좀 춥더라니."

작은 체구의 귀염상이었던 어제의 여성과 달리 길쭉길쭉한 여성. 어젯밤 파티에서 림학철이 붙여 준 승무원이다.

종혁의 생각과 달리 무탈하게 지나간 파티.

……피식.

'내가 아니라 순영 씨에게 관심 있었지.'

통성명을 한 이후 슬그머니 순영에게 아는 척을 하더니 냅다 그녀의 손을 잡고 이야기꽃을 피워 버린 김단.

덕분에 낙동강 오리알이 된 기분을 느끼게 됐다.

그것을 제외하면 이후 파티는 무난하게 지나갔다.

러시아 대사는 계속 종혁의 곁에 붙어 있으려 했고, 그럴수록 종혁이 범상치 않다는 걸 느낀 중국 대사의 아들은 공수표를 남발했다.

덕분에 현재 중국 사정에 대해 아주 잘 알게 됐다.

'곳곳에서 비명을 지르고 있군.'

IMF가 닥치기 전의 한국처럼, 겉으로는 최대최고의 호황인 것처럼 풍요롭고 호화로워 보이지만 속으로는 곪다 못해 터지기 일보 직전이다.

대북 지원 축소가 가장 대표적인 증거다.

외화 보유고 이야기가 나왔을 땐 기함하는 줄 알았다.

급성장의 부작용.

어제 나들이한 장마당의 모습도 이를 뒷받침해 준다.

묘하게 물건이 많이 없던 가판대. 중국산 제품이 시장을 잠식한 북한의 장마당에서 아침이었음에도 제품이 부족하다는 건 하나다.

생산력이 떨어졌다는 거다.

'그것도 그거지만, 드바 로마노프의 제품도 있었지.'

북한에 정식 입점도 안 한 드바 로마노프의 제품이 장마당에 돌아다니는 것도 웃겼지만, 그게 전체 물량의 40퍼센트 이상을 차지한 건 더 웃겼다.

그리고 그 옆에서 중국산 제품들이 떨이로 팔리고 있었다.

중국산 제품 두 개 살 가격으로 드바 로마노프는 하나만 살 수 있음에도 드바 로마노프 것만 팔리고 있었다.

심지어 돌아갈 때쯤엔 세 개에 하나 가격까지 내려갔다. 떨이로도 커버할 수 없을 만큼 제품 경쟁력도 떨어진 거다.

비슷하게 구하기 어렵다면 약간 비싸더라도 믿을 만한 곳에서 훨씬 더 좋은 제품을 구해 값을 더 높여 파는 게 당연한 심리.

중국은 밑바닥에서부터 경쟁력을 잃고 있었다.

'이거 좀만 더 찌르면 더 빨리, 더 많이 붕괴시킬 수 있을 것 같은데…….'

이 부분은 좀 더 고민하거나 상의해 봐야겠다고 생각한 종혁은 어젯밤 또 한 조각 맞춰진 불쾌한 퍼즐을 떠올렸다.

'무기 개발자와 비슷한 분야의 연구를 하는 친구…… 그리고 감시를 받는 친구의 가족…… 쯧.'

이게 뜻하는 게 뭐겠는가. 감시를 받을 만큼 위험한 것을 연구한다는 소리다.

"에이."

머리를 긁으며 몸을 일으켜 씻은 종혁은 어제의 여대생처럼 쪽지를 남기고 떠나 버린 승무원 덕분에 휑해진 방을 나서다 흠칫 놀랐다.

"하하. 나오셨어요?"

반팔, 반바지 차림을 한 채 어색하게 웃고 있는 통일부 직원.

"무슨 일이세요?"

"아니, 뭐 저도 운동이나 할까 하고요. 그런데 혼자 가기는 좀 그렇고……."

"어이구. 그렇다고 이렇게 오래 기다리셨어요?"

직원의 팔뚝에 닭살이 한가득 올라와 있다.

"전화를 하시지."

"그러면 너무 폐가 될까 봐서요……."

"전혀 그런 거 아니니 새벽 6시 이후엔 언제든 연락 주세요."

"넵! 아, 그런데 어젯밤 다녀오신 파티는 어땠어요? 누굴 만나셨어요? 설마 북한 연예인?! 아니면 당의 높은 간부?"

종혁은 밤하늘의 별처럼 빛나는 직원의 눈빛에 고개를 저으며 호텔 안에 있는 헬스장으로 향했다.

웅성웅성.

"오늘 우리를 가르친다는 교수 동지에 대해 아는 사람 있네?"

"듣기로 남조선에서 왔다고 했지비."

"남조선? 림 소좌 동지가 남조선 사람은 어케 알고?"

"나라고 알갔습네까?"

김일성종합대학의 한 강의실에 제복을 입은 채 앉아 있는 인민보안성과 보위부 소속 보안원 100여 명과 지원을 받아 들여보낸 대학생들이 오늘의 소집을 두고 이래저래 말을 꺼낸다.

그젯밤 난데없이 공문을 보내더니 번갯불에 콩 구워 먹는 것보다 날치기로 선발되어 온 그들.

그래도 면면을 자세히 살펴보면 뒷배가 두둑하거나 윗사람이라도 아니면 가차 없이 들이받는 꼴통들만 모아 놓았다.

ㅡ아! 아!

그들은 정면의 단상을 쳐다봤다.

각이 칼날처럼 살아 있는 정복을 갖춰 입은 림학철이

마이크를 잡고 있다.

　-다들 갑작스런 소집에 당황했을 기야.

　보안원들이 당연하다는 듯 고개를 주억거린다.

　-하지만 당황하디 말라. 너흰 선택받은 것이니끼니.

　'선택? 무슨 선택?'

　웅성웅성.

　-무슨 선택이냐면, 바로 너희가 위대한 공화국의…….

　'하. 저 아새끼 또 저런다.'

　'에두르지 말고 직진하면 얼마나 좋네.'

　'그래도 얼음보숭이나 고기겹빵은 잘 사 주지 않습네까.'

　'……기건 길티. 좋은 사람이다.'

　-최소 10억 달러.

　움찔!

　천문학적인 액수에 다급히 고개가 돌아간다.

　-이제부터 소개할, 너희들에게 강의를 해 줄 남조선 경찰이 해결하지 않았으면 발생했을 사건의 피해액이야. 이것도 최소로 잡은 거이다.

　입이 떡 벌어진 그들이 눈으로 그게 정말이냐고 묻는다.

　그들의 맨 뒤, 허락을 받고 강의를 듣게 된 소년과 그 옆에 앉은 김단도 눈이 흔들린다.

　소년과 달리 오늘도 순영을 만나기 위해 이 자리를 찾은 김단.

　-어디 그뿐이간? 고작 22살 어린 나이에 전 세계를 진동시킨, 오늘부터 너희가 배울 수사 기법을 만든 천재이

기도 하다. 그러니 적극 호응하고 박수로 맞이하라! 최종혁 동지다! 최 동지 나오시라요!

벌컥!

문을 열고 들어오는 거구에 깜짝 놀랐던 그들은 이내 양손을 가슴께로 들어 부딪치기 시작했다.

짜자자자자자작!

강의실에 퍼지는 우레와 같은 박수 소리.

그들의 면면을 살핀 종혁은 눈살을 꿈틀거렸다.

맨 뒤에 앉은 소년과 김단을 보며 눈을 빛낸 종혁은 마이크를 잡았다.

"반갑습니다. 북한의 치안을 위해 불철주야 개발에 땀나는 것처럼 좆뺑이 치시는 보안원 여러분. 그리고 술 마시고 노느라 하루가 부족한 대학생 여러분."

"푸흡!"

"풉!"

"전 여러분이 남조선이라 부르는 대한민국에서 본청…… 그러니까 인민보안성 같은 기관에서 수사팀의 팀장을 맡고 있는 최종혁 경정입니다. 지금 착석하는 저 셋 중 둘은 제 팀원이고, 나머진 뭐 신경 쓰지 않으셔도 됩니다."

"너무하신데요!"

"네. 20킬로 덤벨도 못 드는 사람은 입 다무시고요. 아무튼 갑작스런 모집에 다들 놀라셨을 테지만, 일단 내 탓 아닌 걸 알아주세요. 그리고 이해합시다. 윗대가리들이 이러는 거 하루 이틀도 아니잖습니까."

다시 몸을 들썩인 보안원들은 종혁을 묘한 눈으로 쳐다
봤다.

남한에서 왔다고 해서 비리비리할 줄 알았는데, 입담이
장난이 아니다. 체격까지도.

그들은 흥미라는 장작에 불을 지르며 종혁을 응시했지
만, 종혁은 입맛을 다셨다.

'이거 반응이 영 별론데?'

보통 이쯤 되면 웃음이나 박수가 나와야 하는데, 다들
필사적으로 참는 걸 보니 더 짠해진다.

"그럼 이쯤에서 내 소개는 그만하고 본론으로 들어가
도록 하죠."

종혁은 분필을 들어 칠판에 [수사 기법이란 무엇인가]
라고 적었다.

"수사 기법. 들어 본 사람도 있고, 들어 보지 못한 사
람도 있을 겁니다. 이 수사 기법에 대한 정의는 간단합니
다. 범인을 어떻게 잡느냐, 범죄를 어떻게 해결하느냐.
조금 더 정확히 말하자면 결국 범인을 잡는 방법. 이게
수사 기법입니다."

웅성웅성.

"솔직히 와닿지 않죠? 너무 익숙한 거라서?"

종혁은 고개를 끄덕이는 보안원들 중 한 명을 가리켰다.

"거기 계신 분. 사건이 발생했을 때 가장 먼저 하는 일
이 뭡니까?"

"나, 나 말입네까? 아니……."

얼굴이 시뻘겋게 달아오른 보안원은 림학철의 눈치를 살폈고, 림학철은 재빨리 고개를 끄덕였다.

"이, 일단 신고 접수부터 받겠디요."

"오? 그리고요?"

"피해자 진술?"

"또?"

"……아! 사건 현장 조사!"

"그렇죠! 이야, 훌륭하신데요?"

칭찬을 받은 보안원은 자신도 모르게 슬쩍 어깨를 으쓱했고, 다른 보안원들은 그를 보며 부럽다는 눈빛을 보냈다.

그렇게 분위기가 말랑말랑해지자 종혁은 말을 이었다.

"이렇듯 우리 경찰들은 이다음에야 범인을 찾기 시작하고, 여러 명의 용의자를 추려 끝내 범인을 검거하게 됩니다. 그런데 이 범인을 찾는 게 참 지랄이란 말이죠."

"아!"

곳곳에서 탄성이 터진다.

"와, 벌써 깨닫는 분이 계시네요? 하지만 아직 깨닫지 못하는 분들이 계시니 잠시 쉣 합시다."

"하하."

"흐흐. 자, 그럼 이 범인을 어떻게 잡느냐? 아니, 그 전에 나이 많은 선배들이 범인을 검거하는 모습을 보신 분? 손 좀 들어 보시겠습니까?"

보안원 전체가 손을 든다.

종혁은 그중 한 명을 지목했다.

"어떻던가요?"

"아, 그거이……."

"솔직히 그냥 대충 사건 현장을 둘러보고는 대충 때려 맞추는 것 같았죠? 어쩔 땐 여러분의 추측과 달리 생뚱 맞은 이를 범인으로 지목할 때도 있을 테고요. 하지만 대부분 그놈이 범인이었을 테죠."

"……!"

지목당한 보안원뿐만 아니라 보안원 모두가 눈을 동그랗게 뜬다. 그에 눈을 빛낸 종혁은 칠판을 강하게 후려쳤다.

쾅!

깜짝 놀란 그들이 쳐다보자 종혁은 칠판에 [데이터]라고 적었다.

"그게 바로 이 데이터라는 겁니다. 수십 년 현장을 누비며 쌓아 온 범죄에 대한 경험. 수없이 검거해 온 범죄자의 유형. 이것들이 쌓이고 쌓여, 모이고 모여 학문을 이룬 게 바로 이겁니다."

프로파일링, 행동심리학, 범죄학, 범죄심리학.

"이 외에도 DNA, 지문 등등 인간의 경험을 체계화시켜 보다 나은 것으로 쌓고 빚어 범인을 잡는 것. 이게 바로 수사 기법입니다."

"아!"

"아아아!"

그제야 깨달은 모두가 탄성을 터트리자 종혁은 고개를 모로 기울였다.

"흐응. 박수는 없나요? 보통 이쯤에선 박수가 나와야 되는데?"

……피식!

자신도 모르게 웃었던 림학철은 조용한 분위기에 이내 아차 하며 벌떡 일어났다.

짝짝짝!

"뭐하네! 마음껏 호응하라 하지 않았네!"

눈을 동그랗게 떴던 사람들은 이내 조심스럽게 박수를 치다가 계속된 림학철의 박수에 자신들의 현재 심정을 표출하기 시작했다.

짝짝짝짝짝짝!

"와아아아!"

종혁은 이제야 터져 나오는 환호성에 씩 웃었다.

"자, 그럼 본격적으로 수사 기법에 대해 빠져 볼까요?"

그 순간 종혁은 강의실을 장악해 버렸다.

* * *

높은 사람의 허락도 떨어졌겠다 마음껏 즐기다 보니 어느덧 강의도 중반을 넘어가고 있었다.

"계, 계획적이 아니라 우발적이 많다는 겁니까?"

이젠 질문도 하는 그들.

종혁은 당연하다는 듯 고개를 끄덕였다.

"네. 살인은 우발적인 경우가 절대다수입니다. 순간 울컥해서, 쌓이고 쌓인 게 폭발해서 등 여러 이유로 친구가 친구를, 자식이 부모를, 부모가 자식을, 애인이 애인을……."

움찔!

"찌르는 경우가 대다수…… 흠."

종혁은 방금 전 질문을 던진 보안원을 봤다.

"최근에도 그런 사건이 있었나 보군요."

흠칫!

"……그렇습네다."

웅성웅성.

"흐음."

놀라서 그를 쳐다보는 보안원들을 본 종혁은 고개를 끄덕였다.

"그럼 이쯤에서 예시를 하나 보이는 게 좋겠군요. 이왕이면 이곳의 사건으로요. 사건 파일이 있으면 좀 제공해 줄 수 있겠습니까?"

"네? 아, 그거이……."

종혁은 미지근한 그의 반응에 미간을 좁혔다. 아무래도 현재진행 중인 사건 같았다.

"애인이 유력한 범인인가 보군요. 그런데 당신의 사수는 다른 사람을 지목하고 있고요."

"허억!"

그 말에 다시 놀라는 그.

"일단 가져와 보시죠. 혹시 압니까?"

이렇게 많은 사람들이 머리를 맞대어 고민하다 보면 범인이 나올지 모른다.

비록 다른 나라라지만, 가족의 죽음에 비통해할 유족이 있는데 어찌 모른 체하고 지나갈까.

그런 종혁의 시선을 받은 림학철은 고민을 하기 시작했다.

"으음. 그거이……."

순영은 고민을 하는 림학철을 보며 한숨을 내뱉었다. 고민할 가치도 없는 일에 고민을 하는 모습을 보니 답답해 돌아 버릴 것 같다.

고개를 저은 순영은 림학철을 대신해 입을 열었다.

"미안합네다만 기건 힘들겠습네다, 종혁 동무."

종혁의 능력이 얼마나 대단한지는 안다.

하지만 이건 공화국이 해결해야 될 일이다.

아니, 정확히는 사건이 어려워 종혁의 도움을 받게 되더라도 이렇게 많은 인민들 앞에서 도와 달라고 말할 수 없는 노릇이었다.

"아, 그렇습니까?"

아쉬워한 종혁은 어쩔 수 없다는 듯 고개를 끄덕였다.

제아무리 고통받을 유족이 눈에 밟힌다고 하더라도 남의 나라에서 감 놔라 배 놔라 할 순 없었다.

'그래도 이따가 따로 물어보기라도 해야겠네.'

형사로서 어쩔 수 없는 오지랖이다.

생각을 정리한 종혁은 다시 마이크를 잡았다.

"이래서 직업병이 무서워요. 뭔 사건만 터졌다 하면 눈이 벌게져 가지고……."

"하하."

"그럼 원래대로 돌아와 제가 준비한 자료를 보실까요?"

"아."

내심 기대를 했는지 아쉬운 탄성이 내뱉는 그들의 모습을 일견한 종혁은 최재수를 응시했고, 최재수는 냉큼 미리 설치한 스크린을 내리고 프로젝트를 작동시켰다.

그렇게 강의가 다시 시작되었다.

* * *

"그럼 여기까지. 부디 유익한 시간이 되셨길 바랍니다. 다음 강의에선 프로파일링의 기초 개념에 대해 알려 드릴 테니 그에 대해 공부해 와 주세요. 자료는 나가시면서 받아 가시면……."

"아아!"

"뗙! 우리 싫어도 피해자들을 위해 노력해 봅시다! 이상 끝!"

"와아아아!"

등장 때처럼 우레와 같은 박수와 함께 강의를 마무리한 종혁은 한숨을 쉬며 자료들을 정리하기 시작했고, 그런 그에게 순영이 가쁘게 뛰는 심장을 누르며 다가섰다.

장마당으로 향하던 길에서 들었던 그 짧지만 강렬했던

강의.

하지만 그건 오늘 강의에 비하면 새 발의 피였다.

귀에 박이다 못해 각인이 되다시피 한 내용.

너무도 재밌고 놀라워 10년이 지나도 토시 하나 잊을까 싶을 정도였다.

"명강의였……."

"정말 대단한 강의였습네다, 최 동지!"

종혁의 손을 콱 잡으며 외치는 림학철.

감동을 크게 받은 듯 울상을 짓고 있다.

"이렇게 젊은 나이에 이런 수준 높은 강의라니!"

종혁의 강의를 들은 지금이라면 사물함 속에 잠든 미제사건들을 모두 해결할 수 있을 것만 같았다.

'최 동지는 무조건 잡아야 한다, 무조건!'

림학철은 본인 스스로도 그렇게 욕심을 내기 시작했다.

'어…… 이거 아무래도 내가 싼 똥을 내가 밟은 것 같은데.'

왠지 그런 느낌이 후두부를 후려치는 것 같은 순간이었다.

또각또각!

종혁은 나가는 사람들로 인해 번잡해진 소음을 뚫는 구두 소리의 주인을 보곤 싱긋 웃었다.

"또 뵙네요, 단이 씨."

"……확실히 최 동지는 우리 공화국 남정네들과는 다른 부류군요."

통성명을 하고 나이를 알게 되면 곧바로 친근함을 가장해 반말을 던져 오는 북한 남자들. 그녀가 반년 전까지 유학했던 나라도 똑같았다.

"하하. 강의는 어떠셨어요? 들을 만하던가요?"

"훌륭했습네다."

그 어떤 미사여구를 붙여도 부족했던 강의.

유학을 했던 나라의 학교 선생들보다 훨씬 재밌고 알찼다.

그래서 욕심이 난다. 몇 년 후 모든 교육을 마치고 정계에 데뷔했을 때 도움이 되어 줄 것 같아서 무척이나.

"최 동지는 어떠셨습네까? 우리 공화국 혁명 전사들의 강의 태도는?"

마치 회사 사장이나 할 법한 질문에 터지려는 웃음을 삼킨 종혁은 진지하게 답했다.

"훌륭했습니다."

처음엔 이리저리 눈치를 봤지만, 결국 스스로에게 부족한 걸 알아차리고 사랑을 갈구하는 소년처럼 집요하게 매달리던 사람들.

조는 것도 없고, 단 한 단어라도 흘려들을 수 없다며 귀를 쫑긋 세우는 수강생을 향해 이 이상의 어떤 미사여구를 붙일 수 있을까. 오늘 받은 감동이 퇴색될 뿐이다.

그런 종혁의 대답에 림학철은 활짝 웃고 말았다. 드디어 종혁이 공화국에 감화되는 것 같아서.

그를 힐끔 본 김단은 입술을 살짝 비틀며 입을 열었다.

"길티요. 이렇게 열정적인 인민들로 인해 공화국이 유지되디요."

모든 게 부족한 북한.

자원이 있다 한들 국민에게 돌아가는 게 얼마나 될까. 한 줌의 흙을 푼다면 그중 모래 한 알갱이라도 돌아가면 다행이다.

그럼에도 이렇게 지도자를 믿고 따르니 북한은 사람이 전부인 나라였다. 참으로 불쌍한 나라였다.

"그, 그 단이 동지!"

"응? 와 그라십네까? 수령 동지께서 널리 치세를 펼치시고 온 인민들이 믿고 따르며 열정적으로 대동단결하니 공화국이 유지되고 발전하는 건 맞지 않습네까?"

움찔!

"어…… 그건 맞디요."

"고조 뭔 생각을 한 겁네까?"

"미, 미안합네다."

싱겁다는 듯 고개를 저은 김단은 종혁을 보며 싱긋 웃었다.

"내일 강의도 기대하갔습네다."

힐끗 그녀의 옆구리에 끼워진 연습장을 본 종혁도 싱긋 웃었다.

"단이 씨 같은 수강생이면 언제든 환영이죠. 내일 봐요."

고개를 까딱이며 돌아선 김단은 의미심장한 미소를 지었다.

'돌아가면 제대로 알아봐야겠어.'

그냥 봐도 회유되기 그른 인물인 종혁.

떡 벌어진 어깨에 가득 차 있는 자존감이 그 증거다.

거기다 시가 몇 만 달러짜리 시계와 비슷한 가격의 슈트를 매일같이 바꿔 입는 사람이 뭐 부족한 게 있어 귀화를 할까.

당은 지금 헛발질을 거하게 하는 것이었다.

하지만 그건 당의 일일 뿐 자신의 일은 아니다.

'좋은 관계를 맺을수록 내게 도움을 줄 부류지, 저런 부류는.'

잔정이 많아 어려운 사람을 외면 못하는 부류.

종혁에 대해 작은 오판을 한 그녀는 얼른 알아보기 위해 걸음을 재촉했고, 종혁은 사람들이 모두 나가고 나서야 다가온 소년을 보며 풀썩 웃었다.

할 말이 많지만 쉬이 입이 떨어지지 않는지 입술을 달싹거리는 소년.

"어우, 이거 이야기를 많이 했더니 목이 타네. 안드리라고 했지? 너도 같이 갈래?"

"네? 네……."

"그래. 가자. 자, 모두 음료수나 빨러 갑시다!"

그렇게 우르르 몰려 나간 그들은 교정의 벤치에 앉아 이제 거의 다가온 여름의 뜨거운 햇볕을 온몸으로 만끽했다.

"오늘 강의를 들은 소감은 어땠어? 느낌이 좀 와?"

순간 밤하늘처럼 탁한 소년의 눈이 갈망을 머금는다.

그러나 그 입은 자물쇠를 채워 놓은 것처럼 달싹일 뿐

열리지 않는다. 많은 말을 하고 싶지만 할 수 없는 박탈된 자유, 스스로 놓아 버린 자유가 여실히 느껴진다.

종혁은 음료수를 홀짝이며 하늘을 봤다.

"흠. 내 이야기를 잠깐 해 볼까?"

음료수가 달큰하게 적신 입이 조심스럽게 열린다.

"내 큰아버지는 간첩이었어."

움찔!

소년뿐만 아니다. 주위에 있던 순영과 림학철, 다른 요원들도 경악하며 종혁을 본다.

그러나 종혁은 하늘만 응시했다. 고개만 들면 보이는데 참 보기가 힘든 하늘.

"북한에 교화된 간첩이었지. 넌 모르겠지만, 80년대의 한국 정부는 빨갱이를 때려잡자는 광기에 휩싸여 있을 때였어. 그런데 큰아버지가 간첩이었던 거야. 딱 반동분자로 찍혔는데…… 와, 이거 사람 사는 게 아니더라."

어딜 가든 따라오는 형사들과 집에 오는 편지조차 검사받던 삶.

후웅 몸이 크게 흔들린 소년이 종혁을 본다.

"고작 7살, 8살짜리를 막 미행하고 군것질만 해도 뭔 지령을 받았냐며 그 어린애가 한 푼, 두 푼 모아 사 먹는 걸 찢고 짓뭉개며 확인하는데……. 충격을 받아 우는 애는 달랠 생각 안하고 윽박만 지르더라. 도망친 큰아버지는 어디 갔냐고. 그 새끼를 왜 나한테서 찾아, 씨발."

그렇게 암울한 유년 시절을 보냈다.

"그런 생활이 거듭되니까 어느 순간 집에 가기가 싫어지더라."

움찔!

몸이 들썩인 소년을 힐끔 본 종혁은 담배를 빼물었다.

그래서 형사들은 들어올 수 없는 학교, 마음껏 뛰어놀 수 있는 학교의 유도부 문을 두드렸다. 집에 최대한 늦게 가기 위해.

"푸후우."

허공으로 흩어지는 탁한 연기.

"근데 안 바뀌어. 계속 감시해. ……나보고 어쩌라고, 씨발."

"그, 그래서요?"

순간 눈을 빛낸 종혁은 티를 내지 않고 말을 이어 갔다.

"오기가 생기더라."

"Я ненавиджу втрачати?"

지기 싫어하는 마음. 오기.

"어. 난 잘못한 거 하나 없는데 왜 이 지랄이냐. 내가 이렇게 해도 너희가 계속 감시할 거냐는 오기가."

그래서 그때부터 진심으로 유도를 하기 시작했다.

"보다시피 이런 몸뚱이를 타고났으니 메달은 누워 숨 쉬기보다 쉽지. 그렇게 전국을 휩쓸었다? 그러니까 어떻게 됐는지 알아?"

"가, 감시가 풀렸어요? 그랬어요?"

"아니? 더 쪼던데?"

"네?! 왜요!"

"반동분자의 핏줄이 신체 능력까지 갖췄다고."

"말도 안 돼! 그래서요!"

어느새 종혁의 이야기에 푹 빠진 소년이 자신의 일처럼 화를 낸다.

"그래서 공부를 병행했지. 내가 전교 1등이 되어도 그럴래? 하고."

이 악물고 공부했다. 하루 3시간 자며 매일 코피를 흘렸다.

"그렇게 반 1등, 전교 1등, 도 1등. 아, 전국 1등은 때려죽어도 못하겠더라. 그 새끼들은 괴물들이야, 괴물."

그러니 감시의 시선이 좀 완화되었다.

"그래서 에라이, 그럼 내가 경찰대 가도 니들이 지랄할래? 하고 경찰대에 갔고, 지금은 이렇게 여기에 오게 됐지."

"아……."

"안드리, 내가 여기까지 오는데 몇 년이 걸렸을 것 같냐?"

"그, 글쎄요?"

"9년이야, 9년. 고작 9년. 참 짧지?"

"……!"

순간 종혁이 하고자 하는 말을 알아들은 안드리의 낯빛이 굳는다. 종혁은 그런 안드리의 시선을 일견하며 다시 하늘을 봤다.

"뭔 사정인지 모르지만 포기하지 마라. 살아 보니까 흘러가는 시간은 짧고, 인생은 길더라."

"……."

"후우우."

"저도……."

입을 달싹인 안드리가 우크라이나어로 입을 연다.

"저도 당신과 비슷해요. 저도 먼 곳에서 위험한 무기를 연구하는 아버지……."

"그만."

순간 순영이 차가운 눈으로 안드리의 말을 끊는다.

움찔 놀란 안드리의 얼굴이 하얗게 질리자 종혁은 혀를 찼다.

"아니, 무기 개발이 뭐 대수라고. 어느 나라나 다 하는 건데……. 괜찮아. 계속해."

"아, 아닙네다. 그럼!"

순영의 눈빛에 겁먹은 안드리는 도망치듯 사라졌고, 종혁은 순영에게 입술을 이죽였다.

"씨이. 애 도망갔잖아요."

"……으흠. 아, 기런데 그보다 정말 큰아바디가 저희 공화국의 전사셨습네까?"

그렇지 않아도 안타까워하던 순영의 눈에 눈물이 고인다. 그녀도 그런 감시받는 삶을 살았기에.

종혁이 받았던 억압이, 고통이 모두 공감이 되었다.

'이래서 철이와 희야를 받아들인 거구나!'

종혁도 동질감을 느낀 거였다. 그녀는 안타까운 마음에 가슴을 움켜쥐었다.

그에 반해 림학철은 입이 찢어지기 직전이었다.

"어, 어떻게 이런 우연이…… 최 동지, 우린 정말…….'

"아뇨. 뻥인데요."

"……예?"

"푸하하하핫! 캬아, 오늘도 연기에 물올랐고! 무덤덤하게 툭툭 던지는 게 어우. 재수야, 인마. 봐라. 이게 연기야."

"안 그래도 녹음 중이었어요! 내가 이거 꼭 외운다."

"네? 어?"

짜악!

"아, 따거!"

"닥치시라요. 종혁 동무는 좀 맞아야 됩네다."

"아, 따거. 아, 따거! 아, 진짜! 미안요!"

종혁은 다급히 순영을 매운 손을 피해 달리며 피식 웃었다.

인생에 갈피를 잡지 못하는 불쌍한 피해자를 위해서라면 가족이라고 대수일까. 피해자가 힘을 얻을 수 있다면 부모형제, 심지어 키우던 개까지 팔아먹을 수 있는 게 경찰이다.

오직 범인과 사건과 피해자에게 삶을 바치기에 불쌍한 인생들.

'좆같은 인생이지.'

그럼에도 그만두지 못하는 건 눈앞의 피해자 때문일 거다.

살려 달라고, 도와달라고 피눈물을 흘리는 억울한 피해자들.

'그걸 어떻게 외면할까…… 씨발. 아, 지금은 그게 문제가 아니지.'

퍼즐 조각이 거의 다 맞춰졌다는 게 문제다.

'결국 얻고 말았네, 이 정보를.'

먼 곳. 위험한 무기. 예민한 순영의 반응.

씁쓸히 웃은 종혁은 다시 담배를 물었다.

막 흐려지기 시작한 하늘이 그의 마음을 대변하는 듯했다.

한편 그 시각, 평양에 위치한 어느 건물의 회의실.

북한 군복을 입은 육십대 노인이 시거를 내려놓으며 입을 연다.

"기럼 이것만 답해 보라. 저 간악한 미제가 내건 조건을 맞출 수 있갔어? 못하갔어?"

"……못합네다."

"로씨아는?"

"……."

웅성웅성.

회의실에 앉은 8명 사내들의 낯빛이 어두워진다.

"이틀간 안 돌아가는 돌덩이 굴려서 얻은 결과가 다 안 된다는 것이구만기래."

"주, 죽여 주시라요!"

'흠. 그렇다고 저 간악한 열강들에게서 벗어날 공화국의 축포에 대해 알릴 수도 없고…….'

곧 개발이 완료되는 핵폭탄.

북한의 자주 독립과 위대함을 알릴 축포.

'정보만 듣고 홀랑 도망쳐 버리면…….'

이 나라는 절단이 나는 거다.

우호적인 러시아와 중국부터 난도질을 해 올 터.

'기렇다고 원래 주려던 정보인 중국 균열에 대한 것도 넘길 수 없고…….'

돈으로 집을 지을 수 있는 정보지만, 아직 이렇다 할 제스처를 취하지 않았는데 정보부터 넘기는 건 바보나 하는 짓이다.

"흐으음. ……아, 그럼 이렇게 하자!"

"어, 어떻게 말입네까?"

"은혜를 입히는 기야."

"은혜…… 어떤 은혜 말입네까?"

"그것까지 내가 생각하믄 너희는 여기에 와 있는 거이네?"

"시, 시정하갔습네다!"

"후. 오늘 강의가 호평이었다고 하니 일단 거기서부터 걸고넘어져 보라. 며칠 더 체류시키게 하란 말이야."

어찌할 방도가 보이지 않으니 일단 시간부터 벌어야 했

다. 러시아가 태클을 걸지 못할 명분으로.

그리고 그 며칠이 한 달이 되고, 세 달이 된다면?

돌부처 할아비라도 눌러앉힐 수 있었다.

"알갔어?"

"예!"

"그럼 뭐하네! 날래날래 움직이라!"

그들은 부리나케 뛰어나갔고, 남겨진 노인은 다시 시거를 입에 물었다.

"학철이가 잘해 줘야 할 텐데……."

자식이지만 영 믿음이 안 가는 림학철.

'기래도 공화국이 낳은 괴물 리순영을 보좌로 붙였으니 얼빠진 짓은 안 하겠디.'

부디 그러기만 바랄 뿐이다.

"푸후우."

시름이 담긴 담배 연기가 참 무거웠다.

* * *

터벅터벅.

거친 흙길을 걷는 소년의 걸음이 무겁다.

'오기…… 자유…….'

"후우."

'만약 아버지가 개발을 마친다고 해도 난 자유를 얻을 수 있을까?'

안드리는 불가능하다 생각했다.

이름도 낯선 소련의 핵무기 개발자인 아버지.

핵이 개발된다고 해도 문제다.

'아마 두 번째를, 세 번째를 개발하도록 강요하겠지.'

지금껏 겪어 온 북한이라면 충분히 그럴 확률이 높다.

핍박과 억압의 북한.

아마 자신들 가족이 자유를 얻을 길은 요원할 것이다.

'그렇다면······.'

웅성웅성.

"음?"

북한에서 아버지에게 선물로 준 아파트에 가까워지던 안드리는 작은 소란에 고개를 돌렸다가 의아해했다.

어느 주택 앞에 몰려 있는 사람들과 보안원들.

"어? 저 집은······."

기억이 잘못되지 않았다면 소학교 시절 자주 어울렸던 동무의 집이다. 여기저기 참 헤집고 돌아다니며 우정을 쌓았지만, 어느 순간을 기점으로 멀어지게 된 친구.

안드리의 발이 절로 움직인다.

"안드리!"

"오마니!"

후다닥 달려온 작은 체구의 사십대 여성이 안드리를 꼭 끌어안는다.

"왜 이 길로 온 거니. 원래는 다른 길로 오지 않네."

"아아······."

생각이 많아져서 돌아왔다는 걸 어떻게 말할까.

"그냥 매일 보는 풍경이 지겨워져서 그랬습네다. 오마니는 왜 여기에 계십네까?"

"아, 어제 저기에서 누가 죽었다고 해서 와 봤다."

"헉!"

눈이 동그래진 안드리는 다급히 사람들이 몰려 있는 주택을 봤다가 이를 악물었다. 망연자실 집을 쳐다보는 옛 친구.

안드리는 자신도 모르게 옛 친구를 향해 걸음을 옮겼다.

* * *

"여긴가?"

인민보안성 건물 안으로 들어선 종혁은 로비의 의자에 앉아 있다가 벌떡 일어나는 안드리를 발견할 수 있었다.

"교수 동지!"

누군가는 응할 이유가 없다고 말할 수 있는 요청이다.

그저 스쳐 지나가다 보게 된 아이고, 괴로워하기에 작은 용기를 주려는 것뿐이었으니 말이다.

그러나 안드리에게 마음의 빚이 있는 종혁에겐 그게 아니었다.

안드리 덕분에 거의 맞춰진 퍼즐.

이 정보를 이용한다고 해도 안드리에게 피해가 갈 일은 없겠지만, 그래도 좀 미안했다.

거기다가 살인 사건이다.

경찰로서 못 본 척할 수 없는 일이었다.

"어떻게 된 일이야?"

"그, 그게……."

안드리는 자신의 옆에 앉아 망연자실 허공을 쳐다보는 옛 친구를 봤다. 누나가 살해됐고, 보안원이 집을 뒤집어 놨단 말에 일단 종혁에게 연락할 생각만 났기 때문이다.

하는 일 없이 인민들 감시나 하고 꼬투리 잡아 돈이나 뜯는 보안원. 믿을 만한 이들이 아니었다.

그런 안드리의 흔들리는 눈과 피해자 유족의 상태에 고개를 끄덕인 종혁은 수고했다며 안드리의 어깨를 두드렸다.

그 자신을 호위하듯 감시하는 요원들을 통해 연락을 해 온 안드리. 그 재치가 대단했다.

"그래, 잘 연락했어. 내가 얼마나 큰 도움이 될지 모르겠지만, 일단 상황 파악부터 하고 보자. 여기서 쉬고 있어. 이걸로 친구한테 마실 거라도 사주고."

1달러 다발을 안겨 준 종혁과 그 뒤를 따라온 일행은 위로 향했고, 안드리는 이를 악물며 양손을 모았다.

'부디…….'

복도에 줄줄이 세워진 문 앞에 서 있다가 순영과 림학철을 발견하곤 재빨리 거수경례를 하는 이들.

그중 하나의 문 앞에 선 림학철이 문을 지키고 있는 요원을 향해 거만하게 말한다.

"문 열라."

"예!"

열리는 문을 통해 안으로 들어간 종혁은 눈을 빛냈다.

'취조실?'

안쪽을 비추는 유리와 유리 안쪽에 놓인 테이블.

천장에 달랑 하나 달린 백열전등 때문에 어두운 분위기와 한쪽에 놓인, 사람을 구속시킬 수 있는 나무의자가 한국의 그것과 다를 뿐이었다.

'여긴 고문도 하네.'

종혁은 혀를 찰 뿐 그 이상은 반응하지 않았다. 그 또한 인간의 탈을 쓴 악마들을 만날 때마다 물고문을 하고 싶었던 적이 한두 번이 아니니까.

'그런데……'

─네가 한 거 맞지 않네!

─아닙네다! 믿어 주시라요!

십대 후반의 소년의 앞에 앉은 취조 보안원의 얼굴이 낯익다.

그럴 수밖에 없다.

불과 몇 시간 전에 수강생과 강사로 만난, 어떤 살인 사건에서 애인이 유력한 범인이라고 말한 보안원이었으니 말이다.

종혁은 이 놀라운 우연에 헛웃음을 터트렸다.

"말하라."

"아, 고거이……."

사건의 개요는 이랬다.

16세 소녀, 류명옥이 집에서 살해됐다.

사인은 질식. 목이 졸려 사망한 걸로 추정된다.

유력한 용의자는 소녀의 남자친구. 알리바이도 없고, 늦은 밤 소녀가 살던 구역 근처에서 마치 정신 나간 사람처럼 어딘가로 달려가는 걸 본 목격자가 있었다.

류명옥은 부모 없이 오빠, 남동생과 함께 사는데 오빠와 남동생은 어젯밤 공교롭게도 자리를 비웠다고 한다.

'푸후.'

종혁은 부모가 없다는 부분에서 가슴이 답답해졌다.

"그럼 류명옥 씨가 저 사람과 어제 함께 있었다는 건 확인된 사실입니까?"

"오후쯤 동네 어귀에서 둘이 입술을 빨고 있었다는 게 목격되었다고 합네다."

"이, 이 썩어질 에미나이! 마을 중앙에서 자아비판을 해도 모자라겠구나야!"

아직 어린 류명옥이 애정 행각을 했다는 소리에 림학철이 요새 젊은 것들은 하며 혀를 차고, 종혁은 고개를 모로 기울였다.

"그럼 살해 동기는요?"

현재로선 살해 동기가 없다.

"기거이…… 류명옥이 이 남자, 저 남자 만나고 다닌다는 소문이 동네에 자자합네다. 염색도 했습네다."

"이, 이런!"

그들의 반응에 종혁은 코웃음을 쳤다.

'지랄. 그럼 한국 여고생들은 죄다 사상이 불순하겠네.'

학창 시절 그 정도 일탈은 얼마든지 할 수 있다. 모든 것이 통제되는 북한에다가 부모가 없다면 더 그럴 확률이 높다.

"흠. 그러니까 치정 싸움이 살인으로 발전한 거다?"

"그렇게 판단하고 있습네다."

종종 이런 이유로도 살인이 일어나는 걸 알고 있는지라 고개를 끄덕이던 종혁은 다시 입을 열었다.

"사건이 발생한 시각 알리바이, 아니 행적 확인은요?"

"그 부분은 입을 다물고 있습네다."

사람들은 허탈하게 웃었다. 누가 봐도 범인 같은 모습.

"저 종간나 새끼! 뭐하네! 날래 고문 준비하라!"

림학철의 눈이 벌게졌지만, 종혁은 냉정히 남자친구를 살폈다.

'신장은 160 정도, 몸무게는 잘 나가 봐야 55킬로. 저런 종잇장 같은 몸으로 또래의 소녀를 질식시켜 죽인다?'

도구를 이용한다면 모를까, 아니라면 회의적이다.

"사인 소견서 좀 봅시다."

"기, 기거이……"

종혁은 보안원을 봤다.

"설마 부검을 아직 안 한 겁니까?"

"뭐이야?!"

림학철이 죽일 듯 노려보자 보안원이 억울하다는 듯 말

한다.

"전 모르는 일입네다! 제 일이 아닌데 와 그러십네까!"

"이, 이! 기렇다고 손님 앞에서 망신을 줘?!"

"아이고, 소견서가 없으면 직접 가서 확인하면 될 거 가지고 왜 엄한 사람을 잡아요. 그렇죠?"

"……기건 길티요."

'휴.'

고맙다는 듯 눈빛을 보내던 보안원은 순간 아차 했다.

마치 할 말이 다 끝나지 않았다는 듯한 그의 모습에 사람들은 고개를 모로 기울였다.

"뭐네? 말하라."

"오, 오준철 중사가 류명옥의 오라바니를 옆방에 가둬 뒀습네다."

"뭐? 오준철이?"

인민보안성의 유명한 꼴통이다.

"와? 이유가 뭐이네?!"

종혁도 고개를 모로 기울였다.

"류명진의 행적이 불분명하다는 이유입네다."

"뭐이야? 그치는 또 와 불분명하다고 하네!"

"입을 다물고 있습네다. 기런디…….

"또 뭐이네!"

"류명진이 평소에 류명옥을 때려잡았다고 합네다."

'어?'

"인민반장의 말에 의하면 거의 매일같이 그 집에서 밤

낮없이 곡소리와 악소리가 나왔다고 합네다. 이거이 아무래도……."

보안원은 말을 줄였지만, 그걸 알아듣지 못한 사람은 없었다.

'아니……'

왜인지 쉽게 끝날 것 같던 이번 사건, 뜬금없이 오빠가 튀어나오자 종혁은 미간을 좁힐 수밖에 없었다.

"됐다. 오라바니가 누이를 죽일 이유가 있갔어? 날래 저놈을……."

"잠깐만요."

종혁은 식겁하며 나섰다.

"그 방법은 좀 이른 것 같습니다."

아직 밝혀진 게 아무것도 없다. 갑작스레 오빠가 튀어나왔지만, 그건 어디까지나 정황일 뿐이다.

"그렇습네까? 아까 최 동지가 말한 것처럼 살해 동기와……."

종혁은 이어지는 말에 순간 이마를 잡을 뻔했다.

'시발, 내가 선무당을 키웠구나.'

"후. 일단 시신부터 확인해 보죠."

직접 보고 들은 것 외에는 아무것도 믿지 말라.

수사의 기본이다.

"……안내하라."

"예!"

종혁과 일행들은 근처의 병원으로 안내됐다.

'국과수 같은 곳도 아닌 병원…….'

인민보안성을 나서자마자 불어온 시원한 공기에 가벼워졌던 머리가 다시 무거워지는 것 같다.

싸늘한 영안실 안에 들어선 종혁과 오택수는 하얀 천을 머리 끝까지 덮고 누워 있는 소녀를 향해 정중히 고개를 숙였다.

둘의 몸에서 흘러나오는 엄숙과 정중함에 다른 이들도 황급히 고개를 숙였다.

"……후. 그럼 시작하시죠. 부탁드리겠습니다, 선생님."

대기하고 있던 젊은 의사가 고개를 끄덕이자 종혁은 슬쩍 못마땅한 표정을 지었다.

눈앞의 의사가 정식 검시관이 아니기 때문이다.

그저 이 병원의 의사 중 한 명일 뿐인 그. 북한의 의료 체계, 수사 체계가 얼마나 부족한지 알 수 있는 부분이었다.

그렇다면 자신들이 취해야 할 포지션은 하나다.

"오 경감님은 아래에서부터. 전 위에서부터."

함께 살피는 거다.

종혁은 왜인지 하얗게 질린 최재수를 봤다.

"……아, 그러고 보니 넌 부검이 처음이구나."

"예, 예!"

"잘됐네. 넌 내 옆으로 와."

"오우, 우리 재수. 오늘 동정 떼는 건가?"

시신 부검 참관. 진짜 형사가 되기 위한 통과 의례 중 하나다.

과학 수사가 발달된 지금에야 그런 경우가 거의 사라졌지만, 옛날엔 검시관이 중요 증거를 놓쳐 사건이 어그러진 경우가 많았다.

그래서 검시관에게 사건 상황을 보다 더 자세히 알려 주고 파악하려는 절차에 가까운 일인데, 비탄에 스러진 피해자의 아픔을 더 깊게 공감하려는 형사들의 의식이기도 했다.

키득키득 웃던 오택수는 순간 얼굴을 사납게 구겼다.

"야, 최재수. 여기서 토하지 마라. 죽여 버린다."

"예, 예!"

살의를 가득 머금은 음성에 어리바리 답하는 최재수.

종혁은 돌연 그의 뺨을 후려쳤다.

쫘아악!

사람들이 깜짝 놀라 종혁을 쳐다봤다.

"정신 차려. 시체 한두 번 봐?"

죽는 그 순간까지 온몸으로 단서를 남긴 피해자의 앞이다.

경건한 마음으로 신중을 기해도 모자랄 판에 어리바리 타는 건 결코 용납 못한다. 그런 종혁의 마음이 전해진 건지 하얗게 질려 있던 최재수가 입술을 깨문다.

"……죄송합니다."

최재수의 표정이 단단하게 굳자, 고개를 끄덕인 종혁은 굳어 있는 의사를 발견하곤 아차 했다.

"죄송합니다. 시작하시죠."

"아, 아닙네다. 그럼."

숨을 길게 내쉰 의사가 흰 천을 걷어 내는 그 순간이었다.

"헉!"

의사는 자신도 모르게 굳어 버렸고, 종혁은 헛웃음을 터트렸다. 그건 최재수와 오택수도 마찬가지다.

셋은 죽일 듯 아까까지 남자친구를 심문하던 보안원을 노려봤다.

"사인이 질식이라면서?"

"아, 아. 그거이…….."

이게 어딜 봐서 질식일까.

주저앉아 피딱지가 진 콧등과 만신창이가 된 얼굴, 입가에 남아 있는 구토의 흔적. 사망 직전까지 심하게 구타를 당한 거다.

"거기다 날라리라고? ……이게?"

마치 누가 남긴 염색약을 최대한 넓게 펴 바른 듯 고작 한 줌만 겨우 갈색빛을 발하는 머리카락. 어떻게든 예뻐지고 싶다는 가난한 여학생의 발악이 느껴진다.

까득!

"야, 너 시신은 보기나 했냐?"

"…….."

이젠 웃음도 안 나왔다.

'지랄 났네. 지랄 났어.'

이제 이들이 꾸민 조서는 모두 믿을 수가 없다. 옆의 의사도.

종혁은 오택수를 봤다.

"오 경감님, 머릿속 정보 리셋시키세요. 처음부터 다시 시작합니다."

"오케이."

종혁은 시신의 몸을 덮은 천을 걷어 냈다.

"음."

시신을 본 사람들이 신음을 흘린다.

당시 상황이 얼마나 처절했는지 알려 주는 듯 푸르딩딩한 알몸. 그러나 종혁의 시선은 얼음처럼 차가웠다.

"최재수, 가까이 와. 여기와 여기, 또 여기가 어떻게 보여?"

"멍의 흔적이 희미합니다. 거기다 다른 곳도……."

"거기서 유추할 수 있는 정황은?"

"지속적으로 폭행을 당했다."

헤어스타일도 마치 지독한 괴롭힘을 당한 것처럼 마구잡이로 잘려 있고, 두피에 혈흔도 있다. 평소에 지속적으로 폭행에 노출되어 있던 피해자가 사건 당시 머리를 잡힌 채 흔들렸단 뜻이다.

손길에 무자비하고 거침이 없다.

종혁은 류명옥의 전신을 살폈다.

160cm가량의 신장과 40킬로 후반대의 체격. 남자친구와 체격이 비슷하다.

'남자친구 반쯤 아웃.'

이건 보다 더 크고 피지컬이 좋은 사람에게 잔인하게 유린당한 거다.

종혁은 보안원을 봤다.

"류명옥 씨 의료 기록 확보하고, 언제부터 맞았는지 누구에게 맞았는지 집 주변과 친구들 만나 탐문해요. 남자친구라는 놈의 집에 가서 사건 당시 입었다는 옷과 그놈 몸에서 혈흔이 있나 찾아보고."

일단 백 퍼센트는 아니다 보니 아직 용의 선상에 오른 남자친구. 물이 부족해 잘 씻지 않는 북한이면 혈흔이 남아 있을 수 있다.

"아, 맞은 건 오라바니가……."

"하라면 좀 하지?"

"하라! 뒤지기 싫으면!"

일련의 상황에 이미 쥐구멍에라도 숨고 싶은 림학철은 발악하듯 외쳤고, 하얗게 질린 보안원은 밖으로 튀어 나갔다.

그때였다.

"그래서 그 에미나이의 오라바니를 용의 선상에 올린 겁네다."

알싸한 담배 냄새와 함께 들려오는 목소리.

"놀새 떼처럼 우르르 몰려다니며 담배 피고 술 마시고 사내들과 응? 그런 누이를 두고 볼 오라바니가 어디 있갔습네까?"

흠칫!

갑자기 피해자를 나쁜 이로 만드는 발언에 고개를 돌린 종혁은 배가 살짝 나온 사십대 보안원의 이죽거리는 얼굴을 보며 이를 악물었다.

"담배 꺼."

"……지금 뭐라고 했네?"

"담배 끄라고, 이 개새끼야!"

종혁의 외침이 영안실을 쩌렁쩌렁 울렸다.

림학철과 순영의 죽일 듯 노려보는 시선에 오준철은 푸들푸들 떨면서도 담배를 끄는 수밖에 없었고, 종혁은 그에게 다가갔다.

"피해자 앞에선 예의 좀 지킵시다, 예? 당신 딸이 저기 누워 있다고 생각해 봐. 그래도 담배 피울래?"

"이 간나 새끼가……."

"그래서?"

"뭘 말하라는 거이네?"

"피해자를 그런 날라리로 단정한 이유와 피해자의 오라비가 피해자를 살해했다고 단정한 이유."

영 아닌 건 아닌지, 주변 탐문 조사를 마친 듯한 말들이었다.

"흥! 그걸 내가 말할……."

"말하라, 오준철."

"……방금 말한 그대로이다."

날라리 뜻하는 놀새 떼처럼 비슷한 놈들끼리 서로 몰려다니며 술과 담배, 그리고 여러 남자와 부적절한 관계를 가진 걸로 동네에서 소문이 자자한 류명옥.

오라비인 류명진은 그런 류명옥이 늦게 들어오거나 외박을 하면 쥐 잡듯 잡았다고 했다.

"오마니, 아바디가 폐렴으로 죽었으니 류명진이 가장이자 아비 역할을 대신해야 됐을 기야. 어이, 남조선. 북한 남자가 군대를 언제 가는 줄 아네? 열일곱, 열여덟이야."

곧 군대로 떠나야 되는 집안의 가장. 엇나간 여동생. 그리고 어린 막냇동생.

"류명진이 공화국의 전사가 되면 누가 그 어린 아새끼를 보호해야 될 것 같네? 몸을 이리저리 굴리는 에미나이가? 아니면 자기 먹을 것도 부족한 동네 동무들이?"

언제나 그 집에는 비명과 고함이 울려 퍼졌고, 사건이 발생한 그 시각 저녁에도 마찬가지였다는 게 주변 탐문 결과다.

"거기다 류명진은 그 시각 어디 있었는디 말하디도 않고 있디. 어떠네. 이래도 내 추측이 이상한 것 같네?"

"……쯧."

종혁은 얼굴을 구겼다.

충분히 타당한 의심이고, 정황이었다.

가장의 무게를 못 이겨 결국 가족을 살해하는 사건.

종종 있었다.

그래도 아직은 확신할 수는 없다. 사건 현장과 용의자 진술도 제대로 못 듣지 않았던가. 직접 듣고 봐야 진실이 밝혀질 거다.

그때였다.

빠드득!

"야, 최 팀장. 여기 와서 이것 좀 봐."

오택수의 부름에 의아해하면서 다가간 종혁은 그가 가리키는 곳을 보곤 그대로 굳어 버렸다.

그러곤 천장을 보며 눈을 질끈 감았다.

"씨발. 이건 또 뭐냐……."

피해자의 음부에 정액의 흔적이 남아 있다. 혈흔도.

폭행 치사가 아니라 강간 치사.

사건이 생각지도 못한 방향으로 전개되고 있었다.

*　*　*

종혁은 책상 위에 늘어놓은, 사건 당시 피해자가 입은 옷을 가리키며 헛웃음을 터트렸다.

그러곤 오준철의 멱살을 잡아끌며 옷을 보게 했다.

"잘 봐. 똑바로 봐. 이 좆같은 선무당 새끼야."

그렇게 얻어맞았으면 어디 찢기기라도 해야 되는데, 그런 흔적은커녕 마치 방금 막 다림질을 마친 듯 깔끔하기 그지없다.

"넌 씨발, 이걸 보고도 폭행 치사로 판단이 되디?"

어떤 미친놈이 모든 걸 끝낸 후 옷을 입힌 거다.

일반적인 강간 치사도 악마 그 자체인데, 그를 넘어선 또라이의 냄새가 풍기고 있었다.

"너도 시신 확인을 안 했지?"

"……."

종혁은 림학철과 순영을 보았다. 그들의 잘못이 아니건만 부끄러워서 고개를 못 드는 둘.

"후. 현장으로 갑시다."

모든 답은 현장에 있는 법이었다.

사건 현장에 도착한 종혁은 헛웃음을 터트렸다.

"지랄 났네, 씨발."

당시 상황이 얼마나 시끄럽고 잔혹했는지 알 수 있을 정도로 난잡하고 번잡한 현장. 그런데 방바닥에 구둣발 자국과 뭔가를 차고 짓이긴 자국들이 가득하다.

족적의 길이만 다를 뿐 족흔이 똑같은 걸 보니 답은 하나다.

보안원들이 현장 보존이고 뭐고 그냥 구둣발로 돌아다닌 거다.

"와, 이젠 놀랍지도 않네."

고작 몇 시간 안 됐는데, 북한 경찰에 포기하게 된다.

고개를 저은 종혁은 대문과 현관문 주변을 둘러봤다.

"일단은 면식범."

"어. 대문부터 현관문 안쪽까지 반항한 흔적이 없고, 문을 억지로 딴 흔적도 없어. 그렇다고 저걸 넘어왔다고 보기는 힘들고."

깨진 유리 조각들이 담벼락 위에 박혀 있다.

흠칫 놀라 종혁과 오택수를 본 북한 측 사람들의 기괴

하게 일그러진다.

'고, 고작 잠깐 본 것만으로 그런 걸 알 수 있단 말이네?'

'뭐 이런?'

오준철도 이건 몰랐다는 듯 흠칫 놀란다.

"오 경감님은 재수 데리고 피해자 방부터 확인해 주세요."

"피해자에 대해 알 수 있는 걸 찾으라는 거지?"

평소 성향은 어떤지, 어떤 삶을 살았는지, 혹여 일기장이라도 발견하면 대박이다.

"그럼 넌?"

"주변 탐문부터 해야죠. 어디의 누가 믿음직스럽지 못하잖아요."

온갖 나쁜 소문이 자자했다지만, 소문은 어디까지나 소문에 불과하다. 직접 보고 듣고 판단해야 했다.

이웃들이 망상으로 악의적인 소문을 만든 건지, 착각을 한 건지, 진짜 목격한 건지에 대해.

"빠득!"

이를 악무는 오준철을 힐끔 본 오태수는 고개를 끄덕였다.

"오야, 수고. 최재수 따라오고. 거기 류명호 씨, 잠시 협조 좀 해 줄 수 있을까요?"

사건 현장의 첫 목격자, 막냇동생 류명호.

그렇지 않아도 그의 증언이 필요한데, 현장이 오염된 이상 더 절실해졌다.

"뭐하냐, 새끼야! 왜 신발을 신고 들어와! 여기서 더 현장 오염시킬래!"

"죄송합니다!"

"어휴, 씨발. 이 새끼 언제 형사 만들지?"

투덜거리는 둘을 일견한 종혁은 오준철을 봤다.

"당신은 날 따라와요."

이번 사건은 결국 이들의 사건이다.

초동 수사를 좆같이 한 이유도 있지만, 담당 형사로서 지켜봐야 할 의무가 있었다.

"끄응. 아새끼래 사람 귀찮······."

번뜩!

순간 눈이 뒤집어진 종혁은 오준철의 목을 잡아 들어 올렸다.

"켁! 케엑!"

"종혁 동무!"

"하, 이 씨발. 사건을 이따위로 진행한 새끼가 뭐 잘났다고 아가리를 씨불이지? 야, 나 지금 엄청 참고 있거든?"

당장이라도 목을 꺾고 싶은 걸 겨우 참고 있는 중이다.

"그러니 신경 건드리지 말자. 진짜 살인 난다."

"······크으."

"그래. 그렇게 눈 깔고 잘 봐."

오준철을 던져 버린 종혁은 집 앞에 몰려 있는 동네 주민들을 봤다.

"여기 인민반장이라는 분이 누구세요?"

"저, 접네다."

무려 소좌 두 명과 보안원들이 우르르 나타나자 겁에 질린 주민들 사이에서 걸어 나오는 사십대 여성.

종혁은 푸근히 웃으며 다가섰다.

"잠깐 뭐 좀 여쭈려는 것뿐이니까 너무 걱정 마세요. 아, 일단 우리 배 좀 채우면서 이야기할까요?"

그러며 꺼낸 달러들에, 배 좀 채우자는 말에 낯빛이 어두워졌던 인민반장의 얼굴이 확 밝아졌다.

"무, 무엇이든 물어보시라요."

마을에 작은 잔치가 열렸다.

그리고 잠시 후, 사위가 어두워진 밤.

놀랍게도 동네 가로등에 불이 들어오지 않아 순영이 다급히 불을 들어오게 만든 그곳에서 오준철이 코웃음을 친다.

"하, 내가 뭐라 그랬네?"

종혁은 그런 그를 어이없다는 듯 봤다.

오준철이 말한 것과 하나 다를 게 없는 주민들의 증언. 심지어 동네 중앙에서 자신의 죄를 스스로 고하는 자아비판까지 했다고 한다.

그러나 억울하다고, 가족을 위해서라고 외치던 류명옥. 그런 그녀가 반성하지 않는다며 몰매를 놨던 주민들.

거짓말엔 매가 답이라는 말을 들었을 땐 섬뜩하기까지 했다.

'됐다. 됐어. 흠, 이러면 오빠가 범인으로 유력해지는데…….'

상상 속에서나 일어날 법한 더러운 일이지만, 엄연히
현실에서도 겪은 적 있는 종혁은 그 가능성을 배제할 수
없었다.

몸을 헤프게 다룬 동생과 그것이 못마땅한 오빠. 기묘
한 성벽.

'류명옥 씨 친구들 이야기까지 들어 봐야 답이 나올 것
같은데…….'

자꾸 그쪽으로 흘러가는 생각의 흐름에 골치가 아파지
던 그 순간이었다.

"야-! 최 팀장-!"

집 안에서 터져 나오는 오택수의 외침에 눈이 번뜩인
종혁은 재빨리 몸을 날렸다.

"뭐예요? 뭐가 나온 거예요?"

"티, 팀장님, 이거…… 이것 좀 봐 주세요."

금방이라도 울음을 터트릴 듯 얼굴을 구긴 최재수에,
그 뒤에서 울고 있는 류명호에 낯빛을 굳힌 종혁은 그가
내미는 연습장을 가져왔다.

2004년 3월 20일. 날씨 흐리다.
집에 먹을 게 떨어졌다.

일기였다.
찾았으면 좋겠다 여긴 일기. 어린 소녀 류명옥의 삶.
한 장, 한 장 조심스럽게 페이지를 넘기던 종혁은 한

곳에서 그대로 멈추고 말았다.

2004년 11월 3일. 눈이 온다.
눈치를 챈 오라바니가 나를 때렸다.
그리고 못나서 미안하다며 울었다.
난 괜찮습네다, 오라바니.
우리 이걸로 감자 구워 먹읍시다.

차락! 차락! 차라락!

2005년 7월. 덥다.
명호도 눈치를 챘다.
그러지 않기를 바랐건만.
세 가족이 함께 울었다.
명호가 그만두라 외쳤다.
하지만 명호야.
가족 중 한 명만 희생하면 되는 거 아니갔어?
그러니 너만은 맑게 살아가라.

2006년 6월. 좀 따뜻하다.
오라바니가 그동안 내가 번 돈을 들고 뛰어나갔다.
날 놔주라고 빌러 간단다.
남자친구 경도도 같이 같다.
난 괜찮은데.

몸을 판 게 아닌데.

그냥 맞는 것뿐인데. 멍멍 짖으면 되는데.

괜찮다. 괜찮다. 괜찮다. 괜찮을 거다.

타악!

닫히는 일기장과 함께 질끈 감긴 종혁의 눈에서 눈물이 흐른다.

이것이었다.

오빠와 남자친구가 사건이 발생한 시각에 입을 꽉 다문 이유가.

정말 먹고살기 위해, 살기 위해, 동생을 공부시키기 위해 돈 있는 자들의 노리개가 된 어린 소녀.

그런 여동생의 치부를 숨겨 주기 위해 저녁마다 난리를 치며 구타를 하는 시늉을 한, 하루 온종일 날품을 파는 오라비.

그럼에도 겨우 세 가족이 한 끼 식사를 할 돈밖에 못 벌어 미안한 오라비.

모든 걸 알아차리고 돈 있는 친구들을 과외하고 숙제를 대신해 주며 그 대가로 먹을 걸 얻는 막냇동생.

그리고 다 알면서도 류명옥을 사랑한 남자친구 강경도.

"진짜 지랄이네, 씨발……."

어찌 어린 소녀, 소년들의 사랑이 이리도 지독할까.

이래서 가난이 무서운 거다. 사람을 나락 어느 곳까지

처박을지 몰라서.

　부모 없는 가난이라면 더.

　"이…… 이! 이, 이 간나 새끼들 날래 잡아 오라! 싹 다
총살을 시켜 주갔어─!"

　그나마 다행이다. 함께 슬퍼해 줄 사람이 있어서.

　울음이 흘러나오는 집 안을 본 종혁은 결국 눈물범벅인
최재수가 내미는 편지 묶음을 보며 의아해했다.

　"뭐야, 그건?"

　"개새끼가 씨부린 글이요. 류명호에게 물어보니까 류
명호도 모르는 것 같더라고요."

　"개새끼?"

　"이것과 이걸 보세요."

　최재수가 내민 편지 두 장을 살핀 종혁은 피식 웃었다.

　하지만 그 눈은 살벌하게 빛나기 시작했다.

　옥아, 오늘도 날씨가 맑구나.

　사랑해. 사랑해. 사랑해. 사랑해.

　다정하고 조심스러운 편지와 다른 토악질 나오는 편
지.

　지독한 집착이 느껴진다.

　스토커. 류명옥의 주위에 스토커가 있었던 거다.

　"그래, 너구나?"

　유력한 용의자가 말이다.

종혁의 이가 갈리기 시작했다.

일단의 지시를 내리고 다시 인민보안성으로 출발하는 길.
빛 한 점 없는 어둔 도로가 종혁의 심정 같다.
일기에도 언급되지 않는 집착의 주인공.
어디서부터 찾아야 할지 막막하다.
'일단 그 패거리 안에 범인이 있으면 좋을 텐데……'
아니라면 사건은 미궁에 빠지는 거다.
'하. 진짜 과학수사가 이렇게 그리워질 줄이야. 지문이나 DNA 검사만 제대로 할 수 있으면 이 깜깜한 사건에도 빛이 팍!'
"응?"
차창 밖을 보며 눈을 동그랗게 뜬 종혁은 다급히 입을 열었다.
"세, 세워요!"
"예?"
"차 세우라고!"
끼이익!
차가 서자 종혁은 다급히 차문을 열고 내렸다.
"종혁 동무, 와 그러십네까!"
순영이 걱정스러운 눈빛을 짓지만, 종혁은 주위를 둘러보기 바빴다.
"이봐, 오준철 씨."

"와 그러네?"

"여기 원래 이렇게 어두워?"

라이트를 끄면 한 치 앞도 분간이 안 될 만큼 어둡다. 마치 어둠에 잠긴 듯.

"아니디. 이번 주는 이 동네. 다음 주는 저 동네디."

전력을 아끼기 위한 일시 정전. 평양이라고 다를 게 없다. 평범한 일상이었다.

"이번엔 이 동네인가 보구나. 흠, 날짜를 보니 이틀 전부터 이랬겠어. 와 그라네?"

"이틀 전?"

사건이 발생한 그 시각.

종혁은 오준철을 보며 눈을 껌뻑였다.

"그럼 그 목격자는 어떻게 강경도를 발견한 거지?"

"……어?"

"흡!"

사람들의 눈이 부릅떠졌다.

* * *

우박처럼 쏟아진 빗물에 짓밟힌 한 떨기 하얀 꽃의 아름다움이 이럴까. 흙탕물에 젖은 꽃의 향기가 이럴까.

"커헉! 와 이랍네까……. 오라바니, 살려…….'"

배신과 절망으로 물들어 가는 눈.

금방이라도 만개할 듯 새빨갛게 물든 짓밟힌 얼굴.

지독한 시련에도 꺾이지 않았던 강인한 꽃이 꺾여 간다.

정절이란 꽃을 꺾는다.

이 순간을 얼마나 기다렸던가.

이날만을 기다리며 얼마나 공을 들였던가.

피지 못하고 시들면 안 되기에, 더 강인해져야 하기에.

그러한 결과를 보라.

"꺼흐윽! 꺼흑!"

쏴아아!

눈과 가슴에 내리는 비에 망가지는 꽃의 아름다움.

그래. 조금만 더…….

꺾이지 않으려 발버둥 치는 이 힘찬 몸부림을 더 보여라.

순순히 꺾이는 꽃이 어찌 아름다울까.

쉽게 물드는 꽃이 어찌 아름다울까.

발버둥 치고 발버둥 쳐라.

더, 더, 더.

네 모든 아름다움을 내게 보여라.

"끅!"

투욱!

힘없이 떨어지는 꽃잎.

"끄흐읏! 하아하아. 푸흐흐……."

드디어 꺾였다. 이 추악하고 더러운 진흙 밭에서 피어 난 꽃이 시들기 전에 또다시 꺾었다.

하지만 아직이다.

그는 짓이겨지고 찢긴 옷을, 잎사귀를 벗겨 예쁘고 화

사한 빨간 옷이란 포장지를 입혔다.

그래, 이것이다.

이게 진정한 꺾인 꽃의 아름다움이다.

찰칵!

"푸흐흐."

이게 작품이었다.

"흑!"

벌떡!

몸을 일으킨 19세 청년은 불룩하고 축축한 사타구니를 발견하곤 낯빛이 흐려졌다가 입술을 비틀었다.

며칠 전 일을 생각하니 다시 힘이 들어가는 사타구니.

몸을 일으킨 그는 책장에 꽂힌 두꺼운 사진을 꺼내 활짝 펼쳤다. 거기엔 꽃들이 있었다.

비를 맞았음에도 예쁘게 포장된 한 송이 꽃이.

"흐!"

다시 사전을 책장에 넣은 그는 어기적 화장실로 향했다.

"다녀오갔습네다."

"그래, 잘 다녀오라!"

그는 오마니의 배웅에 안경을 추켜세우며 집을 나섰다.

그때였다.

"조남명 씨?"

흠칫!

갑자기 앞을 막아서는 거대한 벽, 아니 종혁에 조남명이 질겁한다.

"뭐, 뭡네까?"

"경찰입니다."

순간 조남명의 얼굴이 딱딱하게 굳었다.

"경찰이 뭡네까?"

"아."

달칵! 치이익!

그의 집 근처 풀밭.

근처에 변변한 카페조차 없기에 북한에서 단물이라 말하는 음료를 종혁이 넘긴다.

"마셔요."

"가, 감사합네다."

근처를 둘러싼 보안원들에게서 시선을 뗀 조남명은 기이하다는 듯 종혁을 봤다. 방금 전에는 너무 놀라서 눈치채지 못했지만, 다시 들으니 이질감이 확 느껴지는 말투.

"혹시 남조선 사람입네까?"

"예. 한국에서 경찰, 그러니까 북한으로 치면 인민보안성이나 보위부에서 일을 하는 사람인데, 저도 적국인 나라에서 이게 뭔 짓거리인지 모르겠네요."

조남명의 낯빛이 살짝 굳었다가 펴졌고, 종혁은 그런 조남명을 유심히 살핀다.

한국으로 치면 고등학교인 고급중학교를 졸업하면 죄다 군대에 가야 하는 북한임에도 입대하지 않고 곧바로 대학에 진학한 수재 조남명.

그런데 공교롭게도 류명옥과 같은 고급중학교, 한국으로 치면 같은 고등학교 출신이었다. 여기에 류명옥을 괴롭히던 패거리도 같은 고급중학교.

'참 공교롭게도 말이지.'

종혁의 머릿속에 어떤 사건에서 범인을 찾을 수 없다면 첫 목격자가 범인일 확률이 높다는 형사의 오랜 격언이 떠오른다.

"에휴. 뭐 조남명 씨도 얼른 학교 가셔야 할 테니 후딱 해치우고 끝냅시다."

조남명은 귀찮음으로 가득한 종혁의 모습에 눈을 빛냈다.

"예. 물어보시라요."

"하하. 협조 감사합니다. 전날 밤, 그러니까 나흘 전 밤 11시쯤에 어딘가로 헐레벌떡 달려가는 사람을 목격하셨다는 증언을 하셨죠?"

"예, 그랬습네다. 보안원들이 그 동네 근처에서 큰일이 벌어졌다며 검문을 하고 다니기에 본 걸 말한 적이 있습네다. 그런데 남조선 사람이 공화국의 말을 듣는 겁네까?"

호기심이 가득한 그의 모습에 종혁은 손을 저었다.

"뭐 그런 일이 있어요. 그게 이 사람이었던가요?"

툭 던지는 류명옥의 남자친구 강경도의 사진에 조남명은 고개를 끄덕였다.

"맞습네다. 그런데 귀화했습네까?"

"아직은 아니네요. 흠. 그런데 혹시 그때 이 사람 옆에 누군가 있는 건 보지 못했습니까?"

움찔!

"사람 말입네까?"

"이렇게 생긴 사람인데…… 그 어두운 저녁에 류명옥 씨의 남자친구를 목격할 정도로 눈이 좋다면 분명 이 사람도 보셨을 겁니다. 잘 기억해 보세요."

종혁이 꺼낸 류명진의 사진에 순간 눈빛이 흔들렸던 조남명은 고개를 저었다.

"보지 못했습네다. 기런데 대체 무슨 일입네까?"

종혁은 작은 호기심을 드러내는 조남명을 빤히 응시했다.

"살인 사건입니다."

"……예에?!"

"고작 16살 소녀가 끔찍한 일을 당한 사건인데…… 아, 혹시 이 학생을 아십니까?"

종혁은 슬그머니 류명옥의 시체 사진을 내밀었고, 조남명은 파리하게 굳은 그녀를 보곤 살짝 낯빛을 굳혔다.

역시 아름답지가 않다. 이렇게 파랗게 생기가 사라진 꽃은.

그와 동시에 종혁의 눈치를 본 조남명의 머리가 빠르게 돌아간다.

"……후우. 압네다."

종혁의 눈이 동그래졌다.

"아세요?!"

'어라?'

종혁의 눈이 살짝 흔들렸다.

"같은 고급중학교 출신의 후배입네다. 저와 같은 학년이었던 동무들이 최근까지 괴롭히던 아이였디요. 아마 동창들 중 이 에미나이를 모르는 동무는 없을 겁네다."

마치 미리 준비했다는 듯, 정말 자신과 상관없다는 듯 거침없이 말을 내뱉는 조남명의 음성에 안타까움이 서린다.

"그래서 안타까워 몇 번 도움을 준 기억이 있습네다. 그런데 간살을 당했다니⋯⋯."

움찔!

금방이라도 눈물을 흘릴 듯 촉촉이 젖는 목소리에 종혁은 낯빛을 굳혔다.

"그런 일이 있으셨군요. 그럼 그 시각 그 근처에 가신 것도⋯⋯."

"아, 아닙네다!"

다급히 손을 저은 조남명은 얼른 말을 이었다.

"그 근처에 사는 후배가 공부를 가르쳐 달라기에 가르쳐 주다 통금 시간이 지나 급히 걸음을 재촉하였던 겁네다!"

"아, 그러셨구나⋯⋯. 하, 아무튼 이 사람 외에는 다른 사람을 목격한 게 없다는 말이죠?"

"그렇습네다."

"⋯⋯감사합니다. 하아, 그럼 이 개새끼를 대체 어디서 잡아야 하는 건지……. 아으, 씨발."

순간 조남명의 눈이 빛난다.

'아직 잡지 못했단 말이간?'

그는 속으로 씩 웃었다.

"그러게 말입네다. 그런 어린 꽃을 짓밟은 그 강경도 아새끼는 얼른 잡다 총살을 시켜야디요."

"……그렇죠. 에휴. 아무튼 협조 감사합니다. 더 늦기 전에 어서 가 보세요."

"가, 감사합네다. 기럼……."

허리를 꾸벅 숙인 조남명은 멀어졌고, 그런 그를 응시하던 종혁은 다가오는 사람들을 보며 몸을 일으켰다.

"거보시라요. 저런 인재가 그런 일을 벌일 리 있갔습네까?"

종혁은 애먼 사람 괴롭히지 말고 범인을 찾자는 듯한 림학철과 오준철을 외면하며, 귀에서 이어폰을 빼며 다가오는 오택수를 봤다.

도깨비보다 더 흉흉하게 구겨진 오택수의 얼굴.

빠드득!

그 살벌한 분위기에 사람들은 흠칫 놀랐지만 종혁은 아니었다. 그는 욕이 나올 만큼 푸른 하늘을 보며 헛웃음을 터트렸다.

"오 경감님, 내가 강경도 씨의 이름을 말했던가요?"

"……아니."

움찔!

눈을 부릅뜬 사람들이 종혁과 오택수를 바라본다.

종혁은 담배를 물며 이를 악물었다.

"강간살인이라고 말한 적은요?"

범인 외엔 딱 그들만 아는 강간.

"없어."

……까드득!

종혁과 오택수는 조남명이 사라진 자리를 죽일 듯이 노려봤다.

"너구나?"

어떤 사건에서 범인을 찾을 수 없다면 첫 목격자가 범인이다. 형사의 오랜 격언이 맞아떨어지는 순간이었다.

* * *

터벅터벅.

'그 남조선 보안원…… 날 의심하고 있었다.'

그 어두운 저녁에 강경도를 봤다면, 류명진도 봤을 거라던 말을 하며 빤히 살피던 눈에 미약한 의혹이 서려 있었다.

그 순간 철렁하고 심장이 내려앉았다.

'멍청하고 안일한 보안원들과는 다른 종자.'

쓸데없이 예리하고 경계심이 많았다. 툭툭 던지는 자신의 질문에 별거 아니라며 손을 젓던 모습이 그 증거다.

그랬기에 당황하면서도 첫 목격 진술을 유지할 수밖에

없었다. 강경도를 유력한 용의자로 밀어붙이는 그 진술을.

"이런 일은 범인을 정해 줘 버리는 게 최고다."

멍청하고 안일한 보안원이라면 강경도가 뭐라고 항변을 해도 언제나처럼 고문을 하고 범인으로 만들 테니 말이다.

목격 진술이 곧 증거인 북한.

그래서 강경도만 봤다고 증언했다. 류명진도 함께 봤다고 증언하면 멍청한 보안원들이라고 해도 의심을 할 테니까.

이러니 말을 바꿨다면 종혁은 분명 의심을 하게 됐을 것이다.

"이게 최선이었어. 그러니 멀리멀리 도망치라, 강경도."

감히 자신이 노리던 꽃을 꺾으려 했던 악적.

조남명은 입술을 비틀며 강의실의 문을 열었다.

웅성웅성.

"오, 남명이 왔네?"

조남명은 머리를 밝은 갈색으로 염색하고, 귀에 귀걸이를 한 동무들을 보며 속으로 피식 웃었다.

초급중학교 때부터 지금까지 7년여 동안 꽃을 선별하는 데 큰 도움을 주는 동무들.

숙제나 과외만 좀 해 줬을 뿐인데 이렇게 대학에 진학시켜 준것도 모자라 기숙사가 아닌 집에서 통학을 할 수 있게 해 준 바보 같은, 부모 잘 만난 개새끼들.

'너희들 덕분이다.'

이들이 꽃을 선별하면 조남명 자신은 그 꽃이 더 강인하게 클 수 있도록 옆에서 작은 호의를 베풀었다.

그래야 빨리 시들지 않기에, 더 강인하게 크기에.

진짜는 자신이 취했다는 것을 지금까지도 모르는 멍청이들을 보니 웃음만 나왔다.

"남명아, 좀 이따가 학교 끝나고 화면반주음악실 어떠네?"

노래를 부르며 술을 마실 수 있는 화면반주음악실이란 말에 군대를 다녀온 주위 늙은 대학생들의 귀가 쫑긋 솟는다.

"일없다."

며칠 전 꽃을 꺾은 만족감 때문인지 당분간은 누굴 만나거나 뭔가를 할 생각이 없는 것도 있지만, 오늘 보안원이 찾아온 이상 혹시 모를 상황을 대비해 거리를 둬야 했다.

그런 그의 매정한 말에 동무들이 미간을 좁힌다.

자신들과는 비교조차 할 수 없지만, 배경도 나름 괜찮고 평양 전체에서 1등을 할 정도로 머리가 좋아 부모들이 친하게 지내라 옆구리를 찔렀던 조남명.

그러나 언제나 거리를 두며 숙제나 과외만 해 준 그.

하지만 그래도 초급중학교부터 대학교까지 7년 동안 함께한 정이 있기에 그들은 참아 주기로 했다. 한 번만 더 이러면 박살을 내 버리겠다고 다짐하며 말이다.

"……뭐 그래라. 우리 남명이 련애하는데 방해할 순 없디."

"뭐? 련애? 언제?"

"몰랐네? 남명이 련애할 때마다 우리랑 더 거리를 뒀잖네."

그렇지 않아도 자신들과 거리를 두던 조남명은 연애를 할 때마다 더 거리를 뒀다.

연애에 대한 증거는 조남명이 학교에서 몰래 쓰던 편지였다. 그 내용은 혹여 조남명이 화낼까 알아보지 않았지만, 남자가 학교에서 편지를 쓸 일이 뭐 있겠는가.

흠칫!

몸을 굳히는 조남명의 모습에 친구들의 표정이 음흉해졌다.

"이 아새끼래. 그런 거 하면 이 형님한테 말해야디 않갔어? 와 한 번도 안 보여 주네?"

"너 같으면 보여 주갔어? 초급중학교부터 죄 죽어……음."

움찔!

친구들이 말을 꺼낸 친구를 노려보며 혀를 찬다.

자신들이 장난감으로 삼았다 하면 죽어 버리는 여자들. 자살을 했다 한들 뭐 문제겠냐마는 그때마다 새로 구하느라 귀찮을 뿐이다.

인간성이 무너지는 모습을 보는 건 재밌지만 말이다.

"흠. 그러고 보니 이제 똥개는 이만 풀어 주는 게 어떻갔…… 네? 응? 와 그라네?"

"아무것도 아니다."

그들은 다시 몸을 굳히는 조남명을 의아하게 쳐다봤다가 이내 신경을 끄며 대화를 이어 갔다.

"류명옥 그 에미나이를 말하는 거이네?"

"길티. 이제 슬슬 질리는 것도 있디만, 우리도 대학생인데 고급중학생을 데리고 놀아야 되갔어?"

대학생. 새삼 깨닫게 된 자신들의 나이에 친구들의 눈이 동그래진다.

"……옳은 말이구나야. 그래, 우리도 대학생이디."

대학생이 됐다고 다 잘살까?

아니다. 대학생 중에도 가난한 이들은 많다.

가령 류명옥처럼 몸을 팔면서까지 대학에 다니려 애쓰는 여자들이 말이다.

순간 그들의 눈에 붉은 기운이 차오르기 시작한다.

"아, 그러면 우리 남명이가 좀 서운할 수 있갔디."

은근히 쳐다보는 시선에 조남명의 미간이 좁혀진다.

"남명이가 와? 무슨 일 있네?"

"몰랐네? 남명이가 그 똥개들 이리저리 챙겨……."

드르륵! 쾅!

문을 거칠게 열며 안으로 난입하는 보안원들의 모습에 강의실에 있던 사람들이 화들짝 놀란다.

"여기 서구연이란 아새끼 어디 있네."

휙!

모든 학생들의 눈이 조남명의 친구들에게로 향하고, 그들은 고개를 모로 기울였다.

뚜벅뚜벅!

"서구연?"

"뭡네까?"

"내 말에 답하라. 네가 서구연이야? 너이 류명옥에 대해 알디?"

"……류명옥?"

"그 에미나이가 며칠 전에 죽었어. 기런디 그 에미나이가 쓴 일기장에 너희들이 나와 있었단 말이디?"

'일기장?!'

경악한 그들은 서로를 바라봤다가 낯빛을 굳혔다.

"하아. 그게 누군디 모르겠디만…… 어이, 보안원 동지. 너 내 아바디가 누군디 알고 이러는……."

콱!

순간 놈의 머리를 붙잡은 보안원이 그대로 책상에 찍어 버린다.

콰앙!

"컥!"

"이 공화국을 좀먹는 벌레 같은 아새끼래……."

잘근잘근 씹어 버릴 듯 살의가 가득한 말에 다른 친구들이 벌떡 일어선다.

"다, 당신들 뭐이야! 이, 이래도……."

퍼어억!

"컥?!"

구둣발로 배를 얻어맞고 쓰러진 다른 놈.

몽둥이를 꺼내 든 보안원들의 눈빛이 살의를 머금는다.

"이 반동분자들을 모두 연행하라! 그리고 학교를 샅샅이 뒤져 일기장에 나온 다른 놈들도 연행하라-!"

"예!"

빠아악!

"아악! 와, 와 이럽네까!"

"닥치라!"

퍼억! 퍽퍽!

"아아악!"

그렇게 인간이 아닌 쓰레기들의 비명 소리가 강의실에 울려 퍼졌고, 조남명은 그런 그 모습을 떨리는 눈으로 지켜봤다.

그리고 꽤 시간이 흐른 후.

'빌어먹을!'

대학교를 나서는 조남명의 걸음이 급하다.

"일기장이라니!"

그들과 류명옥의 관계를 들켰다.

그건 곧······.

이를 악문 그는 빠르게 집으로 향했다.

그렇게 집에 거의 도착한 그는 아무도 없는 집, 자신의 방으로 들어가 사전을 펼쳤다.

"후우."

다행히 아직 보안원이 쳐들어오지 않았다.

그러나 혹시 모르기에 가방에 사전을 챙기고 집을 나선

그는 평양 외곽의 어느 허름한 민가로 향했다.

멍청한 악마들이 초급중학교 시절 아지트로 삼았던, 덩치가 커지며 지금은 더 이상 찾지 않게 된 빈집이었다.

어느새 어두워진 밤, 주위를 살핀 조남명은 얼른 집 안으로 들어가 안방의 두꺼운 커튼을 걸었다.

그러자 드러나는 기이한 공간.

흐릿한 불빛 아래 시큼한 냄새가 그의 코를 찌른다.

쓰레기통에 카메라 필름통 구겨진 편지지를 일견한 조남명은 안타까운 얼굴로 사전을 꺼냈다.

"……잠잠해지면 다시 찾으러 오갔어."

애정 어린 손길로 사전을 쓰다듬다 조심스럽게 내려놓은 조남명은 입술을 깨물며 집을 나섰다.

그 순간이었다.

콱!

"켁?!"

갑자기 튀어나와 목을 옥죄는 거대한 손.

"여기냐? 네 트로피를 보관하는 곳이?"

"케에?!"

'어, 어떻게?'

종혁은 떨리는 그의 눈을 보며 이를 악물었다.

살해당한 후 옷이 갈아입혀져 있던 류명옥.

과연 초범이 이토록 치밀하게 행동할 수 있을까?

그럴 수도 있겠지만, 아닐 가능성이 훨씬 높았다.

이 점을 염두에 두었기에 순순히 조남명을 보내 준 후

그 뒤를 밟은 종혁.

역시나 조남명은 의도대로 움직여 줬다.

그러니 이제 확인해야 했다.

놈이 얼마나 많은 범죄를 저질렀는지를!

"그래. 들어가자."

딱 봐도 의심스러운 암막을 걷고 안으로 들어간 종혁은 헛웃음을 터트렸다.

그는 시큼한 냄새에 이어 눈에 들어오는 휴지통 속 구겨진 편지지를 꺼냈다.

사랑해, 사랑해, 사랑해, 사랑해.

"킥."

순간 초점이 흐릿해진 종혁의 눈이 목이 잡혀 발버둥 치는 조남명에게로 향한다.

"널 어떡해야 할까……."

죽일까, 살릴까.

이런 놈이 살 가치라도 있을까.

"케엑! 케에엑!"

그런 종혁의 마음이 전해진 건지 조남명은 더욱 발버둥을 쳤다.

그러다…….

터억!

손과 발을 이리저리 흔들다 쳐 버린 사전이 공중을 돌

며 펼쳐진다. 시간이 느릿해진다.

후두둑!

바닥으로 떨어지는 사진들에 종혁은 말을 멈췄다.

말뿐만 아니라 몸이, 심장이 멈췄다.

"어……."

연쇄일 거라 예상은 했다.

예상은 했지만…….

바닥에 널브러진 백여 장의 사진.

그리고 다섯 명의 피해자.

'다섯 명?'

꽃을 채 피우지 못한 나이의 소녀가 다섯 명.

뚝!

종혁의 머리에서 무언가 끊겼다.

"……넌 안 되겠다."

눈이 뒤집힌 종혁은 하얗게 질린 조남명을 향해 주먹을 잡아당겼다.

"죽어."

부웅! 콰드득!

주먹을 통해 여실히 느껴지는 뭉개지는 살과 뼈의 감촉.

표정이 사라진 종혁은 다시 주먹을 잡아당겼다.

그는 이 순간 짐승이 되었다.

"자, 잡아!"

"놔! 놔아―!"

* * *

출렁!

의자에 앉은 노인의 몸이 크게 흔들린다.

"지금 뭐라고 했네? 강간? 내가 아는 그 강간?"

"저, 정확히는 연쇄강간살인입네다. 거기다 마치 진열대에 상장을 장식하듯…… 사진을 찍었다고 합네다."

림학철의 아버지는 멍하니 천장을 바라봤다.

"남조선 최종혁 동지가 말하길 사이코패스라고……."

"닥치라! 지금 생각 중이지 않네!"

일반 연쇄살인조차도 눈앞이 먹먹한데 연쇄강간살인이다.

그런 반동분자가 더 설치기 전에 잡아 줘서 고맙기도 한 한편, 모든 게 어그러졌다는 게 여실히 느껴진다.

공화국의 체면이 더 상하기 전에 사건을 해결한 종혁이 아니었다면 크게 다쳤을 수도 있는 아들 림학철.

혹여 이번 일이 림학철의 소관이 아니라고 하더라도 정적들은 이 사건으로 림학철을 물고 뜯었을 거다.

노인 자신과 경쟁 중인 정적들에게는 더할 나위 없는 먹잇감이었기에, 그를 실각시키기 위해서라도 이 이야기를 말도 안 되는 방향으로 엮어 위에 고해 바쳤을 거다.

그렇게 됐다면?

거기에 러시아가 말을 보탰다면?

섬뜩!

"……최종혁 동지 보내라우."

"예? 하, 하디만……."

"보내라디 않네! 날 은혜도 모르는 개새끼로 만들 셈이네?!"

"죄, 죄송합네다!"

부하가 후다닥 달려 나가자 림학철의 아버지는 몇 년만에 식은땀이 맺힌 이마를 문질렀다.

"그래, 이게 낫디."

한국군 포로까지 무리하여 송환시켰음에도 아무것도 얻지 못하고 종혁을 그냥 돌려보낸다?

그의 정적들은 이를 문제시하며 물어 뜯을 것이 분명했다.

그러나 공화국을 망신시킬 뻔한 반동분자를 검거했다는 실적을 올렸기에 작금의 상황을 무마시킬 수는 있을 터였다.

"이게 나아."

그는 떨리는 손으로 시거를 물었다.

심장이 벌렁벌렁 뛰었다.

* * *

'패 죽이지 못한 건 아쉽지만…….'

종혁에게 흠씬 두들겨 맞으며 경추가 어긋나 평생 병상

에서 못 일어나게 된 조남영.

혹여 법의 심판을 받지 못한다고 하더라도 그 정도면 어느 정도 만족이다. 절대 죽지 못하도록 생명 유지를 시켜 달라고 돈도 한 아름 안겨 주고 왔으니 말이다.

지옥 속에서 살아가다 보면 언젠가 후회하고 회개할 때가 올 거다. 교화소에 보내진 그 패거리들도.

"저 때문에 그동안 수고 많으셨습니다."

어느덧 한국으로 돌아갈 시간.

이별은 짧은 게 좋았다.

"수고는 우리 최 동무가 해 줬디요. 만약 그 아새끼가 계속 범죄를 저질렀다면…….'

아마 자신은 더 강등을 당하거나 어쩌면 교화소에 갔을 거다.

부르르 떤 림학철은 마주잡은 손에 힘을 주었다.

"다음에 올 때엔 더 좋은 공화국을 보여 주갔습네다. 그때 기대 단단히 하고 오시라요."

"하하."

'미쳤냐? 다시 여길 오면 어떻게 될지 뻔히 아는데?'

분명 코가 꿰게 될 거다.

종혁은 슬그머니 무시하며 순영을 향해 손을 내밀었다.

"수고하셨어요."

"……종혁 동무가 공화국 경찰들에 많이 실망한 것을 압네다. 하지만 앞으로 우리 공화국도 많이 달라질 테니 너무 걱정 마시라요."

"그럼 다행이죠."

비록 적국인 나라지만, 선량한 시민들이 억울해지지 않을 수 있다는데 경찰로서 어찌 기쁘지 않을까.

그런데 보급조차 제대로 되지 않는 북한에서 그게 가능할지 의구심이 든다.

그런 기색을 눈치챈 순영은 싱긋 웃었다.

"공화국은 인민이 전부이니 인민을 갈아 넣어야겠디요. 이번에 참 많은 걸 배웠습네다."

첨단 과학수사가 아님에도 척척 범인을 유추하고 검거한 종혁. 그 수사 기법을 제대로 익힐 수만 있다면 아마 공화국의 치안은 보다 나아지게 될 거다.

'그리고 그 선두엔 여기 림 소좌와…….'

순영은 저 멀리에 세워진 차량을 응시했다.

이제 몇 년 후면 북한 정치계에 등장할 백두혈통.

정점을 차지하기까지 경쟁할 사람이 수두룩한 그녀에게 종혁은 무조건 쥐어야 하는 끈이었다.

"……이별을 짧을수록 좋다고 하디요. 전 이쯤에서 물러나갔습네다. 철이와 희야에게 안부 전해 주시라요."

순영은 눈이 떨리는 혼혈 소년 안드리와 류명호, 류명진에게 바톤을 넘기며 물러섰다.

"이, 이 은혜를 어찌 갚아야 할디 모르갔습네다……."

누이 명옥을 처참하게 죽인 범인을 잡아 준 것도 모자라, 장례까지 대신 치러 주었다. 정말 평생 갚아도 못 갚을 은혜를 입었다.

그건 안드리도 마찬가지다.

잠시 스쳐 지나가는 인연이었을 자신을 위해 마치 자기 일처럼 나서 준 종혁.

너무 감사하고 또 감사했다.

그렇기에 종혁이 한 말이 더 크게 다가온다.

내가 변하지 않으면 무엇도 바뀌지 않는다.

'네. 앞으로 많은 게 변할 거예요.'

아주 많은 게 변하고 바뀌게 될 거다.

그러나 그게 꼭 북한에 도움이 되진 않을 거다.

안드리는 류명호 류명진 형제와 함께 종혁에게 신문지로 싼 무언가를 내밀었다.

"드릴 건 없고, 이거라도 받아 주시라요! 술을 좋아하신다고 해서 저희 셋이 준비한 겁네다!"

"꼭 받아 주시라요!"

"어이쿠! 뭘 이런 걸 다!"

황급히 받아 든 종혁은 환하게 웃다가 이내 눈물을 터트릴 듯한 울상을 짓는 그들을 보며 따뜻하게 웃었다.

"그래. 잘 마실게. 혹여 분단선에 배치돼도 총구는 겨누지 마라."

"도, 동지!"

"큭큭."

류명호, 류명진 형제와 안드리의 머리를 헤집은 종혁은 마중 나온 이들을 향해 크게 외쳤다.

"그럼 잘 놀다 갑니다. 나중에 아주 나중에 혹여 통일

되면 봅시다–!"

"잘 가시라요!"

"다음에 또 봅시다!"

부르릉!

종혁을 태운 버스는 다시 금강산으로 향했고, 배웅을 나온 사람들은 뿔뿔이 흩어지기 시작했다.

서로를 보며 의미심장한 미소를 짓던 류명호, 류명진 형제와 안드리 역시도 말이다.

그리고 멀리서 그들을 지켜보던 김단은 멀어지는 버스를 응시하다 입을 열었다.

"리순영 소좌에게 오늘 내가 보자고 전하라."

"예!"

한편 금강산으로 향하는 버스 안.

"야, 최 팀장. 걔들이 무슨 술을 준 거야? 한번 보자."

"에헤이. 어딜."

"와, 씨. 쪼잔하게 이럴래?"

"예. 이럴래요."

'절대 못 주지.'

마치 뭔가가 있다는 듯 안드리가 톡톡 두드리며 준 술병. 만약 종혁 본인의 짐작이 맞다면 그 누구에게도 줄 수 없는 물건이다.

종혁의 낯빛이 딱딱하게 굳었다.

'이거 한국에 가면 할 일이 많겠네…….'

굉장히 많을 듯싶었다.

'안녕이다, 북한!'

다신 오고 싶지 않았다.

"아, 그런데 그 새끼는 지금 어떤 심정일까요?"

"그 새끼?"

피식 웃은 오택수는 낄낄 웃었다.

"뒤질 맛이겠지."

* * *

11살, 초급중학교 시절 어떻게든 위로 올라가고 싶어 억지로 어울리게 된 이들이 소개해 준 장난감.

악마들은 원래부터 그런 새끼들임을 알았기에 그들이 사람을 장난감으로 다루는 인간을 벗어난 모습은 놀랍지 않았다.

하지만 그들이 소개해 준 장난감에겐 호기심이 생겼다.

쟤는 어째서 저렇게 버티는 걸까.

왜 도망치지 않는 걸까.

……가진 것도 없고, 힘주어 꺾어 버리면 꺾여 버릴 하루살이 인생들이 어떻게 버티는 걸까.

그런 호기심은 곧 흥미가 되었고, 애정이 되었다.

짓밟히고 유린당해도 끝까지 버티는 모습은 마치 시리고 추운 겨울을 버티며 따사로운 봄날을 기다리는 꽃과 같았다.

그 강인함, 그 아름다움.

만개시키고 싶었다.

시들기 전에 개화시켜 꺾어 버리고 싶었다.

그래서 그렇게 했을 뿐이었다.

'그랬을 뿐인데…….'

조남명은 겨우 뜬 한쪽 눈으로 몸을 내려다봤다.

움직이지 않는다. 목 아래로 감각이 없다.

"아으…….."

심지어 목소리도 나오지 않는다.

철렁 심장이 내려앉고, 온몸에서 피가 빠져나간다.

아득한 절망과 공포가 온몸을 잠식한다.

그때였다.

벌컥!

문이 열리며 차가운 눈빛이 림학철이 들어온다.

"이 아새끼 절대 죽게 하디 말라. 늙어 죽기 전에 죽으면 니들도 따라 죽게 될 기야. 알갔어?!"

"예, 예!"

섬뜩!

"아으! 아으으!"

"뭐하네! 혀 깨물기 전에 재갈부터 채우라!"

"예!"

"아아아아아아아!"

3장. 악몽

악몽

본청보다 깔끔하게 꾸며진 국정원의 취조실.

앞에 앉은 대북 담당 팀장이 혀를 내두른다.

솔직히 북한이 종혁을 불렀을 때 그를 회유시킬 거라는 의견이 나오기는 했다.

피지컬 트레이닝과 러시아와의 끈.

그것만 하더라도 북한이 욕심내기엔 충분한 인재였다.

그랬는데 회유를 당하기는커녕 거기서 연쇄살인사건을 해결한 것도 모자라, 북한에 숨어든 범죄자들까지 데려왔다.

죄다 인터폴 수배까지 내려진 놈들.

팀장은 뭐 이런 놈이 다 있냐며 혀를 내둘렀다.

거기다…….

"꽤 잘나가는 집안의 딸이라……."

팀장의 표정이 굳는다.

북한의 고위직은 모조리 꿰고 있어야 하는 대북 담당팀.

그러나 단연코 종혁이 몽타주를 그려 준 이 소녀는 처음 본다.

"림학철 씨가 쪽도 못 쓰던 아가씨던데요? 이름은 서단. 작년까지 유학을 다녀왔다더라고요."

피지컬 트레이닝으로 안면을 텄던 사이기에 종혁은 편하게 답했다.

"고마워. 덕분에 좋은 정보를 얻었다. 생각나는 건 또 없어?"

"으음. 네, 없습니다."

보고 듣고 겪은 건 가장 중요한 한 가지만 빼고 다 말했다. 인민보안성의 보안 수준이나 수사 기술의 한계까지 말이다.

"아, 우크라이나 출신의 무기 개발자도 있네요."

"그걸 먼저 말했어야지! 몽타주팀, 다시 들어와!"

이후 무기 개발자 우슬란의 몽타주까지 그리고 나자 팀장이 수고했다며 고개를 끄덕여 줬다. 그런 그의 눈에 우려가 스민다.

"그런데 정말 괜찮겠어? 그걸 정부의 치적으로 발표해도?"

국군 포로가 무려 3명이나 송환되었다.

박노형 대통령까지 동해로 달려가 금강산에서 배를 타고 귀환하는 그들을 마중했다. 현재 연일 그 뉴스로 떠들썩했다.

"어이구, 됐습니다. 괜히 언론 타서 유명해지면 귀찮아 져요."

딱히 유명세가 필요한 것도 아니거니와 이번 북한행으로 얻은 것도 많다.

일단 자신이 지목한 세 명의 범죄자는 어떻게든 법의 심판을 받게 해 주겠다는 박노형 대통령의 약속도 얻었고, 북한에 잠입한 범죄자들도 모두 데리고 왔다.

여기에 사적으로도 재북 러시아 대사 등 여러 인맥을 늘렸다. 제법 만족스러운 북한행이었다.

그렇다고 한들 다시 가라면 그 말을 꺼낸 놈에게 죽빵을 날릴 테지만 말이다.

"정 미안하면 대통령님에게 경찰 예산이나 늘려 달라고 해 줘요. 아, 이건 내가 말해야 되나?"

"거기서 더?"

"있어도 있어도 부족한 게 예산 아닙니까."

"······그건 맞지. 오케이. 국정원도 말 보탤게. 수고했어."

"예. 팀장님도 수고하셨습니다."

무려 5시간을 시달렸는지라 앓는 소리를 내며 일어서던 종혁은 아차 하며 팀장을 봤다.

"그리고 이번까집니다. 다음부턴 정말 얄짤 없어요."

흠칫!

"무슨 말인지 모르겠는데?"

"예, 그러시겠죠."

피식 웃은 종혁은 취조실의 문을 열고 나갔다.

통일부 직원이 소매치기가 넘쳐 나는 장마당에서 함부로 지갑을 꺼낸다?

그래, 꺼낼 수야 있다. 하지만 뭔가 촉이 이상해 찔러 보니 대번에 저렇게 반응이 왔다.

역시나 국정원 요원이었던 것이다.

'뭐, 곧 그런 일이 있을 테니 북한 측 단속이 심해졌을 테지만…….'

고개를 저은 종혁은 국정원 건물을 나서서 택시를 잡기 위해 도로로 나왔고, 그런 그의 앞에 고급 세단 한 대가 스르륵 멈춰 섰다.

지이잉!

"어디까지 가시나요, 잘생긴 최?"

"하핫!"

뒷좌석에 올라탄 종혁은 그녀가 권하는 담배를 물었다.

찰칵! 치이익!

"후우."

차 안에 뿌옇게 퍼지는 담배 연기.

나탈리아가 종혁의 등을 손톱으로 훑는다.

"결국 이건 필요 없게 됐네요."

혹시라도 북한이 어떻게 나올지 몰라서 등에 박아 놓은 초소형 위치 추적기.

"필요 없게 된 게 다행이죠."

만약 쓸 일이 생겼다면? 종혁은 생각조차 하기 싫었다.

"후후. 북한은 어땠나요. 재밌었나요?"

"글쎄요. 딱히?"

공기가 맑은 걸 제외하면 재미있을 만한 게 없었다.

'사람들이 순박한 것 말고는 없었지.'

"가죠. 할 말이 참 많습니다."

그 말에 나탈리아의 낯빛이 굳는다.

종혁이 은밀히 전해 온 경악스런 소식, 핵.

안드리가 준 뱀술의 뚜껑 속에 그 단어와 함경북도가 우크라이나어로 적혀 있었다. 위험을 감수하고 전해 준 정보이니 최대한 이용해 줘야 할 터.

CIA의 린치는 물론이고, 권아영과 박태규도 불러야 했다.

SVR과 CIA는 국가 안보 및 세계 정세 때문에, 권아영과 박태규는 요동칠 주식 시장 때문에.

국정원에 말해 봤자 믿지도 않을거니와 혹여 믿는다고 해도 조사를 하는 데 한 세월일 것이기에 이들을 통해 전달하는 게 베스트였다.

'씨부럴, 핵.'

이번에 진행될 1차 핵 실험이 사실상 실패를 맞이한다지만, 이 때문에 전 세계가 얼마나 놀랐던가.

당장 실험을 어떻게 할 수는 없더라도 알고 대비하는 것과 아무것도 모른 채 뒤통수를 맞는 건 차원이 다른 일이었다.

"출발해."

그들을 태운 차가 러시아 대사관으로 향했다.

* * *

"으하아암!"

번쩍 눈을 뜬 종혁은 옆에서 느껴지는 체온에 씁쓸히
웃었다.

이틀 전 순영의 소식을 전해 준 이후 마치 종혁이 순영
인 양 매일 밤마다 침대로 찾아드는 순희.

잘 먹고 잘 뛰어놀아서 그런지 살이 부쩍 올라 이젠 어
엿한 숙녀가 된 순희의 머리를 쓰다듬어 준 종혁은 몸을
일으켰다.

달그락! 달그락!

"안녕히 주무셨어요."

"어. 넌? 몸은 좀 괜찮아?"

"이제 충전 완료지."

북한에 있는 동안 계속 긴장을 해서 그런지 귀국한 날
이야기를 모두 마치고 집에 들어오자마자 그대로 골아
떨어졌었다.

종혁은 싱크대 앞에 선 작지만 큰 어머니의 등을 가만
히 응시했다.

'만약 엄마가 없었다면 난 어떻게 됐을까.'

류명옥의 일을 떠올리니 생각이 많아진다.

아마 몰라도 조폭이 됐거나 굉장히 힘들게 살았을 거다.

"엄마."

"왜?"

"사랑해."

달그락!

순간 손을 멈춘 어머니 고정숙이 고개를 돌려 종혁을 빤히 본다.

"북한에서 사고 쳤니? 애 생겼어?"

"……미치셨습니까, 어머니."

"그런데 왜 갑자기 그딴 소리를 해? 소름 돋게."

"아니, 아들이 엄마한테 사랑한다고 말할 수도 있지!"

"타이밍이 이상한데…….."

"어이구, 됐수다. 내가 다신 사랑한다고 말하나 봐라."

고정숙은 투덜거리는 아들을 보며 피식 웃었다.

팀장이 됐다고 좀 더 묵직해진 아들이 이렇게 말해 올 정도면 북한에서 무슨 일이 있어도 있었을 터.

제대로 말해 주지 않는 게 좀 서운하지만, 그래도 이렇게 표현을 해 줘서 엄마로서 참 고마웠다. 보통 저 나이면 엄마를 멀리한다는 말을 많이 들어서 더.

"그래. 나도 사랑해."

"얼씨구?"

고개를 저은 종혁은 화장실로 향했고, 그 듬직한 등을 가만히 응시하던 그녀는 아차하며 입을 열었다.

"철이 오늘부터 합숙이라 집에 못 들어온대!"

"알아요!"

"모르는 게 뭔지……."

풀썩 웃은 그녀는 다시 칼을 들었다.

고생하는 아들을 위한 맛있는 음식을 만들기 위해서 말이다.

해 줄 게 이것밖에 없어 약간은 서글픈 그녀였다.

* * *

"여, 최 팀장."

"좋은 아침입니다, 선배님!"

"북한은 좀 어땠어? 아가씨는 예뻤어?"

"남남북녀는 옛말!"

만나는 경찰들과 인사를 하며 부서에 복귀하니 정용진 과장이 대뜸 입을 연다.

"전 세계를 탐방해 보는 건 어떻습니까?"

"……예?"

정용진은 덕자를 괴롭히며 노는 종혁을 보며 어이없다는 듯 웃었다.

종혁이 데려온 이들은 중국으로 도주한 이후 행방이 묘연해져 인터폴까지 수배를 내린 극악한 범죄자들이었다.

그들을 어떻게 데려온 것인지 모르지만…….

'외사과장이 최 팀장을 달라고 했지.'

해외로 튄 놈이나 해외에서 범죄를 저질렀거나 국제범죄를 저지르는 범죄자를 잡는 외사과. 술자리에서 장난식으로 툭 던진 말이지만, 분명 장난이 아니었을 거다.

"농담입니다."

"방금 농담이 아닌⋯⋯."

"확인하시죠."

눈을 가늘게 떴던 종혁은 정용진이 내미는 사건 파일, 특별수사1팀에 할당될 사건들을 확인했다.

"어? 저 징계 풀린 겁니까?"

"이런 실적을 올린 인재를 계속 징계할 순 없죠."

징계? 종혁이 북한에서 놈들을 데려온 순간 풀렸다.

"하하⋯⋯."

슬쩍 주먹을 쥔 종혁은 사건 파일을 살폈다.

간편신고사이트에 신고가 여러 번 접수되어 특별수사팀이 나서게 된 사건들.

왕따 주동자를 잡고 보니 부모가 대단하다든지, 스토킹을 당하고 있다든지, 가보를 도둑맞았는데 경찰이 수사를 잘 안 한다든지 등 간단히 살펴봐도 일개 지방서 형사로선 난해한 사건들임이 분명했다.

정용진은 머리를 긁으며 생각에 잠기는 종혁을 가만히 응시했다.

"그런데 최 팀장은 팀원을 늘릴 생각이 없습니까?"

"예? 아뇨. 딱히 생각 없습니다."

가끔은 손이 부족해 곤란해질 때가 있지만, 그렇다고 아무나 팀원으로 받아들일 수는 없었다.

"그런데 갑자기 그 문제는 왜⋯⋯ 아, 그러고 보니 인

사이동 시즌이네."

이제 정말 며칠 남지 않았다.

"왜요? 제 팀원으로 오고 싶다는 사람들이 많습니까?"

어디 그냥 많다 뿐일까.

위에서도 종혁을 설득해 보라고 압박을 해 올 정도다.

"아닙니다. 계속 3인 체제로 일하는 게 힘들지 않을까 해서 물어본 겁니다. 최 팀장이 괜찮다고 하면 괜찮은 거겠죠."

이 세 명이 올리는 실적이 정상적인 수사팀의 실적보다 몇 배는 많다 보니 정용진은 강요할 생각이 없었다.

"예. 필요하게 되면 말씀드리겠습니다. 그럼 더 하실 말씀이 없으시다면 전 이만 일어나 보겠습니다. 이 사건들은 북한에서 데려온 놈들을 확인한 후에 진행하겠습니다."

"수고하세요."

"충성."

그렇게 사무실로 출근하자 시끄러운 광경이 눈에 들어온다.

"예. 본청 간편신고관리과 특별수사2팀입니다!"

"본청 특별수사3팀입니다. 뭐? 누굴 순순히 넘기라고? 그게 누군데 남의 회사에 지랄이세요! 너 누구야!"

전화기와 컴퓨터를 붙잡은 채 씨름을 하는 다른 팀 형사들.

반면 죄다 운동을 가서 텅 빈 특별수사1팀.

확실히 팀원이 적다고 볼 수 있었다.

"흠……. 순회를 해야 되려나."

아무나 뽑을 수 없으니 결국 직접 보고 판단을 해야 하는데, 그러려면 다른 과로 인사이동을 해서 함께 살아 보는 게 최고다.

그런데 문제는 그렇게 다른 과, 혹은 지방청에 갔다가 다시 복귀 못하는 경우가 생길 수도 있다는 점이다.

"아, 거 괜히 팀원 이야기를 해서…… 쯧."

종혁은 복잡해지는 머리를 긁으며 흡연실로 향했다.

"이름."

"거 다 알면서……."

퍼억! 쿠당탕!

"어이쿠!"

걷어차여 바닥을 구른 사십대 범죄자, 북한에 숨었다가 함께 넘어와 유치장에서 먹고 자던 놈의 머리채를 잡은 종혁은 싱긋 웃었다.

"한 번만 더 뻗대면 정말 뒤진다."

"……예."

"자, 그럼 다시 시작하죠. 이름."

"유선도입니다. 나이는 44세. 사기 및 폭행 전과 5범. 수배 걸린 죄목은 사기. 사건 담당서는…… 아, 광주광역시 서부서입니다. 아마 지금은 광주청에 넘어갔을 겁니다. 담당 형사는 잘 모릅니다."

광주광역시에 3백억대 납품 사기를 저지르고 튄 유선도.

재밌는 점은 북한에 숨어 있던 놈들 중 이놈의 죄가 가장 가볍다는 거다.

　"그래요. 이렇게 협조해 주면 서로 편하고 얼마나 좋아요. 다칠 이유도 없……."

　따르릉! 따르릉!

　"예, 간편신고관리과……."

　─아따, 왜 이렇게 통화하기 힘드요. 여기 광주청인디, 거기 유선도 씨부럴 새끼 있지라? 같은 식구끼리 낯짝 붉히지 말고 내려보냅시다잉?

　종혁은 흐뭇이 웃었다.

　"그럴 거면 그쪽에서 먼저 잡으셨어야죠. 내가 씨발 애를 어떻게 잡았는데. 개소리 말고 사건 이관하세요. 강제로 끌어오기 전에. 끊습니다."

　─뭐여? 야! 너 직급 뭐여!

　"경정이요. 팀장입니다. 씨부랄 새꺄."

　쾅!

　전화를 끊은 종혁은 기다렸다며 유선도에게 미소를 지어 줬다.

　"어떡할래요? 지금이라도 광주 가서 쥐어 터질래요, 아님 형량을 좀 더 받더라도 여기서 조사 받을래요?"

　"여, 여기서 조사 받겠습니다!"

　종혁의 미소는 더욱 짙어졌다.

　"탁월한 선택. 갈비 시켜 줄까요?"

　"허억!"

그렇지 않아도 그리웠던 한국 음식. 유치장에서 짜장면이나 설렁탕을 먹긴 했지만 감히 갈비에 비할 바는 안 됐다.

꿀꺽!

놈의 목구멍으로 침이 넘어가자 종혁은 고개를 끄덕였다.

"대신 잘 협조해 줬을 때 이야기입니다. 여기 본청인 거 알죠? 숨겨 놓은 돈은 무조건 찾습니다. 그러니 자수해서 광명 찾자, 씨발아."

"……예."

"자, 그럼 다시 시작해 볼까요? 북한으로 어떻게 넘어갔습니까?"

종혁은 이놈을 처넣는 김에 브로커도 잡을 생각이었다.

*　*　*

"으아악!"

괴성을 지르며 기지개를 편 종혁은 한숨을 푹 쉬며 고개를 숙였다.

하루 종일 북한에서 넘겨받은 놈들과 입씨름하고, 놈들의 담당 서와 말다툼을 하다 보니 지난 며칠간 쉬면서 충전한 배터리가 방전되는 기분이었다.

지금까지 무려 열한 명. 정말 어마어마하게 넘어갔고, 그에 비례해 실적도 어마어마하게 쌓였다.

오택수와 최재수도 책상에 머리를 박은 채 쉬고 있었다.

"최재수, 몇 명 남았어?"

"한 명 남았습니다!"

"그래?"

시간을 확인한 종혁은 고개를 끄덕였다.

"그럼 얼른 해치우고 밥 먹으러 가자. 마지막 놈 데려와."

"예!"

잠시 후, 최재수에게 한 팔이 붙들려 끌려온 마른 체구의 남성을 본 종혁은 눈을 빛냈다.

정보사 출신으로 불륜 증거 수집부터 청부 폭력, 장기 매매 등 돈 되는 일이면 직접적인 살인을 제외한 모든 걸 다 했던 흥신소 사장인 윤경진.

2000년도, 경찰의 수사망이 좁혀지자 도주해 자취를 감춘 놈으로 오늘 서울청에서 전화가 빗발치다 못해 찾아와 바짓가랑이를 잡게 만든 장본인이다.

이놈과 얽혀 있는 놈들이 많다 보니 못해도 반년 치 실적이었다.

"이야. 서울청에서 이 갈며 찾는 새끼인 줄 알았다면 배에서 특실을 잡아 드릴 걸 그랬습니다."

"……난 몇 년 받을 것 같소?"

오랜 타지 생활이 지친 건지 아니면 앞으로의 일을 깨달은 건지 목소리에 힘이 없다.

종혁은 코웃음을 쳤다.

"에이, 선수끼리 뭘 묻고 그래요. 최소 열다섯 바퀴지."

여타 잡다한 범죄를 뒤로하더라도 장기 매매 혐의가 8

건에 살인 방조가 4건이다. 제대로만 엮는다면 판사가 누가 되건 무조건 15년 이상이었다.

그런 종혁의 말에 윤경진은 천장을 바라보며 씁쓸히 웃었다.

"거래합시다."

순간 종혁의 눈썹이 꿈틀거렸다.

"형량 그딴 개소리하면 수감 생활 동안 죽만 먹는 수가 있다."

"한 바퀴만이라도 줄입시다. 그런 시계 차고 다닐 정도면 아는 사람도 많을 것 같은데······."

그가 한창 잘나갈 때여도 엄두도 못 낸 시계를 차고 다닌다. 왜 형사를 하는지 모를 만큼 부자거나 어마어마한 비리 경찰이란 소리다. 뭐든 인맥은 빵빵할 터.

종혁은 당당한 그를 보며 책상을 두드렸다.

"······듣고."

"사람 찾기."

비록 도주자 신세지만, 산 입에 거미줄을 칠 수 없고 배운 게 도둑질이라 여러 인맥을 통해 겨우 차려 놓았던 흥신소에 접수된 의뢰. 의뢰인이 너무 특이해서 그에게 까지 보고 된 의뢰다.

"그런데 뭔가 이상해 뒷조사를 해 봤더니 의뢰인이 사이비에 푹 빠진 놈이더라고."

상황이 상황이라 조심성이 많아진 윤경진.

"어떻게 관심 있습니까?"

"오케이, 콜. 읊어 봐."

상체를 세우는 종혁의 눈빛이 차갑게 가라앉았다.

*　*　*

끼이익!

어느 골목길에 자리한 다가구 주택의 옥탑방, 경첩이 녹슨 철문이 슬그머니 열리며 한 이십대 초반의 남성이 모습을 드러낸다.

마치 겁을 먹은 토끼처럼 주위를 경계하며 몸을 낮춰 옥상 난간으로 다가간 남성은 고개만 내밀어 골목을 살핀다.

"휴우……."

다행히 아무도 없는 골목길.

어제와 똑같은 차들만 세워져 있다.

작은 안도가 그의 다리에 일어설 힘을 준다.

하지만 막상 나가려니 덜컥 겁이 나서 발이 쉬이 움직이지 않는다. 울컥 차오르는 짜증과 서러움에 눈시울이 뜨거워진다.

어쩌다 이런 신세가 된 걸까.

"엄마……."

엄마. 얼마 전 돌아가신 엄마가 보고 싶다.

엄마가 차려 준 밥이 먹고 싶고, 그 품에서 자고 싶다.

이럴 줄 알았다면 엄마가 하지 말라는 짓을 하지 말걸

지독한 후회가 그의 심장을 짓누른다.

"홀쩍!"

결국 흐른 눈물을 닦은 그는 이내 곧 몸을 움직였다.

골목에 아무도 없는 지금이 기회였다.

숨을 고르며 이를 악문 그는 재빨리 계단을 내려갔다.

부다당! 빠앙!

뒤에서부터 달려와 앞을 스쳐 지나가는 배달 오토바이에 화들짝 놀라 몸을 돌린 남성은 멀어지는 오토바이를 계속 응시하다가 이내 걸음을 재촉했다.

"태, 택시!"

끼익!

어느 은행 앞에 멈춰 선 택시에서 내린 남성은 잠시만 기다려 달라고 말하곤 재빨리 은행 안으로 들어가 ATM에서 돈을 찾았다.

하지만…….

"아."

도로에 대기하고 있어야 할 택시가 없다. 생각지도 못한 상황에 하얗게 질리는 순간이었다.

"어머, 안녕하세요. 기운이 좋아 보이셔서……."

'흡?!'

다급히 고개를 돌렸던 그는 한숨을 내쉬었다.

자신이 아닌 다른 이를 붙든 또래의 두 남녀.

'개새끼들.'

증오 어린 눈으로 거리 전도를 하는 이들을 노려본 그는 마침 이쪽을 향해 다가오는 빈 택시를 향해 재빨리 손을 흔들었다.

"택시-!"

끼이익! 탁!

"후우."

택시에 올라타고 목적지를 말하고 나서야 안도의 한숨을 내쉰 남성은 그런 자신의 모습에 다시 울적해졌다.

추적을 당할까 무서워 카드조차 쓰지 못하는, 이렇게 은신처에서 먼 곳까지 와서 돈을 찾아야 하는 생활을 언제까지 해야 할까.

'엄마…….'

남성은 다시금 떠오르는 어머니의 얼굴에 고개를 저었다.

생각만 해 봐야 울적해지고 답답해지는 마음.

그는 애써 밝은 생각을 하기로 하며 돈 봉투가 든 가슴을 더듬거렸다.

'그래도 돈을 무사히 찾았으니 다행이야.'

이 돈이면 앞으로 한 달은 무사히 버틸 수 있을 터.

사내는 작은 위안을 얻으며 은신처로 향했다.

누군가 뒤를 따르고 있다는 것도 모른 채 말이다.

* * *

부우웅!

어딘가로 달리는 차 안. 운전대를 잡은 최재수가 입을 연다.

"그런데 사이비가 24살의 대학생을 왜 찾을까요?"

24살. 이제야 사회에 나갈 준비를 하는 젊다 못해 어린 나이.

"이유야 많지."

경찰 일을 하면서 사이비에 빠진 인간들을 제법 보아 온 오택수가 냉소를 짓는다.

"그런데 결론만 보면 하나야."

"뭔데요?"

"그건…… 이따가 보면 알거다."

"아, 뭔데요!"

키득키득 웃은 오택수는 뒷좌석에 뻗어 있는 종혁을 봤다.

"야, 최 팀장. 살아 있냐?"

"몰라요. 죽을 것 같아요."

어젯밤 퇴근할 때 슬그머니 찾아온 서울경찰청의 수사 계장이 술을 샀다. 이유는 당연히 윤경진을 넘겨 달라는 것.

경찰대 선배에다가 여차하면 상사로도 만날 수 있어서 어쩔 수 없이 어울려야 했는데…….

"치사한 양반. 그런 자리에 팀원들을 데려와?"

술로 죽여서 기어코 윤경진을 넘기겠다는 말을 들으려 던 비열한 수작. 결국 그들 8명을 모두 술로 죽여 버리긴 했지만 종혁도 그 여파가 상당했다.

"휘하 형사들을 죄다 술고래로만 뽑았나……. 아니, 이건 서울청의 내로라하는 술고래들만 모아서 데려온 거야. 확실해."

"큭큭. 욕봤다. 그래도 어쩌겠냐. 네가 팀장인데."

"……그렇죠. 내가 팀장이죠."

팀을 위해 방패가 되어 주고, 여차할 땐 몸을 불살라야 하는 팀장.

"힘들면 그냥 넘겨 버리지그래?"

오늘까지야 애원과 읍소에 가깝지만, 내일부터는 협박에 가까운 압박이 들어올 거다. 오택수에게는 실적보다 종혁이 다치지 않는 게 우선이었다.

"미쳤어요?"

다 합해 거의 2년 치 실적.

종혁은 코웃음을 쳤다.

"어디 데려갈 수 있으면 데려가 보라고 해요."

여차하면 많은 피를 흘릴 뻔했던 위험을 감수하면서까지 데려온 놈들이다. 그동안은 좋게 좋게 나눌 건 다 나눴지만 이번엔 어림도 없다. 이택문 경찰청장이라고 해도 상응하는 대가를 내놓기 전까지는 말이다.

"……오케이. 그럼 집에다 상여금 나올 거라고 말한다."

"언제는 안 그랬나. 그리고 상여금 나오면 한턱이나 쏴요. 이런 걸로 퉁치려고 하지 말고."

부스럭.

발치에 놓인 봉지에서 숙취해소제를 꺼낸 종혁이 투덜

거린다.

"장미 핑계도 하루 이틀 아닙니까?"

"인마, 너도 애 아빠가 되어 봐라. 내 목구멍으로 넘어가는 것보다 자식이 우선이 된다니까? 거기다 뭐 이번엔 아, 아베 뭐? 엉덩이에 러브라 적힌 핑크색 추리닝 바지를 사 달라는데……"

엉덩이 라인이 도드라지는 그 망측한 걸 정말 사 줘야하는지 아버지로서, 형사로서 깊은 고민이 든다.

"응? 이건 또 왜 이래?"

"흐흐. 네?"

종혁도 평소보다 더 격한 반응을 보이는 최재수에 의아해한다.

"아, 아뇨. 이번에 받을 상여금과 그동안 저축한 것에 대출을 끼면 지금 살고 있는 집을 인수할 수 있을 것 같아서요."

"할머님이랑 사는 집? 전세라고 하지 않았어?"

"제가 2층에서 살잖아요."

종혁은 최재수가 하려는 말을 알아듣고 고개를 끄덕였다. 그 연세에 2층 계단을 오르락내리락하는 것도 못할일이었다.

"잘 생각했네. 돈 필요하면 말해. 무이자로 빌려줄 테니까. 괜히 피 같은 이자 내지 말고."

"가, 감사합니다!"

고개를 끄덕인 종혁은 다시 뒷좌석에 드러누웠다.

'사이비라……'

종혁은 방금 전 오택수가 하려던 말이 무엇인지 잘 알았다.

사이비가 노리는 건 오직 하나뿐이니까.

"도착하면 깨워요. 전 좀 더 자야……."

지이잉! 지이잉!

갑자기 울리기 시작한 핸드폰을 본 종혁은 순간 고민에 빠졌다.

전화번호부에 등록되지 않은 번호.

받아야 할까, 말아야 할까.

깊이 고민하던 종혁은 이내 받기로 했다. 어쩌면 신고 전화일지 모르니 말이다.

─최종혁 팀장? 나 광주청 박동현 계장이여. 어제 우리 새끼들이 실례를 좀 했제? 어디당가? 마침 일이 있어서 서울에 왔는디 별일 없으믄 저녁에 만나서 이야그 좀 하자고.

'에라이.'

종혁은 얼굴을 구겼다.

아무래도 오늘도 술을 마셔야 할 듯싶었다.

* * *

해가 어스름이 저물어 가는 오후.

불을 켜지 않아 어두운 옥탑방에서 보글보글 라면이 끓

는다.

며칠 만에 먹는 따뜻한 음식.

시작 된 여름에 가만히 있어도 땀이 흐르지만, 지난 며칠 동안 부탄가스조차 사러 가기 무서워 라면을 부숴 먹어야 했던 남성의 얼굴엔 행복 가득한 미소가 맴돈다.

도시가스는커녕 난방조차 기름으로 떼야 하는 옥탑방.

"계란도 넣고, 참치도 넣고, 대파도 넣고!"

마트에서 장을 봐 온 오늘 같은 날에만 먹을 수 있는 진수성찬에 군침이 꼴깍하고 목구멍을 넘어간다.

"아!"

아차 한 그는 입고 있던 팬티를 벗어 던지며 화장실로 달려가 재빨리 찬물을 끼얹었다.

쏴아아아!

"어흐으!"

마치 감기에 걸릴 듯 차가워진 몸.

그에 맞춰 다 끓은 퍼진 라면.

꼬들꼬들한 면보다 푹 퍼진 걸 좋아하는 남성이 불을 끄고 냄비를 들어 올리는 순간이었다.

쿵쿵쿵!

현관의 불투명한 유리를 깨 버릴 듯 거친 두드림.

그대로 얼어 버린 남성은 철렁 내려앉는 심장을 부여잡으며 귀를 세웠다.

"뭐야, 없나?"

"없긴 왜 없어. 아까 들어가는 거 봤잖아."

쿵쿵쿵!

"조우선 씨, 안에 있는 거 알거든? 잠깐만 나와 보쇼."

'미친! 어, 어떻게?!'

"라면 냄새 죽이네! 나와 보라니까?"

쿵쿵쿵! 쿵쿵쿵!

"자꾸 이러면 문 깨고 들어갑니다. 셋 셉니다. 하나, 둘······."

'미친! 미친!'

어디로 도망쳐야 할까. 변변한 창문도 없이 현관문에 달린 불투명한 유리가 전부인 옥탑방.

'시발!'

궁지에 몰린 남성은 자신도 모르게 식칼을 쥐며 현관을 향해 겨눴다.

"세엣······!"

그때였다.

"동작 그만!"

"뭐야, 니들······ 헉?!"

"저기서 대가리 박고 있어."

"옙!"

'뭐, 뭐야! 또 뭔데-!'

뭔지 모를 이상한 상황에 내려앉은 심장이 터져 버릴 듯 부푼다.

쿵쿵쿵!

"조우선 씨? 경찰입니다."

"겨, 경찰?"

눈이 크게 떠졌던 조우선은 이내 이를 악물며 칼을 꽉 쥐었다.

"겨, 경찰이고 뭐고 꺼져! 내가 너희를 믿을 것 같아?! 드, 들어오기만 해! 다 죽여 버릴 테니까-!"

"……비켜요."

"야, 잠깐…… 이런 씨!"

꽈아앙!

굉음과 함께 유리를 폭발시키며 쓰러지는 문.

경악에 굳어 버렸던 조우선은 눈을 질끈 감으며 안으로 들어오는 종혁을 향해 달려들었다.

"이, 이야아아압!"

덥썩!

"주, 죽어! 죽어!"

양 손목이 모두 잡혔음에도 계속 팔을 흔들며 반항하는 조우선.

종혁은 그를 와락 끌어안았다.

"윽?! 놔……! 제발 날 좀…….."

"괜찮습니다. 이제부터 저희 경찰이 지켜 드리겠습니다."

움찔!

"많이 기다리셨습니다."

……탱그랑.

"끄흑! 흐어어어어엉!"

"꺼흑! 어우, 이제야 좀 살 것 같네."

아침 북엇국을 냄비째로 들이켰는데도 풀리지 않았던 속이 이제야 풀리는 것 같다.

"역시 해장엔 라면이 최고라니까. 아, 라면 잘 끓이시네요."

"쿨쩍!"

애써 끓인 진수성찬이 찰나에 사라진 걸 망연히 바라보던 조우선은 어색하게 웃었다.

"더 끓여 드릴까요?"

"아뇨, 괜찮습니다. 다른 음식들도 있는데요, 뭘."

종혁은 옥탑방 평상에 차려진 중국 음식을 가리켰다.

중국 요리라고 해 봐야 탕수육, 짜장 짬뽕이 전부인 조우선으로선 난생처음 보는 요리들이 술과 함께 평상을 뒤덮고 있다. 이래서 애써 끓인 라면을 빼앗겼어도 아깝지가 않았다.

"일단 먹고 이야기하시죠."

"가, 감사합니다."

후루룩!

짬뽕의 얼큰하고 시원한 국물에 조우선의 눈에 다시 눈물이 고였다.

얼마 만에 먹어 보는지 모르는 중국 요리.

그는 눈물이 흐르는 것도 잊은 채 흡입을 하기 시작했고, 종혁은 그런 그를 보며 눈을 가늘게 떴다.

'이 청년이 그 조우선이었다니…….'

얼굴이 직접 보니 이제야 떠오른다. 얼마 후 경기도 지방의 경찰서를 발칵 뒤집는 사건이.

일명 대학생 살인 사건.

경기도의 어느 작은 마을 입구에 알몸으로 버려진 시신 한 구.

어머니의 사망 보험금을 찾은 직후 시체로 발견된 조우선. 사망 보험금이 든 가방이 사라져 강도 살인으로 추정은 되나, 범인의 DNA나 지문이 발견되지 않아 미제로 남은 사건이다.

종혁은 시멘트 바닥에 머리를 박은 채 낑낑거리고 있는 흥신소 놈들에게로 향했다.

'이놈들이겠지.'

자신이 개입하지 않았다면 아마 조우선은 오늘 이들에 의해 끌려갔을 거다.

"기상."

"기, 기상!"

"사장, 전화."

"옙!"

얼른 사장에게 전화를 건 한 놈은 핸드폰을 종혁에게 내밀었다.

─어. 확보했냐?

"확보는 내가 했고."

─……누구?

"본청 수사팀 팀장."

―아이고! 안녕하십니까, 팀장님!

"내가 너 따위한테 안부 인사를 받을 레벨은 아니고. 선택권을 준다. 이대로 의뢰 포기하고 자수할래, 아니면 내가 너 뒤를 파 보게 해서 없는 죄까지 뒤집어쓸래? 살인, 장기 매매 말만 해."

　―포, 포기하고 자수하겠습니다!

"그래. 그럼 그렇게 알고 끊는다. 아, 정말 혹시나 해서 하는 이야긴데 고작 돈 몇 푼 따위에 본청 형사가 데려갔다느니 뭐니 그런 인생 고달파지는 말 따윈 하지 마라."

　―옙! 걱정 마십쇼!

　통화를 종료한 종혁은 핸드폰을 던지곤 손을 저었고, 흥신소 직원들은 고개를 꾸벅 숙이곤 도망을 치듯 사라졌다.

"괜찮을까요, 팀장님?"

"어, 괜찮을 거야."

　사람을 찾아봐야 백만 원, 이백만 원 받는 게 흥신소다.

　고작 그 푼돈 따위에 본청 형사를 적으로 돌린다? 그 바닥 생활을 접겠다는 소리밖에 안 됐다.

　종혁은 요리를 입안으로 꾸역꾸역 밀어 넣는 조우선에게 술병을 기울였다.

"술도 마시면서 드세요."

"으우어이어!"

　꿀꺽!

"흐으. 흐으응……."

다시 눈물을 흘리는 조우선의 모습에 종혁은 한숨을 내뱉으며 담배를 물었다.

무슨 사정인지 모르지만, 가슴이 답답해지는 모습이었다.

그렇게 한 잔, 두 잔, 한 병, 두 병.

그동안 고생했던 걸 보상받기라도 하듯 음식과 술을 입으로 밀어 넣던 조우선도 배가 터질 듯하자 젓가락을 내려놓았다.

"일단 한숨 주무실래요?"

"……아니요."

솔직히 지금 당장이라도 누우면 바로 잠들 정도로 잠이 쏟아지지만 자신을 보호해 주러 온 형사들 앞에서 그럴 순 없었다.

종혁은 애써 버티는 그를 향해 담배를 내밀었다.

"가, 감사합니다."

찰칵! 치이익!

"후우우."

먹는 돈도 아껴야 했기에 몇 달 만에 피우는 담배.

눈앞이 핑 돌았다.

"그, 그런데 절 어떻게 찾으신 거예요?"

배가 부르고 안심이 되니 이제야 찾아드는 의문에 조우선은 눈을 껌뻑였다.

이렇게 쫓기게 됐을 때 가장 먼저 찾아갔던 곳이 경찰서다. 그런데 보호자라며 경찰이 부른 그 끔찍한 인간들이 찾아온 이후 더 이상 경찰을 믿을 수 없게 됐다.

"아까 그놈들 말고도 다른 흥신소들이 조우선 씨를 찾고 있어서 조우선 씨에 대해 알게 됐습니다."

윤경진의 흥신소에 조우선을 찾아 달라고 의뢰한 의뢰인들이 다른 흥신소에도 의뢰를 한 거다.

"아……."

"그러니 대체 그동안 어떤 사정이 있었는지, 왜 이렇게 쫓기게 됐는지 말해 줄 수 있겠습니까?"

움찔!

몸을 굳힌 조우선은 걱정만이 가득한 종혁의 눈동자에 고개를 끄덕이며 입을 열었다.

"……작은 외삼촌 때문이에요. 이렇게 숨어 살게 된 게."

어릴 적 말없이 집을 나가 버린 아버지 때문에 식당일을 하며 힘들게 자신을 키워 온 어머니.

"그렇지 않아도 허약하신 분이라 잔병을 달고 사셨는데……."

난데없이 폐암 말기 선고를 받고 말았다.

세상이 이렇게 넓은데도 서로만 의지하며 살았던 그들 모자에겐 마른하늘에 날벼락이나 다름없었다.

"그런데 그걸 어떻게 안 건지 작은 외삼촌이 찾아왔더라고요. 아버지가 집을 나간 이후 연락을 끊고 살았는데도요. 그때 무슨 말이 오갔는지 모르지만, 아니 이젠 알 것 같지만 엄마가 엄청 화를 내며 작은 외삼촌을 내쫓아 버리더라고요."

그렇게 다시 연이 끊긴 거라 생각하고 조우선도 신경을 껐다. 아니, 작은 외삼촌에게까지 신경을 쓰기엔 어머니의 상태가 하루가 다르게 나빠지고 있었다.

"결국 엄마는…… 엄마는……."

"그 부분은 넘어가셔도 됩니다."

"쿨쩍. 감사합니다. 아무튼 그렇게 엄마 장례식을 치를 때 다시 그 인간이 찾아왔어요. 이번엔 숙모랑 사촌 누나도 같이."

종혁은 눈을 지그시 감았다. 그들이 할 말이 예상이 가서 그랬다.

"앞으로 자신들이 나를 돌봐 주겠다 막 그런 헛소리를 지껄이더라고요. 난 성인인데. 그러면서 슬그머니 엄마 보험금에 대해 이야기하는데……."

그때 눈치를 챘다.

아, 이 인간들의 속셈이 돈이었구나.

당연히 화를 내며 쫓아냈다. 당시엔 조문을 온 친구들이 있어서 쉽게 쫓아낼 수 있었다.

그런데 문제는 다음 날부터였다.

"장례식장에 웬 교인이라고 이상한 사람들을 데려와선 찬송가 따위를 부르길래 우리 집은 불교라고 그만두라고 막았더니 막 악을 쓰고, 염을 하러 오신 스님에게는 술을 뿌리고……."

장례식장이 난장판이 됐다. 발인은 어떻게 했는지, 화장을 어떻게 했는지 지금도 기억이 잘 나지 않을 만큼 난리였다.

그런데 더 큰 문제는 어머니를 납골당에 모시고 난 후

집에 돌아온 뒤에 벌어졌다.

장례식에 찾아온 친구들을 만나 감사 인사를 하고 집에 돌아오니 강도가 든 듯 집이 난장판이 되어 있었다.

돈이 될 만한 건 싹 다 사라져 있었다. 후에 며느리 생기면 줄 거라면서 엄마가 소중히 간직했던 당신의 결혼 예물까지 모두.

만약 어머니의 사망 보험금이 든 통장과 인감 도장을 가지고 다니지 않았다면 어떻게 됐을까 지금 다시 생각해도 아찔했다.

심지어 그날 저녁부턴 모르는 사람들이 집 주변을 얼씬거렸다.

그때 딱 느꼈다.

"아, 이거 잘못하면 죽겠구나."

빠드드드드득!

"어, 어떻게…… 어떻게 사람이…….""

살벌하게 이를 가는 최재수를 고맙다는 듯 본 조우선은 주먹을 부르르 떨고 있는 종혁을 봤다.

"그래서 이렇게 도망 다닌 거예요. 누구도 찾지 못하도록."

그런데 찾았다. 이렇게 쉽게 말이다.

종혁은 후련해하면서도 씁쓸해하는 조우선을 향해 입을 열었다.

"이야기해 주셔서 감사합니다. 그동안 고생 많으셨고, 앞으론 저희 경찰이 보호해 드리겠습니다."

"어, 어떻게요? 이런 일로는 무슨 보호 프로그램이 안 된다고 하던데……."

"그건 지방서 같은 작은 경찰서 이야기죠. 저희 본청은 다릅니다. 책임지고 보호해 드릴 테니 꼭 필요한 것만 챙겨서 나오세요."

"넵!"

조우선은 혹여 종혁의 마음이 바뀔까 얼른 방으로 뛰어들어갔고, 종혁은 그 모습을 보며 담배를 물었다.

그런 그에게 낯빛이 차갑게 굳어 있던 오택수가 입을 열었다.

"최 팀장, 어떻게 할래?"

"푸후우……."

허공으로 흩어지는 뿌연 담배 연기.

그 사이로 살의로 가득찬 눈이 번뜩인다.

"어떻게 하긴요. 싹 다 죽여 버려야지."

일단은 그 작은 외삼촌 부부부터.

"다, 다 챙겼어요!"

고개를 끄덕인 종혁은 조우선의 어깨를 감싸며 옥탑방을 내려갔다.

지금부터 그 누구라도 조우선을 데려갈 수 없다는 의지가 그의 전신에서 뿜어져 나오고 있었다.

* * *

"오늘부터 상황이 종료될 때까지 여기서 지내시면 됩

니다."

"여, 여기서요?"

조우선은 식겁했다.

집이 나빠서가 아니다. 너무 좋아서다.

2002년 완공되며 대한민국을 떠들썩하게 만든 타워팰리스.

진짜 부자들만 입주할 수 있다는 부의 상징이었다.

"본청 신변 보호 프로그램이 좀 좋죠?"

아니다. 신변 보호 프로그램도 거짓. 아쉽게도 아직 명백한 살해 위협을 받지 않은 사람을 프로그램에 등록시킬 순 없었다.

"아, 아니…… 아무리 그래도…….."

"삼전그룹 임원들이나 고위 공무원, 정치인, 연예인, 재벌들이 다수 거주하는 곳이라 여기보다 보안이 좋은 곳은 없고, 건물 안에 여러 편의 시설도 있으니 지내시는데 불편함은 없을 겁니다. 방치된 지 좀 오래돼서 청소를 하셔야 할 테지만요."

조우선이 구매하는 물건은 모두 영수 처리를 할 거라는 말을 덧붙인 종혁은 최재수를 가리켰다.

"그래도 필요한 게 있으면 여기 최 형사에게 말하시고요."

"아뇨, 아뇨, 아뇨! 피, 필요한 게 있을 리가요!"

화장실에서 자도 그 옥탑방보단 나을 것 같은 타워팰리스.

"그럼 오늘은 일이 많았으니 푹 쉬시고…… 아차차, 이걸 물어보는 걸 깜빡했네요. 혹시 그 사이비 종교 이름은 아십니까?"

"어…… 아, 맞아! 새진리 아브라함의 지주라고 했어요!"

종혁은 눈을 껌뻑였다.

'어디야, 거긴?'

"감사합니다. 내일 다시 뵙도록 하겠습니다."

"네, 네!"

고개를 숙인 종혁은 최재수의 옆구리를 치며 현관을 빠져나왔다.

띠리릭!

문이 닫히자 최재수가 굳은 얼굴로 종혁을 본다.

"네, 팀장님."

"방금 말했듯 보안이 뚫릴 일 없고 조우선 씨도 호되게 당해서 어딜 나가지 않을 테지만, 그래도 혹시 모르니까 잘 감시해. 무슨 일 있으면 바로 전화하고. 우리 외에 다른 전화는 받지 말고."

"예!"

"혹여나 술 처먹고 조우선 씨 놓치면…… 뒤진다, 진짜."

"예, 옙!"

"들어가 봐. 1시간마다 문자로 보고하고."

보호와 감시의 목적도 있지만, 심적으로 불안해할 조우선을 케어하기 위해 최재수를 붙인 거다.

거수경례를 한 최재수는 집 안으로 들어갔고, 종혁과

오택수는 엘리베이터에 올랐다.

"야, 이런 거 얼마나 하냐?"

"글쎄요? 10억? 20억? ……30억이었던가?"

"네가 사 놓고도 몰라?"

"오 경감님은 몇 년 전에 먹은 빵이 얼마짜린지 기억해요?"

"……이걸 죽이고 사표를 써?"

"날 죽일 수나 있고요?"

"아오오! 됐고, 이 작은 외삼촌이란 새끼는 어떻게 조질래?"

당장 걸고넘어질 수 있는 혐의라곤 협박과 갈취 미수 정도에 불과했다.

지금 엮어 봤자 기껏해야 집행 유예로 끝이 날 터.

그건 조우선에게 아무런 도움도 되지 못했다.

"하, 그 새끼들이 뭔 짓을 저지를지 모르는데……."

외삼촌 부부가 조우선의 돈을 모두 빼앗을 때까지 결코 포기하지 않을 것이다.

하지만 현재로서는 경찰이 나서서 해결해 줄 수 있는 문제는 없었다. 유산 상속을 두고 가족 간의 다툼에 경찰이 개입할 수는 없는 노릇이었으니까.

결국 피해가 발생하기 전까지는 아무것도 할 수 없다는 점이 오택수는 답답했다.

"거기다 아마 그 새끼들까지 조우선 씨의 유산에 대해 냄새를 맡았을 거다. 외삼촌 부부를 어찌어찌 쳐낸다고 해도, 그 새끼들은 이미 조우선 씨가 상속받은 유산을 자기들 거라고 여기고 있을걸?"

그 새끼들, 새진리 아브라함의 지주.

문제는 결국 이거였다.

상식을 벗어난 놈들, 신을 위해서라면 그 무엇이든 서슴치 않고 저지르는 사이비 놈들이 엮여 있는 이상 문제가 터진 뒤에는 너무 늦을지도 모르니까.

참 개 같은 말이지만, 날카로운 지적이었다.

종혁은 피식 웃었다.

"그러니 견적을 내 봐야죠."

오택수의 말처럼 정말 그렇게 여기는지, 여기지 않는지.

새진리 아브라함의 지주는 대체 어떤 성향의 사이비인지.

어차피 싹 다 죽여 버리기로 마음먹은 이번 사건.

어설프게 접근했다간 도리어 골치 아픈 상황이 벌어질 수 있기에, 종교란 탈을 쓴 독버섯은 확실히 제거하지 않는 이상 다시 자라나기에 견적부터 치밀하게 뽑아야 했다.

'그래야 어디를 어떻게 찌를지 답이 나오겠지.'

종혁의 눈빛이 깊게 가라앉기 시작했다.

* * *

─착수비는 돌려주겠습니다. 그럼.

"뭐, 뭐요?! 이보세요! 이봐요!"

출고된 지 족히 10년은 넘었을 법한 낡은 승용차 안, 통화가 끊긴 핸드폰을 멍하니 바라보던 배불뚝이 장년인은 이내 얼굴을 와락 구겼다.

"이 새끼들이!"

"뭐래요? 찾았대요?"

"찾았대?"

"지금 그런 것처럼 보여?!"

보조석에 앉은 파마머리를 한 뚱뚱한 부인과 뒷좌석에 앉은 딸을 향해 버럭 소리를 지른 장년인은 생각에 잠겼다.

"대체 왜?"

한 곳으로는 부족한 것 같아서 총 세 곳의 흥신소에 의뢰했는데, 그중 두 곳이 마치 짠 것처럼 동시에 의뢰를 관뒀다.

둘 다 이 이상 인력을 투입하면 손해라는 이유였다.

그에 추가금을 지급한다고 했음에도 한사코 마다하니 장년인은 의아할 수밖에 없었다.

"설마 이 새끼가 지 엄마 보험금을 쓴 건가? 아니, 그것밖에 없어."

조우선이 자신들이 제시한 의뢰비보다 몇 배 많은 돈을 준 게 틀림없다.

"이 개새끼가 감히 누구 돈을 함부로 쓰고 지랄이야! 그게 어떤 돈인데!"

"대체 무슨 일인데요! 같이 좀 알자고요!"

"그래, 아빠!"

"닥치고 있어 봐, 쪼옴!"

씩씩거리며 액셀을 밟은 그는 이내 사람들이 어슬렁거리는 한 작은 주택 앞에 멈춰 섰다.

그에 골목과 집을 매서운 눈으로 쳐다보던 사람들이 눈을 빛내며 몰려들었다.

"정 집사님!"

차에서 내린 조우선의 작은 외삼촌, 정관우를 보며 활짝 웃는 그들.

벌써 며칠째 씻지 못한 건지 꾀죄죄한 모습으로 땀을 뻘뻘 흘리는 그들의 모습에 정관우의 답답해지는 가슴을 부여잡았다.

'그 한 놈 때문에 이 많은 사람들이……. 이렇게 고생할 분들이 아닌데…….'

많은 차량이 세워진 좁은 골목, 살랑 불어오는 여름날 무더운 바람에 섞인 퀴퀴한 냄새가 그를 더 마음 아프게 한다.

정관우는 애써 미소를 지었다.

"다들 힘드신 건 알지만, 이 모두 우리가 훗날 약속의 땅으로 향할 때를 위함이니 조금만 더 참고 견뎌 주십시오. 제가 할 일이 많아 여러분과 함께할 수 없어서 정말 미안하고, 미안합니다."

"아, 아닙니다! 정 집사님께서 할 일이 얼마나 많으신데요!"

"그럼요! 이런 일은 저희에게 맡겨 주세요!"

오히려 더 시켜 줬으면 싶었다.

오늘의 이 고생이 훗날 약속의 땅, 하나님 아버지의 아들이신 목사님의 대지 아브라함에서 더 큰 집과 더 많은 금화로 돌아올 테니 말이다.

거기다 정관우는 지금도 하는 일이 많지만, 아브라함에 가서도 자신들을 위해 봉사해야지 않던가.

그곳에 가서도 고생할 정관우를 생각하면 이 정도 고생은 아무것도 아니었다. 그저 정관우에게 마음고생을 시키는 그 조우선이라는 놈이 미울 뿐이었다.

이런 그들의 마음이 전해지자 정관우는 가슴이 먹먹해졌다.

"할렐루야."

"아멘."

그들 사이를 감싼 경건한 분위기.

붉어진 눈시울을 매만진 정관우는 아내에게 눈짓을 줬다. 그러자 그녀가 시원한 아이스크림과 음료수, 직접 싼 김밥이 든 봉지를 차에서 꺼냈다.

"어이구. 저희가 출출한 건 또 어찌 아시고!"

"와아! 잘 먹겠습니다!"

"역시 정 집사님의 따님답군요. 마음씨가 참 고와요. 요새 선교 활동은 잘하고 계시나요?"

"호호. 그럼요!"

그렇지 않아도 덥고 배가 고파 힘들었던 그들. 배가 채

워지고 입에 시원한 게 물려지니 입가에 미소가 절로 피어난다

그런 그들의 모습에 다행이라며 가슴을 쓸어내린 정관우는 입을 열었다.

"그보다 별다른 일은 없었습니까?"

"네."

조금 더 생각하던 교인들은 고개를 저었다.

"오늘도 무지몽매한 경찰들이 감히 저희를 해산시키려 한 것 말고는 없었습니다."

조우선의 집에서 쉬고 있던 교인들도 쫓겨나게 됐지만, 어디 인간 세상의 경찰 따위가 아브라함에서 지주가 될 자신들에게 손을 댄단 말인가. 한바탕 혼을 냈더니 부리나케 도망쳤더랬다.

제아무리 영광된 일을 위해서지만, 그래도 마냥 기다리는 게 힘들어 조를 나누어 쉬기로 하며 조우선의 집 담을 넘어 문을 강제로 뜯은 그들.

"한 번만 더 그러면 가택 침입? 하! 뭐 그런 인간 세상의 법으로 처벌할 거라던데 그게 가당키나 한 일입니까?"

그래도 잡혀 들어가면 여러모로 골치가 아파지기에 참는 중이었다.

그제야 대문에 쳐진 폴리스라인과 골목에 주차된 차들 사이에 박스를 편 채 쪽잠을 자는 나머지 교인을 발견한 정관우는 이를 악물었다.

'정말 넌 못쓰겠구나, 우선아.'

"목사님의 위대한 뜻을 모르는 그 불쌍한 아이도 나타나지 않았고요. 어휴, 그 아이도 얼른 목사님의 품에 안겨 아브라함에 함께 가야 할 텐데."

움찔!

정관우는 그 말에 어색하게 웃었다. 그 돈은 그렇게 쓰일 돈이 아니기 때문이다.

어디 자신들을 사이비라 매도하며 목사님을 욕보였던 불신자 따위를 아브라함으로 인도할까.

정관우는 장례식 때의 그 치욕을 결코 잊을 수가 없었다.

조카 조우선은 이미 구제할 수 없는 악마의 주구였다.

그러나 그걸 말할 순 없었다.

이런 죄업은 아브라함에서 봉사자로 일할 자신이 짊어지면 되는 것이기에.

그래야 아브라함에서 큰일을 할 하나님의 아들이신 거룩한 목사님에게 더 가까이 다가갈 수 있는 일이기에.

"다들 걱정 마세요. 저도 더 돈을 써서 찾아볼 테니 우리 힘들어도 조금만 더 참고 인내해 봅시다."

"할렐루야."

"아멘."

"그럼 전 바빠서 이만 가 보겠습니다."

"예! 조심히 가십시오!"

고생하는 교인들이 걱정되어 쉬이 떨어지지 않는 발길을 애써 돌린 정관우는 다시 차에 올라 골목을 빠져나갔고, 남겨진 이들은 다시 입을 꾹 다문 채 골목과 조우선의 집을 매서운 눈으로 쳐다봤다.

한편 그들 근처에 세워진, 선팅이 짙어 안이 보이지 않는 차 안에 앉은 종혁과 오택수가 혀를 내두른다.

"와아."

일단 견적을 내려면 이번 사건의 시발점인 정관우부터 제대로 파악해야 했기에 새벽부터 그의 집 앞에서 대기하다 미행한 그들.

'그런데 이런 엄청난 말을 들을 줄이야……'

정말 기가 막히고 코가 막혔다.

저런 말을 태연히 할 수 있다는 것에, 그것도 다 들으라는 듯 크게 말한다는 것에 정말 저들과 자신이 같은 사람인지 의문이 들 정도였다.

최재수가 같이 들었다면 인간 혐오에 걸렸을 수준.

종혁은 출발하는 정관우의 차를 쫓아 차를 출발시켰다.

"조우선 씨 거처를 거기다 마련한 게 최고의 선택이었다, 진짜!"

사람이 잘 다니지 않는 외진 곳에 안가를 마련했어도 어떻게든 찾아냈을 집착을 보이는 저들. 정관우도 돈을 더 쓰겠다고 말하지 않았던가.

종혁의 선택은 정말 탁월했다.

박수까지 치며 감탄을 하던 오택수는 돌연 혀를 찼다.

"이건 뭐 봐도 견적도 안 나오고……."

겨우 반나절 지켜본 것뿐이지만 답이 나온다. 너무 똘똘 뭉쳐 있어서 찌를 만한 빈틈이 없다.

"아직 그쪽에서 보고 안 들어왔지?"

새진리 아브라함의 지주에 대한 조사를 맡긴, 종혁이 자주 이용하는 흥신소에 대한 이야기다.

"오겠습니까?"

"하긴……."

오택수는 너무 답답해서 성급했다는 걸 인정했다.

종혁은 그런 그를 보며 피식 웃었다.

"그래도 구멍은 보이네요."

"뭐?"

"저렇게 똘똘 뭉쳤잖아요. 그러니 더 똘똘 뭉치게 해야 죠."

그럼 아마 더 빠르고 정확하게 견적을 낼 수 있을 거다.

"뭔 개소리야? 뭉쳐서 골치 아픈 놈들을 더 뭉치게 만든다고? 왜? 아니, 어떻게?"

종혁은 오택수를 보며 눈을 빛냈다.

"오 경감님, 정관우 직업이 뭐였죠?"

"벌써 치매 오냐? 회사원이잖아, 회사원!"

제법 잘나가는 중견 기업의 부장.

오늘 아침 회사에 출근하는 걸 확인했다. 외부 출장이란 명목으로 이렇게 땡땡이를 치는 것까지 모두 말이다.

"역시 기억력 좋으시네."

"야, 계속 말 빙빙 돌릴……."

"그럼 여기서 질문. 그렇게 큰 기업은 사원의 사생활에 대해 과연 얼마나 알고 있을까요? 그리고 허용할 수 있는 선은 어디까지일까요?"

"어? 뭐? ……야, 잠깐?"

종혁은 하얗게 질리는 그를 보며 키득키득 웃었다.

"이것부터 알아보자고요."

그래야 저들을 똘똘 뭉치게 만들 첫 번째 스텝이 완성될 테니 말이다.

물론 이를 위해 없는 사실을 지어내진 않을 거다.

돈을 뿌려 선동과 날조도 하지 않을 거다.

그럴 필요도 없다. 어차피 저절로 그렇게 될 테니 말이다.

그저 종혁 본인은 지극히 형사답게 팩트만 가지고 움직이면 된다. 법에 접촉되거나 형사로서의 선을 넘지 않는 방법.

다만 이 팩트에선 아주 중요한 한 가지가 빠지게 될 거다.

'조카 눈에서 눈물을 뽑았다면, 피눈물을 흘려야 합당한 이치지.'

종혁은 오랜만에 막 나가는 열혈형사가 되어 정관우에게 악몽을 선사하기로 했다.

* * *

부르릉, 빵! 빵!

8시 반쯤 막히기 시작하는 도로.

가다 서다를 반복하는 도로에서 빠져나온 낡은 승용차가 높다란 빌딩의 지하주차장으로 향한다.

—아브라함의 땅에서 새로운 진리를 찾으리!

"찾으리—! 크. 명곡이야, 명곡."

카세트 라디오를 끈 정관우는 옷매무새를 가다듬고는 사무실로 향했다.

"출근하셨습니까, 부장님!"

"좋은 아침입니다!"

먼저 출근해 밝은 미소로 맞이하는 사원들.

정관우의 입가에도 푸근한 미소가 맺힌다.

"그래요. 다들 좋은 아침입니다."

일어나지 말라고 손을 저은 그는 본인 자리에 앉아 컴퓨터를 켜곤 조용히 양손을 모았다.

"오늘도……."

일하기 전 오늘도 무사히 지나가게 해 달라는 기도를 마친 그는 탕비실로 향했고, 그걸 지켜본 사원들은 혀를 내둘렀다.

특히 여사원들은 오늘도 아쉬움이 가득한 탄식을 내뱉는다.

"하, 저런 분이 우리 부장님이어야 하는데."

"응, 응. 커피 심부름 안 시키지, 반말 안 하지, 성추행 안 하지……."

업무도 사내 메신저로만 지시한다. 거기다 언제나 단정

한 차림에 묵직한 향수 향. 매너까지 좋으니 언제나 같이 일하고 싶은 상사에 꼽히는 정관우.

"은근슬쩍 전도하시려는 것만 빼면 진짜 만점짜리신데."

"어머. 너도 자기 교회 오래?"

"그게 어디야. 강요는 안 하잖아. 우리 부서 송 대리님 종교가 불교인 거 알지? 근데 일요일마다 우리 부장님 따라서 교회 가잖아."

"뭐? 진짜? 와, 다들 정말 왜 그럴까."

"어쩌겠어. 이게 사회생활인데……. 아, 근데 정 부장님 원래 한 6년 전까지는 엄청 꼰대였다는 거 알아?"

"에이, 그럴 리가."

"아냐. 진짜야. 그런데 어느 순간을 기점으로…… 응?"

"아, 진짜 들어오시면 안 된다니까요!"

엘리베이터 복도를 본 사원들의 눈이 동그래진다.

"놔 봐요! 놔! 딱 하나만 묻고 돌아간다니까요. 어어? 이거 잡아당기다 찢어지면 재물손괴입니다."

경비원 넷을 매단 채 안으로 들어오는 덩치 큰 미남.

청바지에 항공점퍼를 입은 종혁은 복도에 서서 크게 외쳤다.

"정─관─우 씨─! 정관우 씨 계십니까─!"

"악!"

"꺅!"

다급히 귀를 막으며 인상을 찌푸리는 사원들.

뭔가 심상치 않은 그들은 다급히 일어서 종혁을 쫓아내기 위해 다가왔다. 종혁은 그런 그들의 모습에도 아랑곳하지 않고 다시 숨을 크게 들이마셨다.

그때였다.

"내가 정관우입니다. 누구십니까?"

한 손에 종이컵을 든 채 다가오는 정관우.

"어이구, 당신이 정관우 씨? 조우선 씨의 외삼촌 정관우 씨 맞으시죠?"

정관우는 미간을 좁혔다.

뭔가 쎄한 느낌이 그의 심장을 두드렸다.

"……그렇습니다만 무슨 일로 오셨습니까?"

종혁은 반사적으로 경계하는 그를 향해 경찰공무원증을 내밀었다.

"경찰입니다. 당신의 외조카 조우선 씨, 그러니까 당신이 돈 내놓으라고 난장을 피웠던 여동생분의 장례식장에서 상주를 맡았던 조우선 씨의 실종으로 여쭐 게 있어서 왔습니다. 협조해 주시죠?"

종혁은 헛숨을 삼키며 주위를 둘러보는 그를 향해 씩 웃어 주었다.

'내가 막 나가는 열혈형사답게, 그것도 젊어서 눈에 뵈는 거 없는 젊은 형사답게 좇되게 해 줄게.'

"어, 어서 들어가세요! 어서!"

나가라고 등을 떠미니 냅다 드러누워 하는 수 없이 회

의실로 데려온 종혁.

회의실에 종혁을 밀어 넣은 정관우는 다급히 문을 닫고 버럭 소리를 질렀다.

"이게 뭐하자는 행동입니까!"

'내가 지금의 이미지를 어떻게 만들었는데!'

마구잡이로 하는 전도가 반감만 불러일으킨다는 건 오랜 사회생활 덕분에 잘 알고 있어, 그 반대의 방법을 쓰며 좋은 이미지를 형성한 정관우.

그런데 오늘 종혁의 외침 때문에 그 몇 년에 걸친 수고에 금이 갔다.

젠틀한 상사가 여동생 장례식에 가서 깽판을 쳤다? 그 말을 듣고 놀라던 사원들의 표정에 뒷목의 솜털이 쭈뼛 섰던 그다.

"뭐긴 뭐예요."

의자에 앉은 종혁은 킬킬 웃었다.

"조사를 좀 하자는 거지."

"뭐요?!"

"얼레? 이거 발끈하는 게 뭔가 있어 보이시는데?"

뜨끔!

"이, 이 사람이……!"

차라리 돈이라도 빼앗았으면 이렇게 억울하지라도 않다.

'잠깐? 아니지?'

종혁을 보며 부르르 떨다 뭔가를 깨달은 그는 미간을 좁혔다.

'이거 잘하면…….'

조우선이 돈으로 흥신소가 의뢰를 포기하게 만든 것이라 예상되는 상황.

물론 계속해서 흥신소 사람들을 보낸다면, 돈이 다 떨어지는 순간 언젠가 조우선을 잡을 수 있을 터였다.

그러나 그렇게 보험금을 모두 써 버린 뒤에야 조우선을 잡는다면 아무런 의미도 없었다.

중요한 건 조우선이 아닌, 조우선이 갖고 있는 돈이었으니까.

그래서 어떻게 해야 고민하던 찰나였는데, 생각지도 못한 도움을 얻을 수 있을지도 몰랐다.

정관우는 애써 흥분을 가라앉혔다.

"후우. 뭔가 큰 오해가 있는 것 같은데, 잠시만 있어 보세요. 뭘 좀 마시면서 이야기합시다."

"어이구, 전 괜찮습니다. 요새 뇌물이다 뭐다 말이 많아 이걸 가져와서요. 아, 드실래요? 이거 진짜 비싼 커핀데."

종혁이 흔드는 커다란 보온병을 본 그는 헛웃음을 터트렸다.

'진짜 미친놈이구나.'

정관우는 탕비실에서 자신의 몫의 커피를 타서 가져왔다.

"우선이 외삼촌, 정관우입니다."

"예, 안녕하십니까. 최종혁입니다."

정관우는 손을 내미는 종혁을 보며 터지려는 웃음을 삼켰다.

언제 씻은 건지 눈곱 낀 얼굴에 어디 시장에서 살 법한 점퍼와 찢어진 청바지.

누가 봐도 애송이였다. 나이가 어려 머리에 든 거 없이 성격만 앞서는 애송이 말이다.

'이런 놈들을 요리하는 건 쉽지.'

"후우. 우리 우선이 때문에 오셨다고요? 방금 전 실종이라고 말하시던데, 우리 우선이가 사라지기라도 한 겁니까?"

순간 걱정이 서리는 그의 음성에 종혁은 속으로 혀를 내둘렀다.

"모르셨나 봅니다?"

"후, 그날 제가 실수한 이후로 제 전화를 받지 않아서 말입니다."

"아아, 장례식장에서 보험금을 달라고 난리 피우셨던 그때요?"

움찔!

"예…… 하아, 그런데 그건 이유가 있습니다."

"이유요?"

"혹시 우선이가 낭비벽이 심한 건 아십니까?"

종혁은 피식 웃었다.

'이야아?'

제대로 약을 팔고 있다.

종혁은 어디까지 하나 들어 보기로 하며 맞장구를 쳤다.

"아니요. 모릅니다. 실종 제보를 한 친구들도 그런 말은 없더군요."

"그렇군요⋯⋯. 후우, 그렇겠죠. 그 나이 또래라면 잘 보이지 않겠죠. 맨날 술을 사고 밥을 사고 당구장 계산하고, 마냥 좋은 친구로만 보였을 테죠. 형사님도 그런 친구가 좋은 친구죠?"

"예, 뭐. 그렇습니다만?"

"혹시 형사님도?"

"예. 저도 주로 제가 사는 편입니다. 전 사회인이니까요."

정관우는 안타깝다는 듯한 표정을 지었다.

"어이구, 형사님! 20대 때는 그게 좋아 보일지라도 30대가 넘어가면 그건 참 나쁜 버릇입니다! 아니, 친구들이 형사님을 이용하는 겁니다!"

"뭐요?! 하, 이 사람이 지금⋯⋯."

"곰곰이 생각해 보세요. 형사님이 그렇게 열 번 살 때 친구들이 한 번이라도 산 적이 있나!"

"아니, 흠⋯⋯."

정관우는 눈을 빛냈다. 대화의 주도권을 잡고 있었다.

"형사님, 결혼을 하려면 돈이 있어야 하는데, 그렇게 돈을 다 써 버리면 언제 집 사고 차를 삽니까? 대출이요? 그거 다 빚입니다, 빚! 형사님이 갚아야 할 빚! 그건 우리 우선이도 마찬가지고요! 그렇게 돈을 뿌리고 다니면서 도박도 한답니다, 얘가!"

"아, 그래서 장례식장에서……."

"예. 후우……."

정관우는 타는 가슴을 달래려는 듯 미지근해진 커피를 단숨에 들이켰고, 종혁은 보온병을 열어 김이 올라오는 커피를 따라 주었다.

감사하다 고개를 끄덕인 정관우는 종이컵을 잡았다가 생각보다 뜨거운 커피에 살짝 놀라며 입을 열었다.

"형사님, 잘 생각해 보십시오. 어려서부터 업어 키우다시피 한 여동생이 죽어 가며 남긴 돈입니다. 그런데 오빠가 돼서 어떻게 그걸, 그 돈이 허무하게 날아갈 게 뻔히 보이는데 가만있습니까? 그래서 그랬던 겁니다! 그래서!"

"아아, 그래서였군요."

"예! 그렇습니다, 형사님!"

넘어왔다 확신을 한 정관우는 종혁의 손을 꽉 잡으며 외쳤고, 종혁은 코웃음을 쳤다.

"어이구, 그래서 15년 만에 여동생에게 연락을 하셨군요?"

"예?"

움찔!

종혁은 놀라는 그를 보며 담배를 물고 일어나 회의실 문 쪽으로 다가갔다.

"그것도 폐암 말기에 걸렸을 때. 흠…… 그렇게 힘들어하는 여동생을 외면하다 폐암 말기에 걸린 후에야 찾는다라……. 거기다 조우선 씨 친구들 말을 들어 보니 그분이 입원을 하셨을 때도 사망 보험금을 들먹였다는 데…… 푸후우."

회의실 문을 살짝 연 종혁은 딱딱하게 굳어 있는 정관우를 보며 이를 드러냈다.

"야, 내가 빙다리 핫바지로 보이냐?"

"흡!"

순간 온몸을 덮치는 차가운 기운.

종혁은 눈을 부릅뜬 채 굳은 정관우를 보며 핸드폰을 들었다.

"예, 오 경감님. 그쪽은 어때요? 아, 그래요? 조우선 씨 집을 무단으로 침입하다 못해 그 앞에 진을 친 채 감시하는 놈들에게서 웬 이상한 전화번호가 나왔다고요? 어디 그 번호로 전화해 봐요."

종혁은 정관우를 빤히 바라보며 말했고, 정관우의 눈이 크게 흔들리기 시작했다.

그리고 잠시 후.

띠리링! 띠리링!

"커헉!"

'이런 미친!'

순간 패닉에 빠진 정관우는 다급히 핸드폰을 감추려고 노력했지만, 종혁은 그의 맞은편에 앉으며 손을 까딱였다.

"중요한 전화 같은데 받아 보세요."

"아, 아니 그러니까……."

"받으라고."

다시금 심장을 찌르는 압박.

정관우는 떨리는 손으로 통화 버튼을 눌렀다.

-예, 여보세요. 오택수 형사입니다.

"오 경감님, 끊어요."

-오냐.

두 개의 핸드폰의 통화가 종료되자 종혁은 어떻게 된 거냐는 듯 고개를 모로 기울였고, 정관우의 머릿속은 엉클어졌다.

일단 벗어나야 한다. 일단 눈앞의 형사를 보내고 나서 생각해야 된다.

"자, 잠시만요! 다 설명할 수 있습니다! 그게 어떻게 된 거냐면……!"

"아, 그보다 제 말부터 들어 보시겠습니까? 재밌는 가설이 떠올라서 그래."

종혁은 정관우의 종이컵에 담긴 미지근해진 커피를 들이켜곤 다시 뜨거운 커피를 담아 내려놓으며 입을 열었다.

"여기 1억 5천만 원의 사망보험금을 가진 조카와 그 돈을 욕심내는 외삼촌이 있습니다. 그것도 소매 끝이 헤질 정도고, 구두 뒷굽은 다 갈려 나갔는데도 새 걸 살 생각 안 하는 가난한 외삼촌이."

그런데 공교롭게도 이 조카가 몇 달째 실종 상태다.

누가 봐도 이상한 그림.

종혁은 고개를 모로 기울였다.

"야, 네가 데리고 있냐?"

장례식장까지 찾아가 난동을 부렸던 정관우.

도를 넘어서는 행동도 서슴치 않았던 그의 모습을 떠올리면 정황상 의심스럽지 않을 수 없었다.

종혁이 조우선을 데리고 있다는 한 가지 팩트를 제외해 버리니 이런 그림이 나와 버린다.

"뭐, 뭐야! 이, 이……!"

금방이라도 터질 듯 부들부들 떠는 정관우.

종혁은 거기다 바늘을 찔렀다.

"야, 내가 진짜진짜 궁금한 게 있는데…… 너희 신은 그런 죄를 저질러도 된다고 하디?"

뚝!

"꺼져라! 이 사탄의 주구야-!"

촤악!

김이 모락나는 뜨거운 커피가 종혁을 향해 뿌려진다.

이미 그럴 줄 알았다는 듯 점퍼를 잡아당겨 커피를 막은 종혁은 정관우를 보곤 어이없다는 듯 웃었다.

"하나님 아버지의 아들이신 목사님, 오늘 제게……."

'뭐 이런 미친놈이.'

고개를 저은 종혁은 몸을 일으켜 그의 옆으로 다가가 가운데로 모은 그 팔을 잡아당겨 그대로 꺾어 버렸다.

우득!

"끄아악……! 놔라, 이 사탄의 주구야! 감히 누구의 몸에 손을 대느냐-!"

"정관우 씨, 당신을 조우선 씨 납치 및 감금 혐의로 긴급 체포합니다…… 라고 말하고 싶지만, 어디까지나 정황이니 그렇게는 못하고. 정관우 씨, 당신을 경관폭행미수 혐의로 현장 체포합니다. 그러니……."

"놔라! 놔! 썩 꺼지지 못하겠느냐-!"

종혁은 발광을 하는 그의 머리를 잡아 그대로 테이블에 찍어 버렸다.

꽈앙!

"닥치고 수갑 차, 씨발놈아."

"끄어억!"

* * *

후룩!

정용진 과장의 목구멍으로 따뜻한 녹차가 넘어간다.

'어디서부터 걸고넘어져야 할까.'

근신 해제에 일감을 줬더니 뜬금없이 신고 접수조차 안 된 실종 사건을 조사하는 것?

아니면 아침 댓바람부터 중견 기업을 뒤집어 놓은 것?

그것도 아니면…….

후룩!

"사건의 유력한 용의자를 잡아 왔는데, 그 죄목이 경관폭행미수라고요?"

경찰이라면 웬만해선 걸고넘어지지 않는 경관폭행미수.

이유는 귀찮아서다. 오랜 시간 법정 싸움을 하며 시간을 낭비하느니, 거지 같아도 그냥 참고 넘어가는 게 속 편하기 때문이다.

"어휴. 뜨거운 커피를 확 뿌리는데, 자칫하면 얼굴에 화상 입을 뻔했습니다."

"최 팀장이 준비해 간 커피죠."

"제가 맛있는 건 또 혼자 먹지 않잖습니까. 과장님이 이렇게 좋은 녹차를 주시는 것처럼요."

호록!

입안을 적시는 고소하고 씁쓸한 맛에 종혁의 입가에 미소가 번진다.

"그래서 다른 피해자들은 뒤로 젖혀 놓고 있는 겁니까?"

정용진의 눈빛이 차가워진다.

대단한 부모를 빽으로 둔 왕따 주동자, 매일 집 앞까지 찾아오는 스토커, 가보를 도난당한 피해자.

정용진이 종혁의 근신 해제와 함께 특별수사1팀에 맡긴 사건들이었다.

종혁은 찻잔을 내려놓으며 입을 열었다.

"일단 왕따 사건은 곧 주동자가 자수하며 해결될 겁니다. 스토킹 사건도 마찬가지고요."

죄를 인정하지 않으면 가진 모든 것을 잃을 수도 있도록 압박을 가해 두었다. 얼마 버티지 못하고 자수할 터였다.

"그리고 가보 도난 사건은 전국 경매장과 고미술품점에 문의해 두었고, 장물아비들도 체크하는 중입니다."

이런 종혁의 말에 정용진은 입을 다물었다.

빈틈이 없는데 더 이상 말해서 무얼 할까.

"알겠습니다. 나가 보세요."

"예, 그럼."

종혁은 남은 차를 다 들이켜곤 일어섰다.

"아, 최 팀장."

"예?"

"정말 실종 사건 맞죠?"

씨익.

대답 대신 웃어 준 종혁은 그의 사무실을 빠져나오며 입맛을 다셨다.

"뽀록났네. 맨날 붙어 있는 재수가 없으니 들킬 거라고 예상은 했지만, 이번엔 대체 어디까지 알고 있는지⋯⋯."

정식으로 보고한 뒤 수사를 진행한다면 그의 입장에서도 편하겠지만, 심증만 가지고 수사를 진행하겠다고 하기엔 무리가 있었다.

"에휴. 일단 담배나 피우자. 응?"

타다다다닥!

모녀처럼 보이는 웬 여성 둘이, 그것도 아는 얼굴들이 이쪽을 향해 달려오고 있다.

종혁은 미소를 지으며 그녀들을 막아섰다.

"무슨 일로 오셨습니까?"

"여기 내 남편 잡혀 있죠!"

"남편이요?"

"정관우! 오늘 당신들이 잡은 사람!"

"아, 예. 있죠? 제가 잡았으니까요."

"뭐야아-?!"

복도를 찢을 듯 외치며 종혁의 멱살을 잡는 정관우의 부인.

"네가 뭔데! 니가 뭔데 내 남편을 잡아-!"

"저를 폭행하려고 했습니다. 적법한 체포입니다."

"이 미친 새끼가! 너 내 남편이 누군지 알아?!"

"누구긴요. 이름조차 들어 보지 못한 뭔 그룹의 부장? 아, 뭔 종교인지는 몰라도 신실하시데? 뭐였더라…… 맞아, 지옥의 건물주?"

뚝!

순간 머릿속에서 뭔가가 끊긴 정관우의 부인은 눈을 뒤집으며 달려들었다.

"네놈이 사탄의 주구였구나-!"

얼굴을 향해 망설임 없이 휘둘러진 손톱.

"어이쿠!"

화들짝 놀라는 척 그녀의 팔을 잡아챈 종혁은 그대로 복도 바닥에 메쳐 버렸다.

쿠웅!

"꺼헉?!"

맨바닥에 떨어진 충격에 눈만 부릅뜬 정관우의 부인.

종혁은 그런 그녀를 뒤집어엎어 팔을 꺾었다.

"이름은 모르겠지만, 당신을 경관폭행미수로 체포합니
다. 당신은 묵비권을……."

"꺄아아악! 엄마-! 이 미친 새끼가-!"

와락!

종혁의 등을 덮치며 얼굴을 할퀴는 정관우의 딸.

종혁은 허리를 튕기듯 뒤틀며 그녀를 던져 버렸다.

쿵!

"아아악!"

정관우의 부인에게 수갑을 채운 종혁은 딸에게 다가가
마찬가지로 뒤집어 수갑을 채웠다.

"당신도 경관폭행미수로 체포합니다. 당신은 묵비권을
행사할 수 있고……."

"놔! 놔아아! 꺄아아악!"

후다다닥!

"뭐여!"

"무슨 일이야?!"

갑작스런 소란에 달려온 사람들 뒤, 뒤늦게 걸어 나온
정용진은 앞에 펼쳐진 난장판에 한숨을 폭 내쉬었다.

* * *

"……누가 잡혀갔다고요?"

"정 집사와 그 일가입니다."

사십대의 사내는 이마를 잡았다.

새진리 아브라함의 지주에 정말 필요한 인재인 정관우.

"이유는요?"

"경찰을 폭행하려고 했답니다."

"경관폭행미수? 겨우?"

헛웃음을 터트린 사내는 차갑게 말했다.

"빼 오세요. 지금 정 집사가 얼마나 힘들어하고 있겠습니까?"

"예! 알겠습니다, 목사님!"

할 말 다 했으니 나가라는 듯 손을 저은 사내, 목사는 거대한 하나님의 그림을 향해 양손을 모았고, 그 모습에 황급히 성호를 그린 남자는 잠시 기도를 올린 후 몸을 돌려 예배당을 빠져나갔다.

그럼에도 목사의 기도는 멈출 줄 몰랐다.

* * *

찰칵! 치이익!

담배가 타들어 간다.

이른 아침 특별수사팀의 사무실. 희희낙락해하는 정관우와 그의 아내 김허순, 딸 정선정을 본 종혁은 코웃음을 쳤다.

"싫은데요."

울컥!

"잠시만요."

몸을 들썩이는 그들 셋을 진정시킨 중년인 변호사는 뚱한 얼굴의 종혁을 보며 푸근히 웃었다.

"이유가 있습니까? 분명 저흰 겸허히 죄를 인정하고 처벌을 기다리겠다고 했는데요."

종혁은 변호사를 보며 씩 웃었다.

"그냥 좆같아서요."

"하하. 예, 그러셨겠죠. 하지만……."

"그쪽도 지옥의 건물주?"

꿈틀!

"……그게 지금 상황에서 필요한 질문은 아닌 것 같습니다만?"

종혁은 변호사의 낯빛이 가라앉자 나른히 웃으며 담배 연기를 뿜었다.

"직장도 확실해서 도주할 의지가 없다고 하셨는데…… 그 직장이 정말 계속 정관우 씨의 직장이 되어 줄까요? 난 아닐 거라고 보는데?"

지속적으로 동료 직원들에게 전도를 해 왔던 정관우.

그런데 그 종교가 사이비다? 회사 입장에서 가만히 있을 리가 없었다.

변호사는 안경을 추켜세웠다.

"미심쩍으시면 제가 보증인이 되죠."

"어이구, 그러세요? 그러다 도망치면……."

"최종혁."

"……씨발!"

쾅!

변호사가 보증인이 된다. 더 이상 어쩔 수 없었다.

팀장 자리에 앉은 오택수의 부름에 종혁은 책상을 차며 일어섰고, 변호사는 오택수를 보며 살짝 고개를 숙였다.

"그럼 저흰 이만 가 보겠습니다, 팀장님."

"어이, 정관우 씨. 지켜봅니다."

"흥!"

변호사는 정관우가 뭐라 말하기 전 다독여 데리고 나갔고, 흡연실로 향했던 종혁은 피식 웃으며 자리로 돌아왔다.

"이야, 요걸 속을 줄은 몰랐는데."

"다 네가 젊어서 그렇지, 인마."

변호사와 정관우의 경계심을 낮추기 위해 자리를 바꾼 둘.

솔직히 걸리면 좋고, 아니라도 상관없었는데 제대로 먹혀든 것 같다.

이제 저들은 종혁을 마음만 앞서는 애송이 형사로 인식할 터. 어떤 행동을 하는 데 조심성이 줄어들 거다.

"그럼 우리도 미행하러 가죠."

"오케이."

옷을 챙기며 사무실을 나서는 종혁은 핸드폰을 들었다.

"어, 세라야."

동기 윤세라. 현재 대기발령 상태라 흔쾌히 종혁을 도와주기로 했다.

"이제 재수한테 출발하라고 해."

-밥 사! 소고기!

"당연하지. 땡큐땡큐. 조우선 씨가 뭘 하려고 하면 바로 전화 주고."

전화를 끊은 종혁은 걸음을 재촉했다.

탁! 탁! 부우우웅!

본청을 빠져나가는 차 안.

변호사가 눈을 가늘게 뜬다.

'최종혁 경정.'

적을 알고 나를 알면 백전무퇴라 나름 조사해 보니 꽤 재밌는 놈이었다.

'그런데 사무실에선 상석을 뺏긴 상태라……. 역시 경찰 상부가 만든 마스코트였군.'

그게 아니라면 상식적으로 그 나이에 이룩할 수 없는 업적이고 검거할 수 없는 레벨의 범죄자들이었다. 즉, 특별수사1팀의 실질적인 팀장은 상석에 앉아 있던 오택수라고 봐야 했다.

'미친개 오택수.'

마음에 안 들면 상사도 물어뜯는 또라이. 그래서 파출소를 전전하던 들개. 애송이 경찰에게 붙여 주기엔 딱 알맞은 애완견이었다.

그리고 그들을 제어하는 진짜 수장, 정용진 과장.

간편신고관리과에 오기 전에는 어디에 있었는지 전혀 파악되지 않는 것으로 보아, 정용진은 경찰이 숨겨 놓은 칼 중 하나임이 분명했다.

"수고하셨습니다, 박 권사님. 모자란 저 때문에 시간을 많이 뺏기신 건 아닌지 모르겠습니다."

"후후, 뭘요. 큰일을 하시는 형제님을 위한 일인데 고작 말 몇 마디가 어려울까요. 그런데 대체 어떻게 된 일입니까?"

중견기업의 부장까지 올라간 사람이 허투루 약점을 드러낼까.

"권사님! 그놈이 말하는 꼬락서니를 보면 권사님도……."

"조용히 해! 생각 없이 달려와 일을 더 복잡하게 만들어 놓고 뭔 말이 많아!"

아내의 입을 다물게 한 정관우는 한숨을 내쉬었다.

"다 제 미숙함 때문입니다. 미안합니다. 이 죄는 목사님을 뵙고 고하도록 하겠습니다."

변호사는 변명을 하지 않는 정관우의 모습에 고개를 끄덕였다.

"당연히 그러셔야죠."

자신들은 그저 메시아 목사님의 손과 발일 뿐.

그저 그분의 뜻에 따라 움직일 자신들이 같은 처지에게 이래라저래라 하는 건 이치에 맞지 않았다.

"그보다 그놈이 저희에 대해 얼마나 아는 것 같습니까?"

"저희가 숭고한 뜻을 행하는 곳임은 눈치챈 것 같지만, 자세한 건 잘 모르는 것 같더군요."

"지옥의 건물주라고 했어요! 그 사탄의 주구가! 가, 감히—!"

"닥치라고! 닥쳐—! 후…… 아마 우선이 친구들에게 저희 이름을 들은 거겠죠."

"쯧. 뭐가 진짜 구원인지도 모르는 불신자들 같으니……. 회개하고 계세요. 곧바로 성소로 향하겠습니다."

"아멘."

정관우와 그의 아내는 양손을 모으며 기도에 들어갔고, 변호사는 승용차를 몰아 서울 외곽의 성소로 향했다.

카라락!

자갈로 포장된 길을 달려 커다란 교회 앞에 도착한 정관우는 차에서 내리자마자 성호를 그리곤 안으로 들어갔다.

"불신자들의 무리에서 신앙을 지키시느라 수고하셨습니다, 정 집사님."

천지를 창조하시는 거룩한 장면을 등지는 마른 체구 중년인의 따뜻한 말에 방금 전까지 담담하고 강인했던 정관우가 무너진다.

무릎을 꿇은 그는 목사에게 죄를 고했다.

"목사님, 이 모자란 정관우가 하나님의 아드님이신 목사님께 죄를 고합니다. 오직 목사님의 성스러운 말만 전해야 하는 입을 함부로 놀린 죄를 고합니다. 목사님께서 맡기신 숭고한 임무를 망각하고 함부로 입을 놀린 죄를 고합니다. 오직 목사님의……."

끊임없이 흘러나오는 고해성사.

목사는 그런 그의 머리에 손을 올렸다.

"그 모두 하나님의 아들인 나를 지키기 위함이었으니 모두 용서하도록 하겠습니다. 할렐루야."

"아, 아멘…… 흐흑!"

목사는 울음을 터트리는 정관우의 양어깨를 잡아 일으켜 근처의 의자에 앉히며 변호사를 봤다.

"어떨 것 같습니까?"

밑도 끝도 없는 말이지만, 변호사는 알아들은 듯 입을 열었다.

"그 애새끼 형사는 더 이상 저희를 괴롭히지 못할 테니 걱정하지 않으셔도 됩니다, 목사님."

"그렇습니까?"

"알아보니 특별수사팀은 전국을 돌아다녀야 하는 곳이더군요."

지방서와 지방청에서 뒤로 미루는 사건들, 인터넷 간편 신고사이트에 거듭 접수되는 사건들을 맡아 전국을 누비는 특별수사팀.

"더 이상 저희를 신경 쓸 수 없을 겁니다."

고개를 끄덕인 목사는 자신이 일으켜 줬다는 것에 감격해 눈물을 펑펑 흘리는 정관우를 다독이며 입을 열었다.

"전도사들 관리와 예비 성녀들 관리는 문제없습니까?"

"예, 예! 그럼요! 목사님께서 권사님을 보내 주시어 하루 만에 풀려나게 됐는데 무슨 문제가 있겠습니까!"

성지 아브라함에 함께 갈 선택받을 이들을 모으는 전도사와 아브라함에서 목사님과 함께 하나님의 축복을 받을 성녀를 찾기 위해 예비 성녀들을 모으고 관리하는 것.

이것이 목사님이 정관우 자신에게 맡긴 숭고한 임무였다.

"정 집사님의 임무에는 성지로 향할 이 성소, 약속 된 그날에 더 많은 분들과 함께 넘어가기 위한 이 문을 키우고 보호하기 위한 것도 있으니 앞으론 절대 악마의 수작에 흔들려선 안 될 겁니다."

"예, 목사님. 거룩한 목사님의 이름 아래 맹세하옵니다. 또한 불신자 조우선도 얼른 찾아내 그곳에서 목사님이 쓰실 금화를 가져오겠습니다. 아멘."

"……할렐루야."

목사는 다시 정관우의 어깨를 두드리며 무릎을 꿇은 채 기도를 하고 있는 정선정을 봤다.

유치장 생활이 고됐는지 흐트러진 머리카락과 옷. 치마 사이로 뻗어 나오다 찢어진 스타킹이 목사의 눈에 들어온다.

"그럼 나가 보세요. 아, 전도사이자 예비 성녀 정선정은 남아 주시고요."

"헛!"

깜짝 놀라 목사를 바라본 정관우와 정선정의 눈이 파르르 떨린다. 그 눈에 서린 건 분명 기쁨과 환희였다.

'드, 드디어 나도 은총을……!'

"예, 목사님!"

발그레 볼을 붉힌 정선정이 목사를 따라 교회 안쪽으로 향하자 정관우와 아내는 서로의 손을 꽉 잡았다.

"여, 여보."

"일단 나가자고."

지금부터 목사님의 은총이 딸 정선정에게 임할 것이니 성소 안에 남아 불경을 범할 수 없었다.

밖으로 나온 정관우와 아내는 서로의 손을 꼭 잡으며 교회를 응시했다.

"우리 선정이가 잘하겠죠?"

"어허. 선정이라니! 곧 성녀님이 될 분에게!"

"미, 미안해요."

사과를 하는 아내나 타박하는 정관우나 모두 욕심이 그득하다.

딸이 만약 성녀로 선택된다면 자신들은 성지 아브라함에서 더 크고 더 넓고 더 많은 축복을 받게 될 터.

'저번의 그 불신자 년처럼 도망칠 일은 없을 테니.'

정관우는 문득 떠오른 생각에 박 권사를 바라봤다.

"혹시 아직 그 불신자는 잡지 못한 겁니까?"

예비 성녀를 정관우가 관리한다면, 교회에 큰 피해를 끼치고 도망친 교인이나 예비 성녀를 찾아 입단속을 시키는 건 박 권사의 몫이었다.

박 권사는 혀를 찼다.

"아는 경찰들에게 연락을 해 놓은 상태이니 걱정 마세요."

'그게 아닌데, 쯧.'

할 말이 많지만 하지 않기로 한 정관우는 고개를 숙였다.

"그럼 저희 부부는 이만 가 보겠습니다. 오늘 수고하셨습니다."

"아, 저도 가야 하니 큰 도로까진 제 차로 움직이시죠."

"계속 폐를 끼칩니다, 권사님."

"하하, 뭘요. 위대하고 숭고한 일을 같이하는 동료끼리요. 어서 차에 오르시죠."

"감사합니다."

그들은 차에 올라 서울 안으로 향했고, 그 뒤를 쫓는 종혁은 보조석에 앉은 한 사내를 응시했다.

"여자?"

새진리 아브라함의 지주에 대해 조사하기 위해 교인으로 잠입을 한 흥신소 직원이 꺼낸 말은 놀랍고도 익숙했다.

"예비 성녀라고 청년부에서 전도하는 애들이 수급하는 여자들이 있습니다. 지들 다니는 대학교 여대생이라든지, 아는 사람이라든지 이래저래 모은다고 하던데요?"

예비 성녀로 모으는 게 아니라 전도를 당해 교회에 나와 새진리 아브라함의 지주에 푹 빠지게 된 여성들 중 소수만이 목사에게 예비 성녀로 선택받는다.

'……에라이. 이 새끼들은 어떻게 하나같이 똑같냐. 뭔 씨발 연수라도 받나?'

종혁은 미간을 좁혔다.

"그런데 그런 건 어떻게 안 거야? 그런 건 비밀 아냐?"

"비밀은 무슨."

조우선의 집 근처를 기웃거리며 물색하다 어리바리하게 생긴 놈을 찍어 접근을 하니 옳다구나 전도를 해 왔다.

이후 어제 수요예배 잠입을 성공리에 마치고 술과 고기를 잔뜩 먹이니 그 어리바리한 놈이 싹 다 말해 주었다.

"물론 제가 그 교회에 계속 나갈 의향을 슬그머니 드러내며 청년부에 관심을 보였기에 나불거렸을 테지만, 묻지도 않는데 제 누나가 예비 성녀로 뽑히지 않아서 서럽다는 둥 자기도 성지에서 더 큰 집을 얻기 위해선 지금보다 더 전도를 해야 한다는 둥……. 그런 애들은 관심만 좀 주면 그냥 다 말한다니까요."

그러나 회유는 불가능해 보였다. 이리저리 찔러 봤지만 굳건했다.

"올, 제법 하는데?"

흥신소 직원은 머쓱해했다.

"흐흐. 제가 이 바닥 밥을 먹은 게 몇 년인데요. 그런 놈들 골라내고 원하는 말을 듣는 건 눈 감고도 합니다!"

"쓥. 까분다."

"헤헤. 아, 그런데 형사님."

"왜?"

"순경을 지원하려면 어떻게 해야 돼요? 아, 아뇨. 제가 한다는 게 아니라요. 제 동생이……."

"훌륭한 생각을 가진 동생이네. 흠. 일단 지금은 시간이 없으니까 나중에 나한테 연락하라고 해. 그리고 여기. 성과 냈으니까 좀 더 넣었다."

종혁은 품에서 두툼한 봉투를 꺼내어 직원에게 넘겨줬고, 내용물을 확인하고 새된 비명을 지른 직원의 얼굴이 확 밝아졌다.

"감사합니다!"

"앞으로도 계속 주시하고. 괜히 몇 푼 안 되는 돈 때문에 위험한 일은 하지 말고. 뭔가 알아내는 거 있으면 바로바로 보고해."

"옙! 전 저 앞에서 내려 주시면 됩니다."

"잠깐만 있어 봐."

종혁은 무전기를 들며 입을 열었다.

"오 경감님, 교체요. 최재수는 오 경감님 뒤로 따라붙고."

—오케이!

—옙!

오택수가 탄 차가 앞을 가로지르자 종혁은 갓길에 차를 세웠다.

"혹시라도 탈퇴한 교인이 있다면 누군지 좀 알아봐. 그 예비 성녀라는 여성들에 대해서도."

한 명이 아니라는 것에 왠지 촉이 선다.

"걔들은 오후 주말예배에 참가한대요! 그래서 오후 주말예배에는 젊은 애들이……."

"알았으니까 내려. 바빠."

"옙! 서류 확인하시고 궁금한 점 있으시면 언제든 연락 주세요!"

홍신소 직원이 남긴 1차 보고서를 힐끔 본 종혁은 손을 저었고, 홍신소 직원은 꾸벅 허리를 숙인 후 지하철역으로 향했다.

그걸 빤히 지켜보던 종혁은 눈을 가늘게 떴다.

"예비 성녀라……."

생각만해도 헛웃음이 나오고 이가 갈린다.

"지랄도 염병 지랄들을 한다."

서류를 가져와 살핀 종혁은 혀를 찼다.

"많기도 하네."

예상보다 더 많은 교인의 수.

이마저도 겨우 어제 수요예배 때 홍신소 직원이 본 숫자에 불과하니 주말예배까지 합하면 이 몇 배일 터.

종혁은 머리를 벅벅 긁었다.

"일단 이 인간들 뒤부터 따 봐야겠네."

이미 홍신소에서 어제 사진을 다 찍어 뒷조사를 하고 있을 테지만 말이다.

한 놈이라도 놓치지 않기 위해선 신원 파악은 무조건이었다.

종혁은 핸드폰을 들었다.

"예, 오 경감님. 어느 방향으로 가고 있으세요? 지금 따라붙겠습니다. 아, 재수가 외삼촌 부부를 따라갔다고요? 그럼 제가 그쪽으로 갈게요. 예."

종혁은 차를 출발시켰다.

* * *

"안 간다고!"

"딱 한 번만. 딱 한 번 목사님의 말씀을 들어 봐. 그럼 우리도 더 이상 오라는 말 안 할게."

"……정말이지?"

그 말을 믿지 말았어야 했다. 그날 어떡해서든 그곳에 가지 말았어야 했다.

"오오오! 목사님이시여!"

"목사님, 감사합니다! 감사합니다!"

대체 예비 성녀가 뭐기에 저렇게 기뻐하는 걸까.

"자, 예비 성녀님들. 앞으로 여러분과 함께할 새로운 예비 성녀님께서 오셨습니다."

질투를 하는 여성들과 안쓰러워하는 여성들.

그날 알게 됐다.

예비 성녀가 무엇인지.

목사의 은총이 무엇인지.

"도망쳐."

번뜩!

"하악! 학!"

-하하하하!

TV 불빛만이 어둠을 밝히는 작은 방.

이불을 두른 채 눈을 감고 있다가 돌연 질겁하며 깨어난 이십대 초반의 여성이 주위를 두리번거리다 안도를 한다.

그리곤 떨리는 팔을 옆으로 뻗어 담배를 끌어와 입에 물었다.

"콜록! 콜록!"

이 끔찍한 일이 있기 전까지 단 한 번도 피우지 않았던 담배.

그러나 이젠 담배가 없는 삶은 견딜 수가 없다.

그 순간이었다.

드르륵!

현관에서 나는 소리에 깜짝 놀라 문을 바라본 여성은 이내 곧 문을 열고 들어오는 친구의 모습에 가슴을 쓸어내렸다.

"와, 왔어?"

친구는 폐인이 따로 없는 여성의 모습에 얼굴을 구겼다.

"아이고, 이년아. 네가 뭔 어둠의 자식이냐?"

곧바로 불을 켠 친구는 버럭 소리를 질렀다.

"씻어!"

"으응!"

여성은 얼른 화장실로 달려갔고, 친구는 고작 며칠 만에 돼지우리가 된 원룸에 한숨을 폭 내쉬며 소매를 걷었다.

그리고 잠시 후 다 씻고 나온 여성과 친구는 밥상을 가운데 두고 술잔을 기울였다.

"고, 고마워. 꿀꺽! 하아······."

방금까지 다 죽어 가더니 소주 한 잔에 눈이 빛을 찾는 여성의 모습에 친구는 한숨을 내쉬었다.

갑자기 10년여 만에 연락을 해 와 숨겨 달라고 말한 여성.

학교 친구도 아니고 고향 친구도 아닌, 어쩌다 보니 알게 되었다가 10년 전 헤어진 친구 아닌 친구. 오죽했으면 자신까지 찾아오게 됐나 하고 숨겨 주었다.

하지만 이렇게 숨겨 주는 것도 이제 슬슬 한계다.

"야, 대체 언제까지 이럴 건데. 걔들은 너 안 찾는다니까?"

"······넌 몰라. 그 사람들이 얼마나 지독한지."

부모부터 눈에 불을 켜고 자신을 찾고 있을 거다.

갑자기 웬 이상한 종교에 빠져 집도 차도 다 팔아 치우던 부모의 강권에 어쩔 수 없이 딱 한 번 참석하게 된 예배에서 예비 성녀로 발탁되었다.

목사님과 함께 하나님의 곁에 설 영광된 자리인 성녀.

그때 기뻐하고 눈물을 흘리던 부모의 얼굴은 아마 죽을 때까지 잊을 수 없을 거다. 목사의 은총이라는 것에 대한 실체를 알았기에 더더욱.

그날 교회 안쪽 침대에 누워 나른하게 손짓을 하던 건 사람이 아니라 괴물이었다.

겁에 질려 도망치던 때 등 뒤에서 터져 나오던 웃음소리가 지금도 들리는 것 같음에 여성은 양 귀를 틀어막았다.

"그 목사는 미친 새끼야. 사람이 아니라고—!"

예비 성녀를 관리하는 정 집사란 인간도 미친놈이었다.

"그, 그럼 경찰에 신고를 하면 되잖아!"

갑작스런 발광에 당황한 친구는 소리를 빽 질렀고, 여성은 눈을 뒤집었다.

"해 봤다고 말했잖아! 그날 거기서 도망치자마자 했어!"

바로 신고를 했다. 멍청하게도.

그리고 경찰과 만나기로 한 장소로 박 권사와 교인들이 찾아왔다. 그 순간 세상에서 자신에게 도움을 줄 사람은 사라졌다.

"박 권사가 그 미친놈이 변호사라고, 변호사!"

"어, 어떻게 경찰이…… 아! 타, 탈퇴가 쉽다며! 예비 성녀건 뭐건 쉽다며!"

"쉽지! 박 권사가 낙인만 찍으면!"

"낙인?"

"인두로 몸을 지진다고!"

훗날 아브라함에 닿진 못하더라도 목사의 축복을 받았다는 증거인 징표. 지옥에서 작은 편의를 받을 수 있는 징표.

그건 더 이상 교인이 아니게 된다 하더라도 그걸 보며 새진리 아브라함의 지주에 대해 언급하지 말고 언제나 자신들이 곁에 있음을 인식하라는 저주이자 낙인이었다.

그래야 탈퇴를 할 수 있었다.

"미, 미친!"

"그래서 잡힐 수 없다고…… 그래서……."

아마 잡히면 다시 그곳으로 끌려가 선택을 강요받게 될 거다.

낙인을 찍을지, 아니면 예비 성녀로서 봉사를 할지.

'싫어. 싫다고.'

둘 다 싫었다.

'흑! 걔는 괜찮을까?'

은총을 받는 그 순간만이 도망칠 수 있는 절호의 기회라고 알려 주었던 예비 성녀.

자신처럼 부모에 의해 목사에게 바쳐진 불쌍한 사람.

'누가…… 누가 좀…….'

"밥 좀 먹으면서 마셔. 속 버리겠다."

"으, 응."

다시 술을 들이켠 여성은 무릎을 끌어모으며 눈물을 흘리기 시작했고, 친구는 그런 그녀의 모습에 한숨을 내쉬며 술을 들이켰다.

"하아."

'오빠한테 한번 물어볼까.'

정말 연락하고 싶지 않은 엄마 친구의 아들.

─잘못했습니다! 앞으로 더 잘하겠습니다!

재방송되는 작년 경찰의 날 특집 예능을 바라보며 다시

금 내뱉는 옅은 한숨이 깊어지는 밤처럼 무거워졌다.

* * *

'분명 넷이 그 교회로 들어갔는데, 나온 건 셋이라…….'

"그런데 왜 그냥 보내 주신 거예요?"

정관우 부부가 사는 아파트의 주차장.

보조석에 앉은 최재수가 중얼거리자 종혁은 생각을 멈추며 최재수를 봤다.

"뭐가?"

"저 외삼촌 부부요. 평상시 팀장님이었으면……."

평상시의 종혁이었다면 변호사를 대동했든 어쨌든 지독하게 물어뜯고 편히 놓아주지 않았을 것이다.

그런데 이번에는 너무나도 조용히 보내 주었기에 최재수로서는 의아하지 않을 수 없었다.

"뭔 소리야. 일부러 놓아준 건데."

"네?"

"그놈들이 왜 이렇게 급하게 정관우를 빼 갔다고 생각하냐?"

하루 만에 어떻게 알았는지 곧바로 변호사를 보내서 정관우를 빼냈다.

그것이 의미하는 바는 하나였다.

"……정관우가 중요한 인물이다?"

종혁의 미소는 짙어졌다.

"이제야 머리가 좀 굴러가네."

그동안 들인 공이 아깝지 않은 순간이었다.

그런 종혁의 칭찬에 최재수의 눈이 동그래졌다.

종혁은 무시하며 말을 이었다.

"어떤 중요한 일을 맡고 있는 것 같냐?"

"어어……."

미간을 좁히며 한참 동안 고생하던 최재수는 이내 한숨을 내쉬며 고개를 저었다.

"잘 모르겠습니다. 어떤 일을 맡고 있는 건가요?"

"나도 몰라."

"네?"

일단 네 가지가 떠오르기는 한다.

첫째는 정관우가 창고지기일 경우.

"창고지기요?"

"돈 창고."

사이비는 절대로 은행에 돈을 맡기지 않는다.

금융감독원의 주목을 받고 싶지 않아서다.

그래서 운영 자금으로 쓸 일부를 제외한 대부분의 돈은 어딘가에 숨겨 놓는다.

두 번째는 정관우의 딸, 정선정이 예비 성녀일 경우.

"정선정이요?"

"변호사, 정관우 부부, 딸 이렇게 넷이 교회에 갔는데, 나온 건 셋. 정선정은 없었어. 왜일까?"

목사 혹은 교회에 볼일이 있는 거다.

종혁은 그중 목사와 볼일이 있는 것이라 추측했다.

'꽤 미녀 축에 속했지.'

예비 성녀라는 것이 종혁이 생각하는 대로라면…… 그 중 정선정도 포함되어 있을 가능성이 높았다.

"그, 그럼 나머지는요?"

"교인 관리 혹은 예비 성녀 관리. 어쩌면 둘 다."

종혁은 교인 관리에 더 무게를 주었다.

제아무리 집사라지만 그 많은 수의 교인들을 동원해 조우선의 집 앞을 감시할 수 있을까. 교인들을 관리하는 관리자가 아닌 이상 불가능하다.

"억! 그, 그럼? 엄청 중요한 거잖아요!"

"진정해. 아직 확실한 건 아무것도 없어."

그러니 이제부터 알아봐야 한다.

그래야 다음 스텝을 밟을 수 있을 테니 말이다.

'이왕이면 돈 창고이길 바라지만…….'

예비 성녀 관리라도 좋다.

그러나 아직은 확실한 게 없다. 모든 건 주말예배가 끝나고 나서 판가름될 거다.

정관우를 이대로 짓뭉개도 되는지 아닌지가.

"그럼 잘 감시하고 있어. 난…… 어?"

종혁이 바라보는 곳을 응시한 최재수도 깜짝 놀라며 몸을 낮췄다.

정관우가 아파트 입구를 통해 걸어 나오고 있다. 대체 어딜 가려는지 씻다 못해 다른 정장을 입은 채로.

순간 어떤 촉이 선 종혁은 다급히 입을 열었다.

"최재수, 내려!"

"예, 예! 수, 수고하세요!"

탁!

최재수가 차 문을 닫자 종혁은 조심스레 액셀을 밟았
다.

한편 몇 분 전 정관우의 집.

씻고 나와 새 옷으로 갈아입은 정관우가 아내 김허순을
본다.

"난 은총을 받고 나올 우리 예비 성녀님 모시고 화원으
로 갈 테니까 늦는다 싶으면 그냥 자. 절대 어제처럼 허
튼짓하지 말고."

예비 성녀들이 머무는 곳인 화원.

"아, 알았어요. ……그보다 우리 선정이 괜찮겠죠?"

"어허! 우리 선정이라니!"

예비 성녀로 뽑히긴 했지만 그동안 다른 예비 성녀들
때문에 목사님의 은총을 받지 못했던 딸. 오늘 은총을 받
은 이상 이젠 정말로 예비 성녀로서 대해야 된다.

아니, 성녀로 만들어야 한다.

예비 성녀들을 관리하는 정관우 본인이 적극 도울 것이
다.

"그, 그럼 화원은 어때요? 우리 선정 예비 성녀님께서
편하게 지내실 곳이 되나요?"

정관우는 당연하지라고 외치고 싶었다.

본래의 화원이었다면 그랬을 것이다.

하지만…….

'그 빌어먹을 불신자 년만 아니었어도…….'

그냥 도망만 쳤다면 모르는데 경찰에 신고를 했다.

혹여 불신자 무리인 경찰이 찾아와 화원을 짓밟을까 급히 옮기긴 했지만, 너무 급하게 구하느라 제대로 된 곳을 찾지 못했다.

"당신은 그런 건 신경 쓰지 말고 우리 예비 성녀님이 좋아하는 닭죽이나 쒀. 내일 보양식으로 드릴 테니까."

"네! 다녀오세요."

고개를 끄덕이며 집을 나선 정관우는 근처에 사는 교인에게 차를 빌려 다시 교회로 향해 정선정을 기다렸다.

그렇게 어느 정도의 시간이 흘렀을까.

사박. 사박.

"나오셨습니까, 예비 성녀님."

흠칫!

정관우는 놀라는 딸을 향해 푸근히 웃어 주었다.

"성스러운 축복을 받으신 분인데 어찌 평소처럼 대할까요."

"……아빠."

'은총이 이건 줄 알았나요?'

그동안 모든 교인들이 바라기만 했지, 그게 어떻게 내려지는 건지 몰랐던 은총.

만약 알고도 자기 딸의 등을 떠민 거라면 이제 어떻게 대해야 될까.

아빠가 이젠 아빠가 아니라 괴물같이 느껴진다.

하지만 그러면서도 묵직한 아랫배에 기쁨이 솟는다.

대체 이 복잡한 기분은 뭘까.

"많이 혼란스러우실 테지만 일단 타시죠. 날이 덥습니다."

"……그래요. 가요."

정선정은 자신도 모르게 마치 그게 당연하다는 것처럼 정관우가 열어 주는 뒷좌석에 앉았고, 이내 곧 출발한 차는 한참을 달려 어느 골목의 한 주택 앞에 멈춰 섰다.

그리고 안에 들어가니……

"어젠 일이 있어 들르지 못해 죄송합니다, 예비 성녀님들."

딱 봐도 지어진 지 오래된 허름한 주택의 거실에 모여 앉아, 목사님의 자서전을 읽고 있던 여성들이 얼굴을 구기며 고개를 든다.

"우린 언제까지 여기 있어야 하나요?!"

"맞아요. 여긴 너무 좁고 냄새나요!"

"허허허."

정관우는 오늘도 투덜거리는 예비 성녀들의 모습에 어색하게 웃으며 속으로 이를 갈았다.

'그 불신자 년 때문에 이게 뭔 짓인지!'

도망친 불신자가 더 원망스러워지기 시작한 그는 애써

웃으며 정선정의 등을 살짝 떠밀었다.

"자, 예비 성녀님들. 기쁨으로 맞이해 주세요. 오늘 목
사님의 은총을 받고 진짜 예비 성녀가 되어 앞으로 이 화
원에서 계속 함께 머물게 되신 정선정 예비 성녀님이십
니다."

정선정은 순간 입을 다무는 예비 성녀들, 아니 그중 언
제나 자신을 안쓰럽게 쳐다봤던 두 여성을 빤히 응시했
다.

* * *

"딱 봐도 그 예비 성녀란 애들 숙소네. 명의도 변호사
거라며? 햐! 이래서 기를 쓰고 정관우를 빼낸 거구만?"

잘해 봐야 집행유예로 끝날 경관폭행미수에 왜 변호사
를 붙이나 했는데, 아무래도 정관우가 예비 성녀들을 관
리하는 것 같았다.

종혁은 동감이라는 듯 고개를 끄덕였다.

정관우가 창고지기가 아닌 게 좀 아쉽지만, 상황은 그
보다 더러웠다.

"정확한 건 주말예배를 마친 후에야 확실해질 테지만요."

분명 흥신소 직원이 오후 주말예배 때 예비 성녀들이
모두 참석한다고 했다.

"뭘 그때까지 기다려요! 지금 가시죠!"

"뭐?!"

오택수는 발을 성큼 내딛는 최재수의 모습에 식겁하며
뒤통수를 후려쳤다.

빡!

"아, 왜요!"

"가긴 어딜 가, 시꺄!"

"당연히 저기에 감금된 여성들을 구출하러 가야죠!"

"감금? 누가 그러는데?"

"네?"

"너 저기에 있는 여성들이 정말 자신들이 감금당한 채
살고 있다고 생각할 것 같냐? 확인해 봤어?"

"네? 그, 그게 무슨……."

종혁은 씁쓸히 웃으며 고개를 끄덕였다.

오택수의 말이 맞다.

이래서 사이비를 사이비라고 부르는 것이다.

분명 감금을 당한 것임에도 결코 벗어나지 못하도록,
계속 맹신하도록 세뇌시켜 버리기에.

"재수 네 생각처럼 부모에 의해 바쳐졌거나 빠져나오
고 싶지만 빠져나올 수 없는 여성이 있을 수도 있겠지."

그런데 자발적으로 있는 여성들만 있다면?

제아무리 막 나가는 열혈형사라는 컨셉을 잡았다고 해
도 상대편에 변호사가 있는 이상 역풍이 불 거다.

"하, 하지만……!"

"그러니 알아봐야지."

"네?"

"피해자를…… 자신이 피해자라고 여기는 피해자를!"

분명히 있을 거다.

종혁은 핸드폰을 들었다.

그 순간이었다.

지이잉! 지이잉!

안 그래도 흥신소에 전화를 하려고 했던 종혁은 재빨리 전화를 받았다.

"마침 잘 전화했어. 탈퇴한 교인들에 대해 알아보라는…… 뭐?"

* * *

꺄아아아!

와아아아!

한여름의 땡볕이 쏟아지는데도 사람들로 가득한 용인의 놀이공원을 걷는 종혁의 입가에 씁쓸한 미소가 맺힌다.

─지랄 맞네, 진짜.

동감이다.

그렇게 바꾸려 노력을 했음에도 경찰은 아직도 믿지 못할 존재인가 가슴이 답답해지면서도, 이렇게 사람이 많은 곳을 약속 장소로 잡은 여성의 조심성에 칭찬을 하고 싶다.

'엄마가 어려서부터 친하게 지냈다던 친구분의 딸이 도

망친 예비 성녀를 보호하고 있었을 줄이야…….'

등잔 밑이 어둡다는 게 이런 말인가 싶었다.

"아, 도착했네요. 끊습니다."

종혁은 벤치에 앉아 있는 흥신소 직원과 두 명의 여성을 보며 걸음을 늦추다가 눈을 질끈 감았다.

두 명의 여성 중 한 명의 발이 바깥으로 향해 있다.

분명 직원이 잘 설득해서 데려왔다고 했음에도 두 눈이 쉴 새 없이 흔들리고, 언제든 도망칠 자세를 취하고 있다.

"아, 형사님!"

직원이 외치자마자 몸이 크게 흔들리더니 종혁의 주변을 다급하게 살피는 여성.

"형사님, 이쪽이……."

입술을 깨문 종혁은 여성을 향해 허리를 깊게 숙였다.

"저희 경찰이 믿음을 주지 못해서 죄송합니다. 그리고 용기를 내주셔서 감사합니다."

"……!"

마치 시간이 얼어붙어 버린 것처럼 굳어 버린 여성.

"그동안 고생하셨습니다. 본청 특별수사팀 최종혁 형사입니다. 이유리 씨 되십니까?"

"……흐윽!"

여성, 이름조차도 예쁘게 타고난 이유리의 눈에 설움과 안도의 눈물이 차올랐다.

종혁의 사과가 마음을 움직인 건지 그들은 이야기를 편하게 할 수 있게 조용한 곳으로 자리를 옮겼다.

그래도 여전히 믿지 못해 두 눈이 쉴 새 없이 움직이던 그녀가 어렵사리 꺼낸 말은 종혁의 혈압을 터트리기에 충분했다.

'부모가 자식을…….'

빠득!

그러면 안 되는 거다.

그래선 안 되는 거다.

"낙인……."

빠드득!

"그, 그래서 그 화원이라는 곳에서 강제로 교육을 받는다는 겁니까?"

"저, 정 집사가 그렇게 해요!"

새벽에 일어나 목욕재계를 하고, 목사의 자서전을 앞에 둔 채 기도를 한다. 식사 후 자서전을 읽고, 강제로 성교육을 받는다. 어떻게 하면 목사를 만족시킬 수 있을지 여성으로서의 스킬을 익힌다.

"정관우 이 개……."

빠드드득!

움찔!

이유리는 핏발이 선 종혁의 눈에 무섭기보단 더 큰 안도를 얻었다. 그래서인지 그녀의 입이 점점 더 빠르게 움직이기 시작했다.

"그, 그리고 거기가 어디냐면⋯⋯."

종혁은 이어지는 말에 어이없다는 듯 웃었다.

'옮긴 거였군.'

이유리가 도망을 치자 숙소를 옮긴 것 같다. 정관우를 미행하지 않았더라면 낭패를 볼 뻔했다.

이야기를 계속 경청하던 종혁은 어떤 말에 눈을 빛냈다.

"잠깐만요. 두 명의 여성이 더 강제로 잡혀 있다는 겁니까?"

"정확히는 체념한 거예요. 빠져나갈 길이 없으니까. 저처럼 부모에 의해⋯⋯ 바쳐져 버렸으니까⋯⋯. 그, 그래서⋯⋯ 그래서!"

이유리는 종혁의 손을 덥석 잡았다.

"형사님! 그 사람들도 구해 주세요!"

악마에게 사로잡힌 동생, 언니.

그 지옥에서 도망치라고 등을 떠밀어 준 불쌍한 사람들.

"제바알-!"

종혁은 몸을 크게 들썩이며 애원하는 그녀의 모습에 이를 악물었다.

빠득 소리와 함께 입술을 삐져나온 한 줄기의 피.

"예. 모두 구해 드리겠습니다."

또한 이유리의 삶을 지옥으로 만든 모든 인간을 용서할 수가 없다. 정 집사, 박 권사, 목사, 그리고 그 외 교인들 모두 인간의 법도대로 지옥을 겪게 할 것이다.

"그러니 아주 조금만 더 참아 주십시오."

지금까지 참고 견뎌 온 사람에게 할 말은 아니지만, 조금만 더 눈을 감고 숨어 줬으면 했다. 그 눈을 떴을 때 괴롭힌 모든 것이 사라진 맑고 푸른 하늘만 볼 수 있도록.

"아…… 흐윽! 흐어어어엉!"

주먹을 꽉 쥔 종혁은 이유리의 친구에게 몸을 들썩이는 이유리를 달래 달라 눈짓을 보내곤 몸을 일으켜 핸드폰을 들었다.

"어어어엉!"

친구의 따뜻한 손길에 더 크게 우는 이유리.

"예, 오 경감님. 견적 떴습니다."

이젠 굳이 주말까지 기다릴 필요가 없었다.

"시작합시다."

새진리 아브라함의 지주를 떠올리는 종혁의 눈이 살의를 머금기 시작했다.

* * *

퍽!

"윽!"

날아오는 커다란 가방을 가슴으로 받은 정관우는 가방을 던진 종혁을 봤다가 흠칫 놀랐다.

마치 찢어 죽일 듯 노려보는 눈과 금방이라도 얼굴을

뭉개 버릴 듯 핏줄이 선 커다란 주먹.

정관우는 목구멍이 튀어나오려는 웃음으로 꿀렁인다.

"용무 끝났으니까 꺼지쇼. 더 이상 당신 면상을 봤다간 죽여 버릴 것 같거든."

"흐. 예, 그럼 수고하세요."

경찰을 통해 돈과 함께 더 이상 괴롭히지 말란 메시지를 전한 외조카 조우선.

원하던 돈을 품에 안았는데 저런 위협이 눈에 들어올까. 그의 입가에선 웃음만 흘러나왔다.

'이렇게 쉽게 내놓을 것을…… 쯧쯧.'

"어이, 정관우 씨."

"예?"

"또 봅시다."

피식 웃은 정관우는 대답을 하지 않고 몸을 돌려 특별 수사팀 사무실을 빠져나갔고, 그걸 빤히 보던 종혁은 핸드폰을 들었다.

"어, 세라야. 이유리 씨는 좀 어때."

타워팰리스로 피신시킨 이유리.

"그래, 고맙다. 조금만 더 케어해 줘."

그렇게 통화를 종료한 종혁은 서랍을 열어 방검복과 권총을 꺼내 들었다.

그건 오택수와 최재수도 마찬가지였다.

그 살벌한 모습에 사무실의 공기가 얼어붙고, 다른 팀 팀장인 김판호와 윤선빈이 다가온다.

"어이, 1팀장! 도와줘?"

"오늘은 필요 없고, 내일 도와주세요."

"내일?"

"보시면 압니다."

종혁은 오택수와 최재수를 봤다.

"그 개새끼들이 연장 들고 달려들면 그냥 쏘세요. 내가 책임집니다. 최재수. 경고 발포는 내가 할 테니 실탄으로 돌려놔. 괜히 어물쩍거리다가 칼 같은 거 맞으면 죽는다."

막 나가기가 약쟁이들과 동급인 사이비 신도들.

"예, 예!"

"갑시다."

"오케이."

사무실을 빠져나온 그들은 본청 주차장으로 향했고, 서울청 소속 SWAT 팀이 그들을 기다리고 있었다.

"이걸로 빚은 갚는 거다."

종혁은 대답 대신 씩 웃었다.

묵직하게 들리는 가방에 목사의 입술이 꿈틀거린다.

"아쉽군요. 정 집사의 외조카도 저희와 함께 아브라함으로 갈 수 있었을 텐데."

"불신자가 어찌 목사님의 위대한 뜻을 알겠습니까. 제가 훗날 약속의 땅에 갔을 때 지옥에서 발버둥 칠 조카에게 금화를 보내도록 하겠습니다."

천국과 지옥 모두 가지고 싶어 안달인 아브라함의 금화.

비록 조우선이 불신자라지만, 이렇게 성소와 성지, 목사님에게 도움을 줬는데 어찌 입을 닦고 넘어갈까.

눈앞의 목사님이 용납하지 않을 거다.

"역시 성부께서 잉태시킨 성녀를 예쁘고 신실하게 키워 온 분답게 자비를 베풀 줄 아시는군요."

"예, 예? 서, 성녀 말입니까?"

"아, 이런. 이만 나가 보세요."

"……예!"

찢어지는 입을 겨우 추스른 정관우는 빠르게 교회를 빠져나갔고, 목사는 그 모습을 빤히 바라보다가 피식 웃으며 몸을 돌렸다.

"서, 성녀라니! 내 딸이 성녀라니!"

성자님과 함께 하나님이 이 땅에 내려 준 성녀.

이 땅을 구원하여 많은 어린 양들을 아브라함으로 이끌라는 업을 받고 이 땅에 무사히 내려오신 목사와 달리, 내려오는 길에 지옥 악마들의 공격을 받아 기억과 얼굴을 잃은 채 인간으로 환생한 성녀.

그 성녀를 찾는 것 역시 성자님이 이 세상에서 하실 일이라 예비 성녀들을 모으는 것이지만, 아무래도 딸 정선정에게 뭔가를 느낀 게 틀림없다.

정관우의 입이 귀까지 찢어졌다.

'그 불신자 년이 사라지니 일이 이렇게 풀리는구나!'

혹여 그 불신자 이유리가 아니라도 딸 정선정은 목사님

의 은총을 받았을 테지만, 그래도 이유리가 사라진 이후 얼마 안 되어 정선정이 은총을 받았으니 정관우는 영원히 이유리가 자신들 앞에 나타나지 않았으면 싶었다.

'그렇다고 박 권사님에게 찾지 말라 할 수도 없는 거고…….'

"에휴. 아, 이럴 때가 아니지!"

하던 기도를 멈추고 다급히 차에 오른 정관우는 차를 출발시키며 화원의 부관리인에게 전화를 걸어 정선정을 바꾸게 했다.

"예, 정선정 예비 성녀님. 혹시 드시고 싶은 게 있으십니까?"

그렇게 차를 몰아 화원에 도착한 정관우는 자신을 보자마자 달려들며 불만을 토해 내는 다른 예비 성녀들과 달리 차가운 눈으로 응시해 오는 정선정을 보며 푸근히 웃었다.

"여기 드시고 싶어 하시던 아이스크림입니다."

"……잘 먹을게요. 가자."

정선정은 예비 성녀들 가운데 아직도 진심으로 목사님을 모시지 않는 두 예비 성녀와 사라졌고, 정관우는 미간을 살짝 찌푸렸다.

'어찌 저런 이들과…….'

"쯧쯧. 자비를 너무 가지고 태어나셨구나."

하지만 그래서 더 가슴이 터질 만큼 벅차다.

확실히 어렸을 때부터 어려운 사람을 쉬이 지나치지 못

했던 정선정.

그런 측은지심이야말로 성녀의 참된 덕목이니 정관우는 정선정 덕분에 먹게 된 아이스크림을 하나씩 들고 방으로 흩어지는 다른 예비 성녀들을 차가운 눈으로 응시했다.

분명 그가 진심을 다해 모셔야 할 예비 성녀들이지만, 오늘 목사님의 말을 들어서인지 저들이 정말 예비 성녀로서 존중을 받아야 하는 자격이 있는지 의심이 든다.

불티처럼 튀어 오른 의심은 그동안 예비 성녀들의 언행을 연료 삼아 불길이 되어 가슴을 태우기 시작했다.

정관우는 입술을 비틀며 정선정이 사라진 방향을 향해 양손을 모았다.

"부디 이대로 선한 마음을 유지하시고 잃어버린 기억을 찾으소서. 그리하면 제가 당신을 아브라함으로 온전히 모시겠나이다. 아멘."

어떤 마음을 먹은 건지 정관우의 눈빛이 차가워진 순간이었다.

띵동!

'대체 누가!'

이 중요한 순간에 방해를 한단 말인가.

그는 씩씩거리며 인터폰으로 다가갔다.

달칵!

"누구……."

벌컥!

"지, 집사님! 지금 바깥에! 바깥에-!"

감히 남자가 예비 성녀들이 기거하는 화원 안으로 난입한 것에 화를 내려고 했던 정관우는 당황과 분노로 가득한 얼굴을 한 그의 얼굴에 순간 이유를 알 수 없는 섬뜩함을 느끼곤 다급히 대문으로 달려갔다.

반짝반짝 빛나는 빨갛고 파란 불빛.

'경찰?'

하지만 그게 문제가 아니다.

어느새 담벼락 위에 올라 이쪽을 향해 총구를 겨누고 있는 시꺼먼 사내들.

따앙!

그 순간 대문이 열리며 종혁이 안으로 들어온다.

"내가 또 보자고 했지, 씹새야."

"너어!"

"지금 영장 가져왔거든? 보이지? 정관우 씨, 당신을 감금 및 협박, 폭행 혐의로 체포한다. 그러니 닥치고 수갑 차, 이 개새끼야."

오싸악!

"마, 막아……! 막아-!"

"……!"

혹시 모를 사태를 대비해 품에 망치나 몽둥이, 식칼 따위를 품고 있던 교인들이 다급히 그것들을 꺼내 드는 순간이었다.

타앙!

화원에 내려앉는 침묵.

종혁은 그들을 향해 싸늘히 일갈했다.

"경찰 직무집행법에 의거해 3회 명령합니다. 모두 무기 버리고 투항하지 않으면 쏜다! 다시 한번 경고한다! 모두 무기 버리고 엎드려!"

"무, 무슨……!"

"마지막으로 경고한다! 뒤지기 싫으면 엎어져라. 안 그러면 대가리에 바람구멍 난다."

살벌하게 웃는 종혁의 모습에 순간 정관우의 머릿속으로 목사님에게 진심을 다하지 않는 예비 성녀들의 모습이 스쳐 지나갔다.

'아, 안 돼!'

"주, 죽여-! 불신자들에게서 예비 성녀님들을 보호해! 저놈들이 예비 성녀님들을 잡아가려 한다-!"

'예비 성녀님들?!'

"씨발!"

마치 그게 신호가 된 듯 눈이 뒤집으며 달려드는 교인들.

"예비 성녀님들을 보호하라!"

"우아아아아아아!"

종혁은 달려드는 그들을 향해 망설임 없이 방아쇠를 잡아당겼다.

타아앙! 탕! 탕!

"악! 아아악!"

허벅지와 어깨를 붙잡고 엎어지는 네 명의 사내와 함께

다시 시간이 얼어붙는다.

"내가 쏜다고 했지, 개새끼들아."

……꿀꺽!

총구를 이쪽으로 겨눈 종혁과 그 옆에 선 오택수를 보는 교인들의 눈이 사정없이 흔들렸다.

* * *

"뭐, 뭣 누가 잡혀가요?"

"정 집사가 다시 잡혀가고, 예비 성녀들도……."

너무 참담해 더 이상 말을 잇지 못하는 변호사 박 권사.

"……이유는?"

"감금, 협박, 폭행입니다."

"이번엔 빼내기 힘들다는 거군요."

협박과 폭행이라면 어떻게든 빼낼 수 있을 테지만, 감금이 적용되어 있다.

"알아보니 더 큰 문제는 도망친 예비 성녀, 아니 그 불신자가 경찰에게 다 밝혔다는 겁니다."

그리고 목사님을 진심으로 모시지 않는 두 명의 예비 성녀들도 위험 요소다. 그녀들이 힘을 보탠다면 정 집사와 박 권사 본인, 그리고 목사님은 무조건 실형이었다.

목사는 그 순간 알아차렸다.

이건 박 권사라고 해도 무리다.

'빌어먹을.'

목사는 얼굴을 쓸어내렸다.

"후우. 아니, 당장 내일이 주말예배인데…….""

내일 들어오는 헌금이 얼마던가.

하지만 그 돈을 욕심내다가 잡혀갈 판이었다.

'음? 잠깐, 예배?'

고개를 모로 기울인 목사는 이내 푸근히 웃었다.

"하나님의 아들이자 메시아인 날 믿지 않는 무도한 무리들이 불경을 범하는군요. 그런 이들조차 훈계하고 회개시켜 아브라함으로 이끄는 게 저의 소명이겠죠."

"그 말씀은?"

"주말예배를 본청 앞에서 가집시다. 그 무도한 무리들이 우리의 형제자매들을 내놓을 때까지!"

"아니, 그러면 역효과…….""

"그 최종혁이란 불신자가 감히 예비 성녀들을 지키는 성기사들에게 총을 쐈다지요? 이는 하나님 아버지께서 약속의 땅 아브라함으로 더 많은 어린 양들을 데려오라는 계시입니다."

"아! 아아아!"

순간 뭔가를 깨달은 박 권사는 목사를 보며 감격한 표정을 지었다.

'신의 지혜가 넘치시는구나!'

박 권사는 성호를 그리며 고개를 숙였다.

"모두 목사님의 뜻대로 이뤄질 겁니다. 아멘."

"할렐루야."

박 권사의 뒤통수를 보는 목사의 두 눈에 욕심이 번들거리기 시작했다.

더 많은 신도. 더 많은 헌금.

대한민국은 종교의 자유가 있는 나라였다.

* * *

"이런 씨발. 이 더운 날에 감히 누굴 오라 가라야!"

이른 아침, 씩씩거리며 본청의 입구를 넘는 비싼 정장을 입은 배불뚝이 장년인.

'그렇지. 덥지. 더우니까 여름이지.'

"하아암."

입구의 경비를 맡고 있는 박 순경은 오늘도 평소와 같은 풍경에 하품을 내쉬다 아차 하며 재빨리 허리를 폈다.

그러며 슬그머니 입구를 봤다가 가슴을 쓸어내렸다.

"휴우. 응?"

웬 허름한 행색의 장년 여성이 이쪽을 향해 다가온다.

왜인지 스쳐 지나가는 사람 같지 않은 느낌.

정말 그렇다는 듯 차량 통행 입구의 정중앙에 털썩 무릎을 꿇으며 기도하듯 양손을 모은다.

"어? 어어어?"

다급히 달려간 박 순경은 재빨리 그녀를 일으켜 세웠다.

"여기서 이러시면 안 됩니다! 어서 일어……."

"놓아라, 이 사탄의 주구야!"

"우왁?!"

황급히 물러난 박 순경이 당황하던 순간이었다.

다시 무릎을 꿇는 장년 여성의 옆에 다가선 허름한 차림의 이십대 남성이 마찬가지로 무릎을 꿇으며 기도하듯 양손을 모은다.

그리고 이번엔 삼십대 여성이 그 옆에 선다.

그리고. 그리고. 그리고.

"불신자들은 정 집사와 교인들을 석방하라!"

"석방하라—!"

"미, 미친!"

박 순경은 이쪽을 향해 우르르 몰려드는 사람들에 눈을 부릅떴고, 그들의 선두에 선 목사는 입술을 비틀었다.

본청이 뒤집혔다.

"불신자들은 정 집사와 교인들을 석방하라!"

"석방하라! 석방하라—!"

"성녀님들을 내놔라, 이 불신자들아—!"

시끄러운 소리에 본청 건물 입구에 몰린 형사들이 눈을 비빈다.

"와, 씨발. 저게 뭐야. 내가 지금 환각을 보는 거 아니지?"

"저거 허가받은 거야?"

"어떤 미친 새끼가 본청 앞에 집회 여는 걸 허가해 줘?!"

"아, 어떤 새끼가 저 염병할 것들을 불러온 거야?"

"최 팀장이라던데? 요새 사이비 어쩌고저쩌고하던데……."

"사이비? 에이, 아니겠지."

눈에 뵈는 거 없는 기독교 이단 종파라면 모를까 사이비가 어찌 감히 경찰 본청 앞에서 저런 시위를 하겠는가. 아니, 걔들도 웬만하면 시청이나 광화문 광장에서 한다.

"사이비 맞습니다."

"억! 최 팀장!"

"하! 와, 저 새끼들 사이비 맞아요. 와아."

혹시라도 환각을 보고 있는 것일까 눈을 비벼 봤지만 변하는 건 없었다.

"이 새끼들이 집단으로 움직일 줄은 예상했지만……."

이렇게 집단으로 움직이도록 스텝을 밟았지만, 감히 수십만 경찰 조직의 심장이자 머리인 본청 앞에서 저딴 걸 할 줄은 예상하지 못했다.

"최 팀장, 너 쟤들한테 뭐 책잡힌 거 있냐?"

"예. 뭐 교인 몇 명에게 바람구멍 좀 냈습니다."

"그거네! 저 새끼들 우리가 더 이상 험하게…… 어어? 저거 방송국 차 아냐?"

종혁은 얼굴을 구겼다. 그마저도 작전의 일환이었기 때문이다.

'아, 씨발 진짜…….'

띠리링! 띠리링!

갑자기 울리기 시작한 핸드폰을 본 종혁은 한숨을 내쉬었다.

"예, 청장님."

-올라와.

"끄응. 예."

통화를 종료한 종혁은 무리의 선두에 서서 크게 외치는 목사를 어이없다는 듯 응시하다가 이를 갈며 돌아섰고, 그걸 힐끔 본 목사는 속으로 환하게 웃으며 열변을 토했다.

"우리 모두 지금도 억울하게 붙잡혀 고통받고 있는 우리들의 형제자매들을 위해 기도를 올립시다! 하나님 아버지……."

무릎을 꿇은 목사가 기도를 올리자 교인들도 다급히 무릎을 꿇으며 기도를 올리기 시작했다.

그리고 그 모습이 방송국 카메라에 찍히기 시작했다.

* * *

"푸후우."

"후우우."

본청의 대회의실.

단상에 선 종혁이 머리를 박고 있고, 객석에 앉은 경찰 고위 간부들이 담배 연기를 뿜으며 헛웃음을 터트린다.

"어이, 최 팀장. 지금 예쁘다 예쁘다 하니까 정말 예쁜지 알지?"

"미쳤어? 감히 저딴 새끼들을 회사로 끌고 와?! 이거 어떡할 거야! 다리도 하나 들어, 새끼야!"

방송을 타지 않았으면 모르되, 방송을 타기 시작했다.

경찰이 전 국민 앞에서 망신을 당한 거다. 아니, 지금도 실시간으로 망신을 당하고 있다.

"최 경정."

"경정 최종혁!"

"일어나."

이택문의 나지막한 말에 종혁은 재빨리 몸을 일으켰고, 이택문은 관자놀이를 누르며 인상을 찌푸렸다.

"의도했어, 안 했어?"

종혁은 뜨거운 한숨을 뱉어 냈다.

"조직적인 움직임은 의도했습니다."

그래서 일부러 쓴 거다. 저들이 눈을 뒤집고 달려들도록.

"뭐야?!"

"너 이 새끼! 지금 그것 때문에 진압하지 못하는 거 알아, 몰라!"

총 4명이 검거 중 총을 맞은 것 때문에 지금 언론이 난리다.

여기서 저들을 또 건드린다? 이택문부터 목이 날아간다.

하지만 쓸데없이 이런 짓을 벌일 종혁이 아니라는 걸 잘 알고 있는 이택문이기에 그는 침착한 모습으로 되물었다.

"조직적인 움직임을 이끌어 내려던 이유는?"

"싹 죽여, 아니 쓸어버리기 위해섭니다."

"하! 그렇다고…….."

"그리고! 가이드라인을 제시하기 위해섭니다!"

"……가이드라인?"

분노와 짜증으로 차 있던 고위 간부들의 눈이 누그러지며 호기심을 머금는다. 눈을 빛낸 종혁은 재빨리 입을 열었다.

"범죄 행각을 벌이는 게 뻔히 보이는데도 종교의 자유라는 명목 때문에 수사를 제대로 할 수 없는 게 현실이지 않습니까."

어디 그뿐인가. 범죄 사실이 밝혀져 검거를 한다고 해도 저런 교인들이 눈을 뒤집고 달려드니 결국 석방이나 솜방망이 처벌을 할 수밖에 없다.

어쩌다 사이비 교단을 해체시켜도 끝까지 신앙을 잃지 않은 교인이 사회의 독버섯이 된다.

그런 그들에게 보복을 당한 경찰이 어디 한두 명이던가.

"그래서 이 방법이 일망타진을 위한 가이드라인이다?"

"예, 그렇습니다."

"이후 계획이 짜여 있단 소리군."

"청장님!"

왠지 봐주려는 듯한 모습에 반발하려는 고위 간부들을 향해 손을 들어 진정시킨 이택문은 종혁을 봤고, 종혁은 씩 웃었다.

"절대 실망시켜 드리지 않겠습니다. 그리고 사이비, 이단 사건들은 검찰이 아니라 우리 경찰의 수사가 더 확실하다는 걸 증명하겠습니다."

'검찰?'

'호오?'

검찰이란 단어에 눈을 빛낸 고위 간부들의 표정이 완전히 누그러들었고, 그 분위기를 살핀 이택문은 입술을 비틀었다.

"그래. 경찰로서 감히 공권력에 도전을 한 놈들을 가만둘 수 없지. 그 전에 하나 묻지."

"목사라는 교주를 검거할 범죄 증거는 다 확보했습니다."

그 말에 고위 간부들의 입술도 비틀어진다.

그렇다면 문제가 없다.

이택문은 다 타들어 간 담배를 재떨이에 비비며 일어섰다.

"뭐해. 나가서 박멸해."

"충성!"

거수경례를 한 종혁은 대회의실을 빠져나왔고, 그 앞을 지키고 있던 사람들이 다급히 달려들었다.

"뭐래!"

"야, 또 징계냐?"

특별수사팀, 특수범죄수사과, 광수대, 마약대 등 본청 형사들이 걱정 어린 표정을 짓자 감동을 받은 종혁은 목을 꺾었다.

"연장들 챙기세요. 오늘 한국에서 사이비 하나 지웁니다."

* * *

'흐흐흐.'

목사는 건물을 나오지 못하는 경찰들을 보며 웃음을 흘렸다.

'그래. 그래야지.'

제아무리 흉기를 들었다지만, 일반인이 경찰이 쏜 총을 맞았다. 그것도 무려 4명이.

목사의 머릿속엔 감히 본청 앞에서 불법 집회를 해도 경찰이 절대 건드리지 못할 거라는 견적이 나온 상태였다.

로우 리스크, 하이 리턴. 최대한 크게 지를 수밖에 없는 판이다.

'됐어.'

방송국 카메라를 힐끔 본 목사는 씩 웃었다.

전국적으로 방송에 타고 있을 테니 이제 교인들이 폭증할 터. 그럼 새진리 아브라함의 지주도 이제 다른 이단 종파들처럼 양지로 나설 수 있는 거다.

이단임에도 그 성세가 너무 커 경찰이 건드리지 못하는 교단들.

더 많은 교인. 더 많은 헌금. 더 많은 신앙.

그럼 목사 자신은 이제 그들처럼 진짜 신이 되는 거다. 그것도 경찰을 이긴 신이.

'그러려면……'

"어? 저기?"

웅성웅성.

교인들의 시선을 따라 몸을 돌린 목사는 이쪽을 향해 다가오는 종혁을 발견하곤 비릿하게 웃었다.

거의 백여 명의 경찰들이 우르르 몰려나왔지만 목사는 결코 겁먹지 않았고, 도중에 멈춘 종혁은 확성기를 들었다.

─지금 이게 뭐하는 짓입니까? 지금 당신들은 불법으로 도로와 국가 소유의 토지를 점거하고 있습니다. 해산하세요.

경직된 목소리에 목사의 얼굴에 푸근함이 깃든다.

"당신들 불신자들이 데려간 우리 형제자매들을 석방한다면 우린 언제든 물러갈 겁니다!"

"옳소!"

"우리의 형제자매들을 석방시켜라─!"

"내 딸을 내놔─!"

─그들은 중대한 범죄 사실이 밝혀져 구금하고 있는 겁니다! 범죄자를 내놓을 순 없습니다!

"범죄자라니요! 그들은 하늘의 뜻을 따랐던 신실한 신도들일 뿐입니다! 당신들의 잣대로 판단하지 마세요!"

"옳소─! 아멘─!"

─무슨 소립니까! 당신들은 대한민국의 시민입니다!

시민인 이상 대한민국의 법을 따라야 한다.

-그리고 그건 당신도 마찬가집니다, 서송경 목사! 집회를 해산하고 순순히 수갑을 차세요!

"닥쳐라, 이 사탄의 주구야!"

"꺼져라!"

"와아아아아!"

목사는 환호성을 지르는 교인들의 모습에 고개를 끄덕이며 종혁을 비웃었다.

'어디 백날 그렇게 해 봐라.'

어차피 이 집회는 그 어떤 폭력도 없이 평화적으로 끝날 거다.

즉, 경찰이 강경 진압을 할 명분이 없다. 그럼 길어도 3일이면 정관우와 예비 성녀들을 데리고 나올 수 있을 터.

그런데…….

-스스로를 하나님의 아들이라 지칭하는 서송경 목사! 자수하세요! 지금이 기회입니다!

'음?'

순간 뭔가 거슬렸던 목사는 이내 무시했다.

하지만 이어지는 종혁의 말에 그는 기겁을 했다.

-스스로를 하나님의 아들…… 어? 그런데 하나님의 아들은 예수님 아니에요?

-당연하지. 당연히 예수님이지. 저 씨발 새끼 봐라?

-그럼 저 사람은 뭐예요? 자기가 예수야?

'어? 자, 잠깐?'

그는 다급히 교인들을 봤다.

얼굴이 붉으락푸르락 한 교인들.

이건 뭔가 아니다. 뭔가 분위기가 이상하게 흐르고 있다.

-어? 아, 미안합니다. 제가 종교에 대해 잘 몰라서. 아무튼 자칭 하나님의 아들이신 서송경 목사님! 연약한 여성을 강제로 감금하고 세뇌해 결국 참담한 짓을 범하신 범죄자님. 그냥 자수…….

"이 개새끼야-!"

'억?'

순간 하늘을 꿰뚫는 외침.

다급히 고개를 돌렸던 목사는 고개를 모로 기울였다.

'저, 저놈은 또 누구야?!'

난생처음 보는 청년이 벌떡 일어나 씩씩거린다.

그런데 지금 그게 문제가 아니다.

청년의 손에 칼이 들려 있다. 그것도 시퍼런 사시미칼이. 분명 무기가 될 만한 건 가져오지 말라고 했는데도.

"아, 아니 잠……."

"우리의 메시아 목사님을 욕하지 마라, 이 씨발놈아-! 으아아아아아!"

종혁을 향해 달려드는 청년.

"어? 어어어?"

마찬가지로 당황해 주춤 물러나던 종혁은 다급히 손바닥을 휘둘렀다.

쩌억! 부웅!

옆으로 튕겨져 나간 청년과 순간 주변에 내려앉는 침묵.

―아, 씨발 깜짝아. 뒤지는 줄 알았네. 이런 씨발. 별 개거지 같은 사이비 새끼가…….

목사님을 욕되게 하는 말과 눈앞에서 얻어맞은 형제와 사이비란 단어.

뚝!

교인들의 머릿속에서 당겨져 있던 이성이란 끈이 그대로 끊겨 버렸다.

"으아아아아아!"

"저 새끼 죽여 버려―!"

"이 사탄의 주구야!"

"아, 안 돼!"

목사는 다급히 외쳤지만 이미 늦었다.

반면 튕겨져 나간 청년, 아니 몸을 웅크린 채 안 보이게 엄지를 치켜드는 흥신소 직원을 보며 잘했다 표정으로 칭찬하던 종혁은 눈을 뒤집고 달려드는 교인들을 보며 씩 웃었다.

"보셨죠? 이거 분명 우리가 먼저 한 거 아닙니다. 저놈들이 먼저 시작한 거예요?"

"아, 씨발! 암튼 또라이 새끼!"

"아따 오늘 선지 좀 뽑겠구만!"

야구방망이 등으로 어깨를 두드리며 사납게 웃는 형사들.

종혁도 주먹을 꽉 쥐며 앞으로 발을 성큼 내디뎠다.

"싹 다 쓸어버립시다!"

"조져!"

"우아아아아!"

사이비와 경찰들 간의 격투가 전파를 타고 전국에 방영되었다.

*   *   *

새진리 아브라함의 지주 교인 총 544명과 형사 백여 명, 경찰 병력 수백 명.

결과는 당연히 경찰들의 압승이었다.

"아악! 놔라, 이 사탄의 주구야!"

"목사님께서 너희들에게 천벌이 내릴 것이야-!"

악을 지르며 끌려가는 교인들.

그런데…….

"어? 씨발. 이 교주 새끼 어디 있어?"

"뭐야. 없어? 야, 종혁아! 최 팀장! 이 교주 새끼 없는데!"

몸이 굳은 형사들이 바라보자 종혁은 씩 웃으며 핸드폰을 들었다.

"예, 오 경감님. 차 빼놨어요? 예, 시궁쥐 출발했네요. 뒤쫓읍시다."

형사들의 눈이 부릅떠졌다.

"시발! 시발!"

경기도 어느 외곽 작은 창고.

도망치듯 택시에서 내린 목사가 다급히 창고의 문을 열고 들어가 2층의 복도 가장 안쪽의 잠긴 문을 따고 들어간다.

벌컥!

그 순간 그를 반기는 시체 썩는 냄새보다 더 지독한 냄새와 파란 부직포가 덮어진 커다란 무언가.

부직포를 휙 젖히니 산처럼 쌓인 5만 원과 만 원 뭉치들이 그의 눈에 들어온다.

누가 봐도 심장이 멎을 정도로 엄청난 풍경이지만 목사는 오히려 눈물을 흘렸다.

"이걸 어떻게 모은 건데……."

하지만 어쩔 수가 없다.

피가 나도록 입술을 깨문 목사는 5만 원권과 10만 원권 수표만 따로 가방에 챙겨 일어섰다.

나머지는 나중에, 심장이 떨어지는 것 같지만 아주 나중에 다시 찾으러 와야 할 터.

찢어지는 가슴을 추스르며 부직포를 다시 원래대로 되돌린 그는 몸을 돌렸다.

그리고…….

"꺽?!"

그대로 얼어 버린 목사.

사무실 문에 몸을 기대고 있던 종혁과 오택수, 최재수

가 손을 흔들어 주었다.

"할룽?"

"와, 씨발. 저게 다 얼마야?"

"웩! 내, 냄새가 왜 이렇게……."

"원래 돈 썩는 냄새가 시체 썩는 냄새보다 독해."

"아, 아니…… 대, 대체……."

"대체 어떻게 여길 찾았냐고? 미행한 거냐고?"

그 말에 멍청하게도 고개를 끄덕이는 목사.

"에이, 굳이 미행까지 할 필요가 있나."

별거 아니라는 듯 손을 저은 종혁은 목사가 들고 있는 가방을 가리켰다.

"몰랐어? 그거 내가 준 가방이잖아. 이야, 너 성실하더라. 어떻게 받자마자 바로 여기로 돈을 가져오냐?"

"……아?"

멍하니 들고 있는 가방을 본 목사.

자세를 푼 종혁은 손가락을 까딱였다.

"처맞고 수갑 찰래, 아니면 그냥 수갑 찰래? 난 뭐든 좋아."

상큼하게 웃는 종혁의 모습에 목사는 고개를 푹 숙였다.

* * *

다음 날, 본청 취조실의 문을 열며 종혁이 들어온다.

지난밤 유치장에 있었음에도 신색이 꽤 단정한 목사.

허리를 꼿꼿이 세우고 기도를 하듯 입술을 달싹이는 그의 맞은편에 앉으며 노트북을 켠 종혁은 어이없다는 듯 웃었다.

"씨발. 아무리 데이터베이스를 돌려 봐도 일치하는 얼굴이 안 나오더라니……. 성형 예쁘게 잘됐네. 덕자 오빠 덕배 씨."

　서송경이 아니라 서덕배.

　종혁을 힐끔 본 목사는 다시 입술을 달싹이기 시작했다.

　'어린 애송이.'

　이런 놈들을 다루는 법은 쉬웠다.

"하나님 아버지의 거룩하신 뜻을……."

　그런 그의 모습에 담배를 문 종혁의 눈이 호선을 그렸다.

"새끼."

　선수 앞에서 수작을 부리는 모습이 참 귀엽기 그지없다.

"후원사기 알지? 일명 철수야 놀자, 백종명. 걔 내가 잡았다. 지금 청송에 있는데 죽었는지 살았는지 몰라."

　흠칫!

"얼마 전에 전국 중고차 시장 날아간 거 있지? 그거 내가 기획했어. 형량을 최소로 받은 놈이 1년이야."

"악마의 유혹에……."

"그리고 네가 알 만한 게…… 아, 서울경기도 부녀자 납치 사건이랑 5천 원권 위조지폐 사건 알지? 그것도 내가 해결했다. 걔들 지금 병원에서 산소호흡기 끼고 살아. 정신은 못 차리고."

움찔!

"좋게좋게 갑시다. 이름."

"……서덕배입니다."

이내 공손해진 서덕배의 모습에 종혁은 만족스럽게 웃으며 노트북을 두들겼다.

"그런데…… 덕자가 누구신지…….."

"우리 과에서 키우는 강아지. 우리 과 마스코트."

"……예."

"나이."

"43살입니다."

"사는 곳은 뭐 대충 넘어가고, 전과가 있으시네요? 종교 사기 전과도?"

"……예."

그랬다.

서덕배는 이미 사이비 교단을 운영하다 한 번 검거된 악질 사기꾼이었다. 종교 사기 1범에 여타 사기를 합해 총 6범.

"어디서부터 이걸 기획했는지 한번 들어 봅시다. 읊어 봐요."

"그게……."

─읊어 봐요.

─그게 제가 저번에 종교 사기를 치다 잡힌 후부터…….

종혁과 서덕배.

두 사람의 대화가 울리는 대강당.

　수갑과 포승줄로 묶인 544명의 교인들의 눈이 흔들린다.

　"아, 아니야⋯⋯."

　이건 거짓말이다. 사기다. 이건 사기여야 했다.

　"아니야. 아니야. 아니야."

　"아니야―! 아니라고―! 목사님, 왜 그러세요!"

　"하나님 아버지의 아들이신 목사님. 악마의 겁박에⋯⋯."

　패닉과 공포에 빠진 대강당.

　맨 뒤에 서 있던 최재수가 당황한다.

　"왜, 왜들 저러는 거예요?"

　오택수는 쓸쓸히 웃으며 담배를 물었다.

　"부정하지 않으면 미쳐 버리니까."

　"예?"

　있지도 않은 허상에 빠져 자식을, 부모를, 남편을, 아내를, 친구를 버렸다. 신이 아닌 사기꾼에게 돈을 바치고 자식을 바치고 부모를 바치고 남편을, 아내를 바쳤다.

　이른 아침 꾸벅꾸벅 졸면서도 밥을 먹는 자식을 보는 기쁨을.

　이가 갈리고 뼈가 갈려 나가는데도 아내와 자식의 사진을 보며 작게 웃던 소소한 기쁨을.

　언제나 내 편인 부모님의 포근한 품에 안겨 안식을 얻던 기쁨을.

　머리맡에 앉아 머리를 넘겨 주던 어머니의 손길에 느끼

던 간지러움을.

다시 힘내면 된다고 등을 두드리던 아버지의 강인한 손을 통해 얻던 위안을.

나중에 죽으면 자식들에게 물려줘야겠다 한 푼, 두 푼 늘어 가는 것만큼 책임감도 커졌던 통장을.

자식들 결혼 자금을.

가족의 수술비를.

"그 모든 걸 아브라함인지, 지랄인지 헛것에 죄다 꼬라박았는데, 저렇게 부정하지 않으면 어떻게 견뎌."

"그, 그건 도피잖아요."

"어. 도피 맞아."

이런 사이비 사건들의 끝은 다 저렇다.

도피. 감당할 수 없는 진실에 현실에서 도망치려는 거다.

답답한 가슴처럼 뿌연 담배 연기가 허공으로 흩어졌다.

"아니야아-!"

"목사니임-!"

* * *

총 92억 8천여만 원.

사기꾼 서덕배가 헌금이란 명목으로 갈취한 돈이다.

희망이자 피와 땀, 눈물이었던 돈.

"지랄 맞다. 지랄 맞아."

담배를 비벼 끈 종혁은 문이 열리는 취조실로 들어오는 여성, 정선정을 발견하곤 싱긋 웃었다.

"또 봅니다. 정선정 예비 성녀님?"

까득…….

"형사님."

"왜요?"

"딸이 아버지와 어머니를, 부모를 고발할 수 있나요?"

얼마나 울었는지 퉁퉁 부은 눈이 지독한 독기를 머금는다.

'와우.'

자세를 바로 한 종혁은 담배를 내밀었다.

"필요한 거 있어요? 정관우 씨랑 김허순 씨도 불러다 드릴까?"

"선정아! 네가 이 아빠한테 그러면 안 되지!"

"서, 선정아! 엄마야! 엄마라고─!"

"닥치고 들어가세요, 좀."

호송차에 떠밀리듯 들어가는 정관우, 김허순 부부의 모습은 마치 구둣발에 밟혀 꿈틀거리는 지렁이 같았다.

"남기실 말은 있으셔?"

박 권사, 아니 박 변호사는 담배를 내미는 종혁의 모습에 이를 악물었다.

특수폭행 및 기타 등등의 죄목으로 최소 9년형을 받을

것이 분명한 그.

곧 변호사가 자격도 박탈될 터였다.

"청송이나 안양 가면 한 몇 년 동안 말 따위는 잘 하지 못할 텐데. 내가 특별히 신경 써 달라고 부탁했거든."

"……하나님께서 네 죄를 벌할 것이다."

"어, 그래요. 반성 안 하는 거 보니까 한 2년 더 늘려도 되겠다. 잘 가요, 씹새야."

변호사를 호송차에 밀어 넣은 종혁은 주차장 쪽으로 다가갔다.

후다닥!

"얼씨구?"

서로의 어깨를 끌어안은 채 호송차를 복잡한 눈으로 쳐다보다가 다급히 떨어지는 조우선과 이유리.

"아니, 비슷한 처지끼리 의지하고 있으라니까 정분이 나 버렸네? 스벌? 이러면 솔로인 나는 빡치는데?"

"하하."

"호호호."

어색하게 웃으면서도 서로의 손을 꼭 잡고 있는 둘.

종혁은 푸근히 웃었다.

"어떻게, 이젠 잠 편히 잘 수 있겠어요?"

움찔!

몸이 크게 흔들린 둘은 호송차를 보며 힘차게 고개를 끄덕였다.

"예!"

너무 길고 길었던 악몽. 잠이 들면 악마들이 뒤를 쫓던 악몽.

그 기나긴 악몽이 드디어 끝이 난 거다.

종혁은 세상 환하게 웃는 둘을 보며 고개를 끄덕였다.

"혹시 결혼하면 연락해요. 축의금 거하게 쏠 테니까."

"아, 아뇨!"

어떻게 종혁에게 축의금을 받을 수 있을까. 맨몸으로 찾아와도 감사하고 황송할 것이다.

피식 웃은 종혁은 몸을 돌렸다.

미친 듯이 뜨겁고도 화창한 하늘이 수고했다는 듯 그를 비추었다.

"아으. 팀장님, 이제 끝인가요?"

"끝이긴, 시발. 서덕배 그 씹새랑 얽힌 애새끼들이 얼마나 많은데……."

"조우선 씨와 이유리 씨를 서덕배에게 넘긴 그 견찰 개새끼들도 족쳐야 하고요."

앞으로 최소 한 달은 더 야근을 할 것 같음에 종혁과 오택수, 최재수는 한숨을 푹 내쉬었다.

"아, 씨발. 일은 내일부터 하고 오늘은 삼겹살에 소주 콜?"

"콜……!"

서로 어깨동무를 한 그들은 당당히 본청 정문을 빠져나갔다.

"윤세라, 뭐해! 술 마시러 가자—!"

"어-!"

사건의 마무리가 어떻게 되나 견학 차 왔던 윤세라도 재빨리 종혁의 뒤를 쫓았다.

그렇게 새진리 아브라함의 지주 사건이 마무리되었다.

* * *

사이비에 대한 경각을 울리다.

종교의 자유. 그 선은 어디까지인가.

강경 진압? 경찰, 앞으로도 이런 행위 결코 좌시하지 않을 것.

박노형 대통령 특별 지시. 전국 종교에 대한 현황을 파악하라!

종교계 억울하다! 사이비는 종교가 아니다!

새진리 아브라함의 지주가 일으킨 여파가 전국을 뒤흔들기 시작했지만, 정작 그 당사자들은 반팔에 반바지를 입은 채 버스 안에서 몸을 흔들고 있었다.

-와우! 여름이다!

"빨리 떠나자. 야야야야. 바다로-!"

"아싸, 좋다! 흔들어!"

줄줄이 이어 달리는 커다란 리무진 버스에서 몸을 흔드는 간편신고관리과 경찰들의 가족들. 모니터 대원, 그리고 특별수사팀 형사들의 가족들까지 모두 함께하고 있다.

이렇게 다 함께 가는 여행은 처음이라 설레고 신난 그들.

그러나 종혁은 작은 불만을 구시렁거리고 있었다.

"이번엔 전세기 빌려서 스위스에 놀러 갈까 했는데……."

겨울과 시계의 나라 스위스. 원래 여름엔 추운 나라를, 겨울엔 더운 나라를 가야 더 재밌지 않겠는가.

"스키도 타고, 트래킹도 하고, 시계 쇼핑도 하려고 했는데……."

다 망쳤다. 맨 앞자리 하와이안 셔츠와 반바지를 입은 채 신나게 몸을 흔드는 정용진 과장 때문에.

"아, 저 양반 갑자기 확 깨네."

그건 오택수도 같은 생각이었다.

"큭큭. 어쩌겠냐. 위화감 조성하지 말자는데."

신설한 과의 과장을 맡아서 그런지 이래저래 주위 눈치를 살피는 것 같았다.

"게다가 휴가 기간도 3박 4일밖에 안 되잖아."

"이것저것 붙였으면 6박 7일도 가능했습니다. 아, 진짜 여름엔 먹을거리 없는데."

회도 조개도 먹으면 안 되는 여름.

바다에 가는데도 먹을 수 없음에 더 마음에 들지 않았고, 오택수는 그렇게 툴툴거리는 종혁을 보며 가자미눈을 떴다.

"마셔, 인마."

"읍?!"

맥주캔이 입에 꽂힌 종혁은 버둥거리다 이내 오택수를 노려봤고, 오택수는 친절하게 안주도 꽂아 주었다.

"하나 더 먹어."

"아, 진짜! 오 경감님도 한잔 드세요!"

"으읍?! 이 새끼가?"

"안주도 드세요!"

"억! 야! 힘으로 하기 있냐?!"

"있어요!"

오택수를 품 안에 가둔 종혁은 맥주를 퍼붓기 시작했고, 오택수는 발버둥 치다 끝내 장렬하게 산화하고 말았다.

"와아아아아!

"우와아악!"

버스들에서 내린 사람들이 커다란 리조트를 보며 감탄을 터트리자, 종혁은 얼굴이 빨갛게 달아오른 정용진을 향해 손짓했다.

비록 이번 휴가의 기획은 종혁이 짰지만, 그들의 수장은 정용진이기 때문이다. 더욱이 이번 휴가에 꽤 많은 사비를 내놓기도 했다.

고맙다는 듯 고개를 끄덕이며 나선 정용진은 벌써부터 허리에 낀 튜브를 추켜세우며 입을 열었다.

"우리 최종혁 1팀장이 말하길 리조트 한 층 전체를 빌렸다고 하는군요."

"억?"

종혁과 사람들 모두 눈을 동그랗게 떴다.

"또 우리 최 팀장이 말하길 오늘부터 내일 점심까지
는 해수욕장이고, 내일 오후엔 정선카지노, 그리고 모레
엔 오션월드에서 머물 테니 마음껏 즐기라고 합니다. 물
론 우리가 경찰 공무원이니 과도한 도박은 삼가야겠지만
요."

"우와아아아악!"

"고맙습니다, 최 팀장님!"

"덕분에 좋은 곳에 왔습니다!"

앓는 소리를 낸 종혁은 머리를 긁었고, 사람들의 입가
엔 미소가 맺혔다.

"자, 그럼 3박 4일 동안 머리 터지게 놀아 봅시다!"

"와아아아아아!"

그들은 함성을 지르며 리조트를 향해 진격했고, 종혁은
선두에 서서 달리는 정용진을 보며 못 말리겠다는 듯 고
개를 저었다.

"와아아!"

"꺄르르르!"

철썩! 철썩!

파도가 넘실거리는 새하얀 백사장.

빼곡하게 쳐진 파라솔 뒤편, 줄줄이 쳐진 비닐 천막에
서 술판이 벌어진다.

"캬으!"

"좋다!"

그동안 쌓인 스트레스를 날려 버리겠다는 듯 부어라, 마셔라 하는 경찰들.

슬그머니 기웃거리다 꿀밤을 얻어맞은 십대들이 툴툴거리며 바다로 향하고, 경찰들의 입가엔 푸근한 미소가 맺힌다.

종혁은 그런 그들을 보며 어이없다는 듯 웃었다.

술을 입안에 들이붓고 있는데도 계속 주변을 살피는 그들.

직업병이 지독하기 짝이 없다.

정작 종혁 본인도 그러고 있다는 걸 모른 채 말이다.

"아따, 이렇게 편하게 쉬어 보는 게 얼마만인지 모르겠구마잉."

그것도 이렇게 남들 다 휴가를 올 때 함께 쉬는 건 형사가 된 이후 처음이라고 할 수 있었다.

"이렇게 쉬자고 그 고생을 한 거죠."

어디선가 공수해 온 비치체어에 누운 종혁은 사람들로 북적이는 해변과 좁은 천막 입구로 불어오는 바닷바람에 잔잔히 웃었고, 그건 김판호도 마찬가지였다.

그는 선글라스를 추켜세우며 바다를 응시했다.

아무런 걱정과 시름없이 웃고 떠드는 사람들 사이에서 마시는 한 잔의 술. 이게 휴가고, 힐링이었다.

"좋구만, 좋아."

"거기서 더 좋아하시면 사모님한테 이를 겁니다."

움찔!

김판호는 슬그머니 고개를 돌렸고, 키득 웃던 종혁은 아차 하며 얼굴이 벌겋게 달아오른 오택수를 봤다.

"아, 휴가 마치고 복귀하면 경찰대에서 생도 한 명과 타국에서 경찰대로 연수 온 초임 경찰 2명이 붙을 거예요."

"어? 벌써 그 시즌이야?"

경찰대 생도들이 현장 실습을 나오는 기간.

원래 4학년 현장 실습은 지방경찰서에서 진행되는데, 상위권 성적자들 중 지원자에 한해 지방청이나 본청에서 더 양질의 경험을 할 수 있도록 교칙이 바뀌게 되었다.

모두 종혁이 경찰대 4학년 시절 본청 프로파일링수사과에서 실습을 하며 여러 사건을 해결한 덕분이다.

이번에 특별수사팀에서 현장 실습을 할 경찰대 생도는 강철선의 아들, 회귀 전 지능범죄수사대 팀원이자 후배였던 강현석이었다.

"오, 안 그래도 손이 부족했는데 잘됐네."

고개를 주억이던 오택수는 돌연 미간을 좁히며 종혁을 봤다.

"야, 그런데 정말 어떡할 거야?"

"뭐가요?"

"팀원 말이야, 팀원."

이번 새진리 아브라함의 지주 사건으로 인해 팀원의 부재를 여실히 느낀 오택수.

"재수가 조우선 씨에게 묶여 버리니까 할 수 있는 일이 확 줄어 버렸잖아."

대기발령 상태였던 윤세라의 지원이 아니었다면 다른 팀에 아쉬운 소리를 했을지 모른다. 실제로 서울청 SWAT팀에 도움을 요청하면서 애써 만들어 놓은 빚을 까 버리지 않았던가.

"으음."

종혁은 동감이라는 듯 고개를 끄덕였다.

그도 이번 일 때문에 팀원의 부재를 여실히 깨닫고 있는 중이었다. 많이는 아니라도 최소한 한 명 정도는 더 있어 줬으면 했다.

'하. 현석이가 얼른 올라와 줬으면 이런 걱정도 안 할 텐데…….'

그러나 강현석이 졸업을 한다고 해도 병역 문제가 남아 있다.

"인사이동이야 끝나긴 했지만, 아직 정정 기간이 남아 있잖아?"

그리고 종혁이 원하면 상부는 특별 인사이동이든 뭐든 언제든 팀원을 충원해 줄 거다.

"한번 생각해 봐. 이러다간 애써 해결한 사건도 넘겨줘 야 할 수 있다."

"알았어요. 이 문제는 저도 진지하게 고민해 볼게요."

종혁은 한숨을 뱉으며 맥주를 홀짝였다.

분명 모든 걸 다 잊고 쉬러 왔는데 시름이 생기고 있었다.

그러나 종혁은 몰랐다. 아직 그를 심란하게 만들 문제
가 한 가지 더 남아 있다는 걸 말이다.

그리고 그날 밤.

"예?"

종혁은 정용진이 꺼낸 말에 미간을 좁혔다.

4장. 힘들다

힘들다

늦은 오후가 되어 가면서 사람들이 한 명, 두 명 사라지기 시작한 백사장.

그제야 바다에 살짝 몸을 담근 종혁은 하늘을 보며 입을 열었다.

"왜? 뭔데?"

움찔!

백사장에 앉아 멍하니 바다를 바라보다 몸이 크게 흔들린 최재수는 잠시 갈등을 하다가 몸을 일으켜 종혁의 옆에 앉았다.

찰싹 넘실거리는 파도가 엉덩이를 적신다.

종혁은 멍하니 수평선을 응시하는 그를 보며 혀를 찼다. 새진리 아브라함의 지주 사건 이후 가끔씩 낯빛이 어두워지며 먼 산을 보던 최재수.

'얘도 슬슬 이 시기가 올 때가 되긴 했구나.'

"아브라함 애들 때문이야?"

"……그냥요."

최재수는 색이 점점 어두워지는 바다를 보며 입술을 달 싹였다.

"그냥…… 이게 맞는 건가 싶고…….."

종혁은 그의 말에 공감을 한다는 듯 고개를 끄덕였다.

자신도 최재수와 같은 생각을, 시기를 겪은 적 있기에.

사람에 대해 환멸을 느끼는 시기.

저런 놈들을 잡아 봤자 때려죽일 수도 없고, 아무리 잡 아 봤자 바뀌지 않는 세상에 경찰이란 직업에 회의감이 드는 시기.

이전까지야 거의 대부분 종혁이 막장까지 치닫기 전에 사건을 해결했지만, 북한에서의 사건과 이번 사건이 큰 타격이 됐을 거다.

그리고 그동안 받은 이런저런 스트레스가 그의 정신을 한계까지 밀어붙였을 터였다.

"어쩌겠냐. 세상이 변하지 않더라도 잡아야지. 그게 우 리 일인데…….."

더럽고 좆같아도 피해자를 위해 범인을 잡아야 하는 것, 그게 경찰이다.

"재수야, 설화학교 애들 기억하냐?"

"잊을 리가 없잖아요. 고작해야 작년 일인데…….."

"그럼 됐다."

"예?"

"잘하고 있다고."

작년의 일이라도 기억을 한다면 잘하고 있는 거다.

"구원받은 피해자들의 얼굴을 기억한다면 넌 이게 천직이야."

"……그럴까요?"

"당장 며칠 전 사건의 피해자도 기억하지 못하는 놈들이 수두룩한데 너 정도면 천직이지."

"그, 그런 경찰도 있어요?"

"있어."

스스로를 경찰이 아니라 공무원으로 여기는 부류. 선을 크게 넘지 않으면 결코 잘릴 일이 없기에 월급만 받으면 그만이다 생각하는 부류.

"경찰에 그런 놈들만 있으면 어떻게 되겠냐?"

"……개판이 되겠죠."

"그러니 너 같은 놈이 필요한 거야."

사람에게 환멸을 느낄 만큼 열정적인 경찰.

"피해자의 아픔에 공감해 줄 수 있는 경찰이……."

그런 의미에서 최재수는 정말 잘해 주고 있었다.

종혁은 최재수의 가슴을 툭 쳤다.

"그러니 이 가슴에서 타오르는 사명감은 꺼트리지 마라. 그럼 다신 안 볼 테니까."

"아씨, 그게 뭐예요. 너무하네! 그래도 우리가 함께한 세월이 얼만데!"

"난 경찰인데 경찰 아닌 놈은 사람 취급 안 한다."

"압니다, 알아요! 아니, 피해자에겐 그렇게 다정한 사람이 어떻게 팀원에겐 이렇게 냉정하지?"

"그럼 남자 새끼한테 뽀뽀라도 해 줄까?"

"그건 저도 됐습니다!"

종혁은 목소리에 힘이 돌아온 최재수를 보며 피식 웃었고, 최재수도 한결 가벼워진 웃음을 터트렸다.

"어우 씨. 똥꼬 춥다. 가자."

"푸흐흐. 옙!"

"꺄하하하하."

"하하하하하!"

뭐가 그리 좋은지 새까맣게 탄 얼굴로 바다를 뛰어다니는 사람들. 종혁은 같은 장면을 보는 최재수의 어깨에 팔을 둘렀다.

"우리 저 웃음들 지키자."

"……옙!"

종혁과 최재수는 웃음을 터트리며 리조트로 향했다.

'흠. 그런데 저 사람들 구성이……. 에이, 이놈의 직업병.'

고개를 저은 종혁은 발을 성큼 내디뎠다.

"으하하하핫!"

"푸하하하핫!"

서울에서 출발했을 때부터 술을 마시기 시작했음에도

여전히 술을 배 속에 털어 넣으며 즐거워하는 경찰들.

그래도 저녁 9시가 넘어가니 일부 술고래들을 제외하곤 대부분 혼절한 상태다.

물론 종혁은 술고래 멤버 사이에 껴 있었다.

"어? 뭐여. 오 경감은?"

김판호가 방금까지 곁에 있었던 오택수를 찾았다.

"의무방어전이요."

달그락!

순간 젓가락이나 안주들을 떨어트리는 유부남들.

김판호의 낯빛도 하얗게 질린다.

"여그까지 와서?"

"2팀장님은 가족이랑 마지막으로 여행 가셨을 때가 언제예요?"

······꿀꺽.

"그런 거죠."

철썩이는 파도 소리와 몸을 달아오르게 만든 술.

여기까지 왔으니 그런 거였다.

"자, 잠깐. 그러면 부부나 커플들 방을 따로 잡은 것도? 애들이나 부모님을 남녀로 따로 나눈 것도?"

종혁은 대답 대신 엄지를 치켜세웠다.

"최 팀장, 이 나쁜 놈아!"

"와 씨! 이러는 거 아니다, 최 팀장님!"

"반말이야, 존댓말이야?"

"반말해 줄까! ······요?"

"그럼 사모님들께 전화 드리고요."

유부남들은 머리를 잡으며 소리 없는 절규를 했다.

"하, 쓰벌. 오늘은 여기까지구마잉. 다들 내일 살아서 보드라고."

아내가 방에서 기다리고 있다는 걸 깨닫게 됐는데 여기 서 더 엉덩이를 비빈다? 오늘 밤 혹은 내일 살인사건이 발생할 수 있다. 물론 피해자는 그들 본인이다.

떼어지지 않는 걸음을 억지로 옮기는 그들을 향해 손을 흔들어 준 종혁은 남아 있는 정용진 과장을 보며 고개를 모로 기울였다.

"과장님은 안 가세요?"

"가족끼린 그런 거 하면 안 됩니다, 라고 말하고 싶지 만…… 겉으로만 부부라서요. 이혼조정기간입니다."

"엑?"

"자식도 없으니 더 늦기 전에 서로 갈 길 가야죠."

"그래서 덕자를……."

정용진 옆에 배를 깔고 누워 잠들어 있는 덕자.

입맛을 다신 종혁은 몸을 일으켰다.

남의 가정사에 감 내놔라, 배 내놔라 하는 건 오지랖이 아니라 눈치가 없는 거였다.

"일단 대충이라도 치우고 마시죠?"

"그럴까요?"

그렇게 말했지만 서로 성격들이 깔끔하다 보니 아예 싹 다 깨끗하게 치운 그들은 거실의 통유리를 열어 미지근한 바닷바람을 맞으며 담배를 물었다.

"후우…… 최 팀장이 지금 몇 살이죠?"

"스물여섯입니다."

내년, 2007년이면 스물일곱. 이제 몇 개월 남지 않았
다.

"확실히 어리긴 하네요."

"……?"

"지방청이나 서에 가면 고생 좀 하겠어요."

"네?"

종혁은 미간을 좁혔다.

"잠깐. 저 내년에 인사이동 됩니까?"

"늦어도 3년 안에는 그렇게 되겠죠. 최 팀장 계급이 경
정이니까."

"아, 지방 순회……."

정용진은 고개를 끄덕였다.

관리자급에 해당하는 경정이나 총경은 지속적으로 지
방 순회를 하며 다양한 경험을 하여 역량을 길러 진급을
위한 준비를 하는 것이 일반적이다.

종혁은 사실상 총경으로의 진급은 확정된 셈이나 다름
없었으나, 그다음 계급인 경무관 진급을 위해서라도 지
방 순회는 필수였다.

"내년에 타 과로 인사 발령이 날 테니 숙지하고 계세
요."

"예? 확정된 겁니까?"

"워낙 잘해 주셨어야죠. 저도 마음 같아선 계속 최 팀장을 휘하로 두고 싶지만, 다른 분들의 등쌀이 너무 세네요."

"끄응…….."

너무 잘나니 이런 문제가 있는 것 같았다.

어차피 팀원을 직접 보고 뽑기 위해 순회를 염두에 두고 있긴 했지만, 이렇게 일이 정해지니 종혁의 머릿속이 심란해지기 시작했다.

"전반기입니까, 하반기입니까?"

"아직 정해지지 않았지만, 아마 하반기가 될 확률이 높습니다."

"그때쯤이면 새 청장님이 취임하시니까요?"

"정답."

"흠…….."

'아, 본청을 벗어날 순 없는데.'

그 조직 때문이다.

놈들을 잡기 위해선 한계가 있어선 안 되는 수사 영역.

"다른 지방 광수대를 알아봐야 하나…….."

종혁의 중얼거림에 정용진은 눈을 빛냈다.

"계속 수사과에 있겠단 소리군요."

"예, 뭐. 제겐 그게 맞으니까요."

경찰엔 아직 바꾸고 싶은 부분이 많지만, 그건 최소한 경무관쯤은 되어야 시도가 가능한 일이다.

"그럼 외사국은 어떻습니까?"

"외사국이요?"

"한번 생각해 보세요."

종혁의 어깨를 두드린 정용진은 맥주캔을 들고 일어섰고, 종혁은 방을 빠져나가는 그를 응시하다 다시 창밖을 바라봤다.

'외사국이라······.'

무슨 의도로 저런 말을 한 것인지 깨닫게 되어 생각이 깊어진다.

러시아와 미국뿐만 아니라 세계 각국에서 종혁이 오기만을 바라는 상황.

당연히 수사 협조나 공조가 지금보다 쉬워질 거다.

꿀꺽! 꿀꺽!

"아······ 힘들다, 힘들어."

정말 골치가 아팠다.

맥주캔을 모두 비운 종혁도 벌렁 드러누웠다.

차가운 에어컨 바람과 만나 미지근해진 공기가 그를 잠의 세상으로 안내했다.

* * *

띠리리리링!

우글우글.

"와아!"

"우와!"

쉼 없이 돌아가는 슬롯머신과 카드게임을 하는 사람들. 한쪽에선 룰렛이 돌아간다.

마치 영화 속 카지노의 모습을 빼다 박은 풍경에 일행들의 눈이 동그랗게 떠진다.

그건 경찰들도 마찬가지다.

"카지노는 외국인만 출입하는 줄 알았는데……."

누군가의 중얼거림에 사람들은 고개를 끄덕였고, 김판호는 혀를 내둘렀다.

"아따, 온다온다 해 놓고 이제야 데려와 보는구마잉."

"그러게요. 진작 한번 데려올 걸 그랬어요."

최재수를 비롯한 특별수사팀의 경찰들은 김판호와 종혁의 대화를 듣곤 고개를 모로 기울였다.

"아, 원래 형사들은 늦어도 3년 안에 여기에 들러야 되거든."

일종의 통과의례다.

"통과 의례요? 신고식처럼? ……도박을 하는 게?"

애초부터 경찰과 어울리지 않는 단어인 도박.

경찰들의 의문이 더 깊어진다.

"별로 유쾌한 의미는 아니야."

밑바닥까지 가라앉은 인간을 보려면 정선에 가라.

"도박 중독이 인간을 어디까지 망가트릴 수 있는지를 보고 반면교사로 삼으라는 거니까."

그래서 선배 형사들이 견학을 시켜 주는 거다.

"아……."

짝!

표정들이 대번에 가라앉자 박수를 쳐서 이목을 모은 종혁은 입을 열었다.

"그래도 적당히 놀면 이것도 꽤 재미난 오락거리니까 오늘은 그런 우울한 거 생각하지 말고 즐기도록 합시다! 아시겠나요!"

"네-!"

"누가 뭐 게임의 필승법을 알려 주겠다, 집에 갈 차비나 밥 먹을 돈이 없어서 그러니 돈 좀 빌려 달라 그래도 돈은 절대 주면 안 됩니다!"

"넵!"

"그럼 호텔에 남아 있는 우리 미성년자들이 눈에 밟히더라도 빡세게 놀고, 오후 5시에 여기서 모이도록 합시다! 해산!"

"해산-!"

종혁은 우르르 흩어지는 사람들을 지켜보다 슬롯머신으로 향했다.

"이봐, 학생. 내가……."

종혁은 어떤 머신을 골라야 할까 고민하던 차에 다가온 웬 남성에 씩 웃었다.

"왜? 깽값 벌려고?"

뿌드득!

"하, 하하. 그, 그럼……."

남성이 부리나케 도망치자 종혁은 마음에 드는 자리에

앉았다.

그리고 그런 그의 옆으로 똥한 얼굴의 최재수가 앉았
다.

"응? 뭐야? 할머님은?"

"다른 할머님들과 의기투합하셨어요. 씨이, 난 손자인
데. 그것도 집을 산 손자인데…….'

"저런."

결국 상여금까지 더해서 살던 집을 매매한 최재수.

집들이 때 내 손주, 자랑스런 우리 재수 하며 연신 얼
굴을 쓰다듬던 할머니가 떠오르기에 안쓰럽다.

하지만 거기까지다.

"그러게 평소에 잘했어야지."

"내가 못한…… 에이씨."

최재수는 툴툴거리며 슬롯머신에 지폐를 집어넣었고,
피식 웃은 종혁도 지폐를 집어넣었다.

그리고 잠시 후.

"에이씨!"

"에이씨!"

종혁과 최재수 둘의 입에서 동시에 된소리가 나온다.

"아 씨, 이거 기계 조작하는 거 아니야? 어떻게 한 번
을 안 맞아?!"

"내 돈 내놔라, 이 나쁜 기계야!"

쭉쭉 빨아 먹기만 하지 뱉어 내질 않는 나쁜 기계.

고작 한 시간도 안 되어 10만 원이 넘게 빨려 버린 것

에 뒷목을 잡던 최재수는 자신의 몇 배를 잃고 씩씩거리는 종혁을 보며 묘한 표정을 지었다.

"팀장님 진짜 도박 못하네요."

이전 투견도박 사건 때도 느꼈지만, 정말 운이 나쁘다. 다른 운은 다 좋으면서 희한하게 도박운만.

발끈!

"야, 그땐 일부러 잃어 준 것뿐이라고 몇 번 말했냐!"

그땐 운 없는 호구로 보여야 해서 알고도 잃어 줬었다.

몸을 단련한 게 얼마고, 본 심리학 서적이 몇 권이고, 검거한 범죄자가 몇 명인데 투견들의 상태를 모를까.

"네, 네. 그렇다고 칠게요."

빠직!

이마에 힘줄이 솟은 종혁은 몸을 일으켰다.

"야, 카드 테이블로 따라와. 내가 진짜 도박이 뭔지 보여 줄⋯⋯."

띠리리리링!

"꺄아악!"

"와아!"

터지는 환호성에 고개를 돌린 최재수는 서로 얼싸안고 방방 뛰는 사람들을 부럽다는 듯 응시했다.

그건 종혁도 마찬가지였다.

하지만⋯⋯.

'또 보네, 저 사람들.'

어제 해변에서도 만났던 사람들.

"흐응."

"왜 그러세요?"

"아니다. 아무튼 따라와! 내가 카드 카운팅이 뭔지 보여 줄 테니까!"

"네, 네."

카드 카운팅이 뭔지 모르지만, 그래 봤자 어차피 잃을 거라며 생각한 최재수는 별 기대 없이 종혁의 뒤를 따랐다.

* * *

"후아!"

"와! 잘 놀았다!"

강원도 정선의 한 작은 모텔.

한 방에 모여 앉은 네 명의 남녀가 새까맣게 탔으면서도 또 술 때문에 빨갛게 달아오른 서로의 얼굴을 보며 키득거린다.

그들의 머릿속에 지난 일주일간의 추억이 스쳐 지나간다.

오션월드와 동해에서 신나게 놀고, 신나게 먹었다.

평소엔 꿈도 못 꾸는 회부터 조개, 대개, 소고기, 호텔 뷔페까지.

그리고 대망의 오늘. 피날레인 정선카지노에서 잭팟까지 터졌다.

정말 후회 없는 일주일이었다.

"이제 다들 후회는 없는 거죠?"

"네. 김 씨는요?"

"저도요. 박 씨는요?"

"저도요!"

어찌 후회 따위가 있을까. 인생 최고로 행복했던 일주일이었다.

이번 여행을 통해 서로 연인이 된 네 사람은 서로의 손을. 삼십대 남성이 이십대 초반, 아니 그보다 어려 보이는 여성의 손을 꼭 잡고, 사십대 여성이 이십대 남성의 손을 잡았다.

"그럼 시작할까요?"

잠시 서로의 온기를 느끼던 그들은 이내 고개를 끄덕였고, 삼십대 남성이 핸드폰을 꺼냈다.

"네, 카페장님. 저흰 준비됐습니다."

-모두 후회 없이 즐기셨나요?

한 손에 박스 테이프와 수면제를 든 그들은 힘차게 대답했다.

"예!"

* * *

촛불만 켜진 어둡고 고요한 방.

촛불 앞에 둘러앉은 네 명의 남녀.

–정말 이제 후회가 없습니까? 지금이라도 늦지 않았습니다.

"……예, 없습니다."

"없어요."

잠시 흔들렸던 그들의 눈이 단단하게 굳는다.

–그럼 서로의 술잔에 술을 따라 주세요.

그들은 의아했지만 일단 카페장의 말을 따랐다.

의뢰를 하면서 카페장이 덧붙인 조건.

무조건 명령을 따라라.

그들은 생애 마지막 술, 남은 돈을 탈탈 털어 산 소주를 서로의 잔에 따랐다.

–건배.

타다닥!

종이컵이 부딪친다.

"크."

"크으."

반사적으로 인상을 찌푸리지만, 그들이 느낀 마지막 술은 마치 맹물처럼 아무런 맛이 느껴지지 않았다.

–문과 창문을 막아 주세요.

몸을 일으킨 그들은 공기가 드나들 만한 틈을 모두 박스테이프로 막았다.

지이익! 탁탁! 지이익!

미약하게나마 살 수 있었던 구멍을 스스로 막아 버리는 그들.

무서우면서도 후련하고 왜인지 섭섭한 감정이 가슴을 울렁이게 한다.

　-마지막으로 묻겠습니다. 정말 후회가 없습니까?

　그들은 서로를 봤다.

　그러자 너무도 자연스럽게 방금 전처럼 서로의 손을 잡았다.

　어떤 결의가 그들의 눈에 차오르기 시작했다.

　"예. 없습니다."

　-……그럼 수면제를 복용하고 번개탄을 피워 주세요.

　지이익 가방을 열어 다섯 개의 번개탄과 그 번개탄이 장판을 녹이지 않도록 따로 산 쇠그릇을 꺼냈다.

　찰칵! 푸하아아악!

　토치 불에 타들어 가는 번개탄.

　연기가 피어오른다. 곧 자신들의 목숨을 앗아 갈 연기가.

　그들은 수면제를 꾸역꾸역 복용했다.

　"수면제 먹었습니다."

　-잘하셨습니다. 그러면 우리 먼 곳으로 떠나기 전 자신이 왜 죽으려는 지 알아보죠. 약효가 돌 때까지 시간이 남았으니까. 김 씨부터 시작하실까요?

　움찔!

　몸을 움츠렸던 사십대 여성의 입술이 당황으로 달싹인다. 그러다 이내 체념하며 입을 연다.

　가는 마당인데 가슴에 품은 한이 대수일까.

"난 남편을 죽인 쌍년이에요."

모두가 놀라 김 씨를 본다.

개미 한 마리 제대로 죽일 수 없을 것처럼 청초한 외모에 여리 여리한 몸매에, 선글라스와 옷이 죄다 명품인 그녀.

무엇이 힘들어서 이곳까지 온 것일까 의문이었는데 너무도 엄청난 일이었다.

그녀는 마지막 남은 담배에 불을 붙이곤 천장을 아련히 올려다보았다.

"80년대. 공순이였죠. 오빠들 학비를 벌기 위한 공순이. 맨날 술 마시고 소리 지르고 폭력을 휘두르는 개새끼, 그렇게 얻어맞으면서도 찍소리 한 번 못 내고 아들만 위하던 불쌍한 엄마년. 드라마의 흔한 단골 소재 같은 삶이었어요."

그러다 운명처럼 한 남자를 만났다.

가난한 의대생이었던 남편.

가진 거 쥐뿔도 없었지만 서로 사랑했고, 결국 결혼을 하게 됐다.

하지만 일생이 박복하던 년에겐 그 행복마저 사치였을까. 남편이 레지던트를 벗어나 정식 의사가 됐을 때 친구를 따라 도박장에 가게 됐다.

그리고 돈을 땄다. 당시 서울 외곽의 아파트가 6천만 원 정도였는데, 2천만 원이나 땄으니 엄청 딴 것이었다.

대가리에 든 거 없는 년이 그걸 또 남편에게 자랑했더랬다.

〈328〉 회귀 경찰의 리셋 라이프 15

당연히 남편은 그녀를 다그쳤지만, 이미 돈의 유혹에 빠진 그녀에겐 들리지 않았다.

그러다 어느 날 자신이 백만 원 뭉치를 턱턱 테이블에 올리는 걸 보곤 기겁을 하며 도박을 끊게 됐다.

그런데…….

"남편이 도박에 빠졌더라고."

그녀가 처음 땄던 2천만 원이 문제였다.

그녀를 지독하게 다그쳤던 남편이 그 돈에 호기심을 느껴 도박장에 갔고, 집과 차 모두 잃어버린 것도 모자라 거액의 빚을 졌다.

그리고 자살을 했다. 그게 벌써 4년 전 이야기다.

폐인처럼 살았다. 그러다 겨우 살아가려고 마음먹었는데…….

"날 도박에 빠트렸던 그 친구가 와서 그러더라고요. 일부러 그런 거라고. 날 도박장에 데려간 게 일부러 그런 거였다고."

"……네?"

"미친!"

"부러워서였대요. 같은 공순이였는데 나만 혼자 잘사는 게 부러워서……. 개 같은 년."

그녀를 도박장에 끌어들이고, 그걸 따지러 간 남편마저 도박에 빠지게 한 이유가 고작 질투 때문이었다.

당연히 신고를 했다.

하지만 친구는 고작 도박 알선 혐의만 받고 끝났다.

"그래서 이런 선택을 하기로 한 거예요."

자신이 남편을 죽음으로 몰아넣었던 사실이 미안해서, 견디기 힘들어서 더 이상 살아갈 수 없었다.

"씨발! 그런 새끼는 확 찔러 버려야죠!"

"그럼 뭐해요. 남편이 살아 돌아오는 것도 아닌데······."

"김 씨······."

"우리 남자 김 씨는요?"

지난 일주일 카페장의 명령에 연인처럼 지냈던 박 씨의 동정 어린 시선을 외면하며 삼십대 남자 김 씨를 바라봤다.

"전 빚이 한 5억쯤 돼요."

"그렇게나요? 왜요?"

"뭐, 꽃뱀에게 대차게 물렸죠. 내 애까지 가졌다고 해놓고······. 씨발년."

담담하기에 더 아프게 느껴진다.

"그 마지막 한 모금 제가 빨아도 돼요?"

"그럼요. 자요."

"감사합니다. 스으읍. 후우우. 그럼 박 씨는요?"

"전······ 음."

순간 눈앞이 아찔해진다.

그건 박 씨뿐만 아니라 다른 이들도 마찬가지다.

이제 슬슬 약효가 도는 거다.

"큼. 취업 문제 때문이에요. 그래도 나름 머리가 좋아 좋은 대학도 나오고, 공익이지만 군대도 다녀왔는데 서류 통과가 안 되더라고요."

124번. 서류 심사에서 탈락한 숫자다.

"울 아버지, 나 어렸을 때 엄마 잃고 나란 새끼 어떻게든 잘 키워 보겠다고 집도 사글세로 옮겼는데…… 그래서!"

박 씨는 환하게 웃었다.

"더 이상 아버지를 힘들게 하느니 세상에서 사라져 주는 게 낫겠다 싶더라고요! 다음! 우리 막내 최 씨! 우리 최 씨 몇 살? 이젠 말해 줄 거지?"

"푸흐."

힘이 빠진, 아니 이젠 의도하지 않아도 힘이 빠져 버린 몸에 웃음을 흘린 최 씨는 손가락과 발가락을 모두 폈다.

"스무살이에요. 뭐, 저도 여러분과 비슷해요."

어렸을 적 엄마가 교통사고 돌아가신 후, 그 충격으로 삶의 의지를 잃고 술만 마시던 아버지.

아직 어린 나이임에도 불구하고 그녀는 스스로 살아남아야만 했다.

정말 지독히도 가난하고, 힘들었다. 그런데 아버지가, 그것도 사십대인 아버지가 멀쩡하게 살아 있으니 어디서 도움도 받지 못했다.

그렇게 살던 어느 날, 일진들에게 강간을 당했다.

"뭣?!"

"내가 겁나 만만했대요."

그렇게 잔인하게 유린을 당했다. 그래서 학교를 관두고 서울로 도망을 쳤다.

"공부를 하자. 공부로 성공하자. 내가 살길은 공부뿐이다."

낮에는 검정고시 학원에서 공부를 하고, 밤에는 알바를 하며 결국 나름 좋은 치과대학에 붙었다.

"이제 성공 시작이다, 라고 생각했는데……. 그 개새끼들이 친구 미니홈피를 보고 찾아왔더…… 라고요."

순간 힘이 훅 빠지며 감기는 눈.

당황해 사람들을 보니 모두 어느새 눕다시피 하고 있다.

최 씨는 배시시 웃었다.

"다시 잘해 보재. 성공하고 싶었는데……."

털썩.

결국 누워 버린 최 씨는 천장을 보며 중얼거렸다.

그래서 이런 선택을 한 거다. 놈들에게 벗어날 수 없으니까. 이런 삶을 이어 가 봤자 의미 없으니까.

"아, 다 말하니까 후련하다! 카페장님! 다들 자는 것 같은데 나도 이만 잘게요! 빠빠이! 마지막까지 함께해 주셔서 고맙습니다!"

─……최은영 씨, 김수환 씨, 김미자 씨, 박오현 씨. 그동안 수고 많으셨습니다. 부디 그곳에선 행복하시고 다음 생엔 좋은 부모 밑에서 부자로 태어나시길……. 잘 자요.

"안녕히 주무십시오!"

"잘 놀다 간다! 좆같은 세상아!"

버둥거리며 마지막 힘을 낸 그들은 매캐한 탄내를 깊게 마시며 눈을 감았다. 그와 동시에 몽롱하게 풀리며 점점 저 밑바닥으로 가라앉는 의식.

'이제 가는구나.'

저 멀리서 빛이 비추는 것 같음에 그들은 미소를 지으며 손을 뻗었다.

* * *

아침이 되자 종혁과 형사들은 따로 호텔을 빠져나와 정선의 길을 걷기 시작했다.

"어제 재밌었지?"

"엄마가 다음에도 또 오자고 하더라."

솔직히 상상 이상이었던 카지노.

도박을 딱히 좋아하지 않는 이들조차도 어제의 경험은 평생 기억할 수 있을 만큼 인상 깊었다.

마치 원시인이 핸드폰을 접한 것 같았던 충격.

대부분 밤새 카드와 룰렛이 눈앞을 아른거려 혼이 날 정도였다.

소액이라도 딴 사람들은 더 그랬다. 그에 절로 '다음에 또 와 볼까?'라는 생각이 드니, 도박에 중독된 사람들의 심정이 이해되면서 경각심이 드는 그들이었다.

그래도 굉장히 재밌어서 다들 얼굴이 밝았다.

종혁만 빼고 말이다.

"푸흐흐."

종혁은 옆에서 얄밉게 웃는 최재수를 보며 진심으로 고민했다.

'이걸 확 패?'

"······쯧."

패자는 유구무언. 블랙잭에서 무려 50만 원이나 잃은 종혁은 이 놀림을 겸허히 받아들일 수밖에 없었다.

'하. 홀덤이나 포커였으면 내가 이런 꼴을 당하지 않았을 텐데.'

딜러가 아니라 플레이어들끼리 승부하는 게임들. 매의 눈이 얼굴 및 신체 변화를 모두 잡아낼 테니 분명 날아다닐 수 있었을 거다.

그러나 그걸 깨닫는 게 늦었다. 정신을 차렸을 땐 어느덧 돌아갈 시간이 되었다.

"내가 다신 카지노 오나 봐라."

"푸하하하핫!"

"에라이!"

종혁은 결국 팔을 휘둘렀고, 다급히 피한 최재수는 오택수의 뒤로 숨었다. 그걸 보며 부르르 떨던 종혁은 이내 몸을 돌렸고, 일행들은 숨죽여 웃었다.

"팀장님!"

"왜요?!"

"그런데 저희 어디 갑니까?"

어떤 형사의 질문에 종혁과 김판호의 낯빛이 살짝 굳는다.

"밑바닥까지 떨어진 놈들이 가는 곳."

어느덧 정선카지노 아래에 형성된 마을에 도착한 종혁과 김판호는 동시에 가장 먼저 보이는 건물을 향해 손을 뻗었다.

"명심하세요. 저긴 한 번 발을 들이는 순간 절대 벗어날 수 없는 늪입니다."

전당포.

한 번이라도 저 문을 열고 들어가는 순간 인생 막장이 예약되며, 가진 재산을 비롯해 부모, 형제를 다 팔아먹게 만드는 곳.

전당포들은 이렇게 항변할지 모른다.

자신들은 잘못이 없다고, 그저 돈이 필요한 사람들에게 돈을 빌려준 것뿐이라고.

개소리다.

저렇게 쉽게 돈을 빌려주는 곳이 있기에 도박 중독자가 양성되는 거다. 물론 그렇다고 도박 중독자를 옹호하고 싶은 마음은 털끝만큼도 없지만 말이다.

의지박약에 인생막장. 인간이 아닌 괴물. 그게 도박 중독자다.

"뭐, 뭐야. 전당포가 왜 이렇게 많아? 한 집 걸러 하나인 수준이잖아!"

"씨발?"

이제 저곳에서 도박 중독자들에 대해 배우게 될 거다.

그래야 후에 도박꾼들을 잡을 때 손속에 자비를 두지 않을 테니 말이다.

"어제 연락을 해 놨으니 들어가죠."

"정신 단단히 챙겨…… 응?"

삐용삐용!

빠르게 달려오는 경찰차를 피한 둘은 이내 낯빛을 굳혔다. 경찰차의 뒤로 구급차들과 과학수사대의 차가 달려오고 있었기 때문이다.

종혁을 비롯한 일행들은 반사적으로 서로를 바라봤다가 다급히 과학수사대 차량의 뒤를 쫓았다.

사건이었다.

마을 외곽의 한 모텔.

그 입구에 폴리스라인이 쳐지고 흰 천에 덮인 시체들이 옮겨진다. 그런 그들을 망연자실 쳐다보는 모텔 주인과 구경 나온 사람들.

"더 들어오지 마세요."

경찰이 사람들을 뒤로 밀치고, 때마침 도착한 종혁이 그들에게 다가간다.

"멈추세요. 더 이상…… 헉! 추, 충성!"

"후욱! 훅! 무슨 사건입니까?"

"자살 사건으로 추정됩니다."

"자살?"

"뭐…… 이곳 정선에선 일상이죠."

자살이 일상이란 말에 낯빛이 딱딱하게 굳은 종혁과 김판호는 당연하다는 듯 통제선 안쪽으로 들어가 구급차로 다가갔다.

"사망 추정 시각이 언제입니까?"

"대략 어젯밤 10시쯤이고, 사인은 일산화탄소 중독으로 추정됩니다. 번개탄을 피웠거든요."

그렇게 말하는 구급대원이 혀를 차는 모습은 꽤 이질적이었다. 마치 이런 상황을 수없이 봐 온 사람처럼 덤덤했기 때문이다.

'정선이 지랄이긴 지랄이라더니…….'

강원도 정선. 도박에 빠져 가산을 모두 탕진하고 빚을 감당할 수 없어 끝내 해선 안 될 선택을 하는 이들이 많다는 소리는 들었지만 이 정도일 거라곤 생각 못한 종혁은 혀를 찰 수밖에 없었다.

"시신 상태 좀 확인하겠습니다."

"아, 예."

순순히 비켜서는 구급대원을 향해 고맙다고 고개를 끄덕여 준 종혁은 흰 천을 걷었다가 그대로 굳어 버렸다.

"어?"

마치 평온하게 잠을 자다 먼 곳으로 떠난 듯 미소마저 짓고 있는 여성.

"뭐여? 왜 그려, 최 팀장?"

김판호의 말을 무시한 종혁은 다급히 옆 구급차에 실리는 다른 시신을 확인했다.

"지랄!"

종혁은 다급히 모텔 안으로 뛰어 들어갔고, 그건 뒤 이어 시신을 확인한 최재수도 마찬가지였다.

"뭐여! 다들 왜 그려! 뭔디─! 씨발, 우리도 올라가!"

뒤에서 김판호가 무슨 말을 하든 들리지 않는 종혁은 날다시피 계단을 올라가 사건 현장 안으로 들어갔다.

아니 들어가려고 했다.

"잠깐! 당신들 뭐야!"

혼이 반쯤 나간 종혁을 막아 세우는 형사.

종혁은 그제야 아차 하며 경찰공무원증을 보여 줬다.

"본청 특별수사팀 최종혁 경정입니다."

그 순간 종혁의 콧속으로 밀려 들어오는 매캐한 냄새. 그리고 형사의 어깨 너머로 보이는 사건 현장, 밀봉이 되듯 테이프가 붙여진 창문.

"이, 이거 정말……."

타다닥 뒤이어 달려온 최재수가 형사를 붙들며 간절히 외친다.

"자살 아니죠?! 아닌 거 맞죠?!"

자살이면 안 된다.

그러면 안 된다.

절규하듯 외치는 최재수의 모습과 다시 혼이 나가려는 종혁의 모습에 형사의 표정도 딱딱하게 굳었다.

"이거 서로 할 이야기가 많을 것 같습니다."

* * *

"……그렇게 된 거였군요."

"예."

종혁의 설명을 들은 사람들이 눈을 질끈 감는다.

종혁도 울컥 솟는 슬픔에 눈시울이 뜨거워진다.

저 웃음을 지키자고 말했는데 지키질 못했다.

'이건 너무하잖아. 지킬 시간은 줬어야지⋯⋯.'

지랄이었다.

"허, 그런 우연이⋯⋯. 으음. 거 본청 팀장님은 모르시겠지만, 아마도 그건⋯⋯."

"먼 곳으로 떠나기 전 미련을 털어 버리기 위한 의식 같은 행동이었겠죠."

자살을 마음먹은 사람들의 주변 정리.

미리 알아차렸으면 저들의 선택이 달라졌을까. 망치로 두드리듯 가슴이 아프다.

"마지막 가는 길은 어땠습니까. 어떤 모습이었습니까?"

"서로의 손을⋯⋯."

형사는 담배를 물었다.

"꽉 잡고 있더군요. 떼어 내는 데 애를 좀 먹었습니다."

"⋯⋯정말 지랄이네요. 씨발."

동감이라는 듯 고개를 끄덕인 형사는 종혁의 어깨를 두드렸다.

"일단은 서로 연관성이 없어 보이는 것 같기는 한데 자세한 건 조사가 되는 대로 연락드리겠습니다."

가족이나 지인, 혹은 서로 아는 사이로 치기엔 구성이 좀 이상하다. 이십대부터 사십대. 연령대부터 공통점이 없다.

"감사합니다. 부탁드리겠습니다."

"뭘요. 형사 마음을 형사가 모르는 것도 아니고. 힘내요."

종혁은 감사하다며 고개를 숙였고, 다시 어깨를 두드린 형사는 현장을 떠났다.

쓸쓸히 웃은 종혁은 감식이 모두 끝난 현장 안으로 들어갔다. 그곳엔 번개탄을 피운 흔적 앞에 무너져 오열을 하는 최재수가 있었다.

"가자, 재수야."

"아니, 왜! 왜-! 아무리 힘들어도 살려면 얼마든지 살 수 있는데, 왜-! 내가 지켜 주려고 했는데-!"

종혁이 하고 싶은 말이 그것이다.

하지만 그건 남겨진 자의 생각일 뿐.

삶이 얼마나 괴롭고 힘들었는지는 자살한 사람들만 알 것이다.

"하, 씨발. 진짜 힘드네."

이번만큼은 종혁도 피곤했다.

* * *

환한 모니터 불빛만이 어둠을 물리는 방.

달칵 마우스를 클릭하는 소리가 나며 모니터가 하나의 기사를 띄운다.

강원도 정선, 한 모텔에서 집단 자살.

"……정말 죽었네."
감정을 알 수 없는 나지막한 중얼거림.
목소리의 주인은 마우스 커서를 움직여 어떤 사이트에
접속했다.

함께 자살할 사람 구합니다.
자살을 하고 싶습니다.
자살을 같이해 줄 분 계시나요?

화면을 가득 채우는 게시글들.
"참 많구나. 너무 많아……."
키득 웃음소리가 방을 울렸다.

* * *

이후 여행은 별 탈 없이 진행됐다.
멘탈이 무너진 최재수를 제외한 다른 이들이 분위기를
띄우려고 평소보다 더 오버하며 날뛰었고, 그래서 가족
들도 별 의심 없이 휴가를 마음껏 즐길 수 있었다.
그리고 다시 출근을 하는 날.
종혁은 먼저 출근해 자리에 앉아 키보드를 두들기고 있
는 최재수의 등을 두드렸다.

"괜찮냐?"

"……예. 덕분에요. 아, 그보다 팀장님. 왕따 사건이랑 가보 절도 사건 있잖아요. 이렇게 해 보는 건 어떨까요?"

뭔가 집착이 느껴지는 듯한 최재수의 눈.

종혁은 안타까움을 느끼면서도, 이런 과정을 겪으며 형사로서 단단해지는 것이기에 이번만큼은 말없이 지켜보기로 마음먹었다.

그때였다.

"충성-!"

사무실을 쩌렁쩌렁하게 울리는 외침.

놀라 쳐다본 종혁은 눈을 빛냈다.

"경찰대학교 간부후보생도 강현석 외 두 명은 현 시간부로 본청 간편신고관리과 특별수사1팀에서 현장 실습을 명받았기에 이에 신고합니더! 충성!"

'왔구나, 현석아.'

임시지만 드디어 왔다.

참 길었던 기다림.

종혁의 입가에 환한 미소가 걸렸다.

* * *

"여기가 본청 프로파일링수사과. 전국에서 용의자를 유추하기 힘든 사건들은 다 여기로 온다고 보면 돼."

"오오."

강현석들이 모던한 분위기의 사무실과 왔다 갔다 하는 수십 명의 사람들을 보며 눈을 빛냈다.

원래는 소속 수사원이 단 한 명뿐인 시범적인 곳이었지만 경찰 예산 증대에 과의 예산도 늘어나고, 범죄학을 전공한 사람들이나 FBI 등에서 프로파일러로 일하던 사람들도 특채로 스카우트하면서 이제야 수사과다운 면모를 갖춘 프로파일링수사과.

종혁도 꽤 많은 기부를 했더랬다.

"최 팀장, 무슨 일이야? 드디어 우리 과 오게?"

프로파일링수사과의 대장 권순호 경감이, 원래는 경사였지만 프로파일링수사과의 규모가 커지자 상부에서 특진을 거듭시켜 경감이 된 그가 눈을 빛내자 종혁은 웃음을 터트렸다.

"아뇨. 여기 생도들 현장 실습 때문에 본청 견학시키고 있습니다."

"최 팀장이 직접?"

"제가 아는 애거든요."

"추, 충성! 경찰간부후보생도 강현석!"

"어어, 그래요. 최 팀장에게 잘 배우도록 해요. 내가 아는 형사들 중 최 팀장만큼 잘난 인간도 없으니까."

"예, 옛!"

"아, 최 팀장도 인사해. 저쪽이 이번에 우리 과로 현장 실습 온 간부후보생도들."

"충성—!"

순간 사무실을 쩌렁쩌렁 울린 두 생도의 눈이 초롱초롱 빛나고 있다.

그럴 수밖에 없다.

종혁은 생도 신분임에도 많은 사건들을 해결하고, 수사 기법을 개발한 경찰대학교의 전설이기 때문이다.

"어우 씨. 깜짝아. 그래요, 반가워요. 짧은 기간이지만 많은 걸 배워 갔으면 좋겠네요. 여기 대장님이 우리나라 에서 프로파일링으로는 이거거든."

"야, 최 팀장. 네가 그렇게 말하면 꼭 놀리는 것 같잖 아."

"에이, 또 왜 이러실까. 요새 안 풀리는 사건 있어요?"

"요새만 그렇겠냐. 만날 안 풀리지. 어후, 이 빌어먹을 놈의 사건들."

"에고. 욕보십시오."

"그래, 수고해. 아, 맞아. 최 팀장, 너 이번 경찰의 날 행사 때 어떻게 할 거야? 유도에 출전할 거야?"

"엥? 그걸 대장님이 왜 신경 써…… 또 내기하세요?"

"내기는 무슨! 고생하는 팀원들을 위해 과장들끼리 어?"

"에라이."

본청뿐만 아니라 지방청, 지방서의 과장 및 팀장들 중 마음 맞는 사람들끼리 3만 원씩 모아 유도와 사격 대회 의 우승자를 맞추는 회식비 내기.

판돈이 소소해 법을 위반하는 것도 아니거니와 친목도

모의 성향이 강해서 상부에서도 눈을 감아 주고 있다.

"몰라요. 갑니다."

"최 팀장! 야!"

손을 흔들며 프로파일링수사과를 나선 종혁은 복잡한 표정을 짓는 강현석을 보며 피식 웃었다.

"왜? 경찰이 내기를 한다는 게 이상해?"

"……역시 우리 행님."

"놔둬. 우리는 사람 아니냐라고 말하고 싶지만, 저걸 핑계로 정보 교류도 하는 거니까."

"정보 교류?"

범인을 찾기 힘들어 미제에 빠지려는 사건들, 혹은 미제 사건들.

다른 지방에 혹시라도 단서가 있나 이야기를 하며 정보를 교환하는 거다.

그리고…….

"그리고?"

"아니다."

아직 현석이 알 일이 아니다.

"아, 뭔데 그럽니꺼!"

"넌 몰라도 되는 이야기야, 인마."

보통 경찰서의 팀장급이면 경위 혹은 경감, 상부의 눈치를 잘 살펴야 하는 중간 간부다.

즉, 상부가 앞으로 적용하려는 일들을 미리 알아내고 대비를 하려는 거다. 그러면서 개선할 점에 대한 의견도 모으고 전달하는 등 여러 일을 하는 게 바로 경찰의 날 내기였다.

'흠. 나도 이제 슬슬 참가하긴 해야 하는데…….'

지이잉! 지이잉!

"아, 잠깐만? 어, 재수야. 왜? ……아, 그래?"

순간 종혁의 목소리가 착잡해진다.

"알았어. 그래, 지금 내려갈게."

전화를 끊은 종혁은 한숨을 푹 내쉬었다.

"행님, 무슨 일 있습니꺼?"

"……그래. 너희도 가는 게 좋겠네."

"예?"

3학년 현장 실습인 생활안전계에선 접할 수 없는 일.

"따라와. 지방에 갈 테니까."

종혁은 의아해하는 그들을 데리고 지방의 어느 장례식장으로 향했다.

"흐아아아! 은영아! 은영아아ㅡ! 어억!"

"아이고, 이 사람아!"

"놔요! 좀 놔아ㅡ! 어으으!"

사람들에게 붙잡혀 버둥거리며 오열하는 사십대 후반의 사내.

영정 사진을 향해 손을 뻗으며 발버둥 치는 그 처절한 절규에 최재수와 강현석, 타국에서 연수를 온 초임 경찰들의 낯빛이 굳는다.

"어으으! 으아아아!"

"삼촌 안으로 모셔! 얼른!"

"네, 네!"

"안 돼! 은영이 곁에 있어야 해! 이제라도 있어야 돼!"

난장판이 따로 없는 빈소 안으로 들어간 종혁은 스무 살 꽃다운 아가씨의 미소 가득한 영정 사진에 눈을 질끈 감으며 절을 올렸다.

"삼가 고인의 명복을 빕니다."

"……후우. 감사합니다. 그런데 저희 은영이와는 어떻게……."

"경찰입니다. 뭐라 드릴 말씀이 없습니다. 죄송합……."

짜악! 짝! 짜악!

"팀장님!"

"행님!"

손을 든 종혁은 상주 대신 자리를 지킨 여성과 그 옆에서 씩씩거리는 이들을 향해 허리를 깊이 숙였다.

오택수도 허리를 깊이 숙였다.

"죄송합니다."

"모두 저희의 잘못입니다."

"당신들이…… 당신들이 그 새끼들만 잡았어도-! 우리 은영이 살려 내. 살려 내라고, 이 새끼들아-!"

"죄송합니다. 정말 죄송합니다……."

"아이고. 그만해요, 누나. 경찰분들도 몰랐다잖아요."

"아아아아악!"

나가 보라고 손짓하는 장년인에게 다시 고개를 숙이며 빈소를 나선 종혁은 구석에서 자작을 하고 있는 정선경찰서 형사 앞에 앉았다.

"욕봤습니다."

그렇게 말하는 형사의 얼굴도 멍이 들어 있다.

"뭘요. 그보다 대체 어떻게 된 일입니까?"

부검을 했지만 자살로 판명되어 오늘 새벽 가족에게 인계된 그녀.

"아까 통화한 그대로입니다."

학창 시절 동급생들에게 강간을 당한 걸로 추정되는 최은영.

"핸드폰에 문자가 남아 있더라고요."

오랜만이야, 우리 걸X.

다시 학창 시절처럼 잘 놀아 보자.

읽기만 해도 토가 쏠리는 문자들.

보낸 이를 조사해 보니 최은영이 당시 재학했던 중학교의 교감 조카였다.

빠득!

"이, 이 개새끼들……!"

최재수의 눈에선 눈물이 터졌고, 종혁은 소주병을 입에 가져갔다. 오택수도 씁쓸히 웃으며 소주병을 땄다.

탕!

"푸후."

"그런데……."

정선경찰서 형사는 술을 들이켰다.

"최은영 씨 아버님이 이 사실을 모르고 계셨던 것 같습니다."

"……예?"

종혁이 도착하기 전 동료 형사에게 연락이 왔는데, 몇 년 전까지 최은영의 아버지가 경제 활동을 하지 않은 것 같다고 말해 왔다.

그래서 시기를 따져 보니 최은영의 어머니가 교통사고로 돌아가신 이후부터였다.

"그러다 최은영 씨가 서울로 상경한 이후부터 다시 경제 활동을 한 걸로 나오더군요."

"아니……."

종혁과 오택수는 눈을 질끈 감았다.

머릿속에서 그려지기 때문이다. 최은영의 아버지가 다시 경제 활동을 하게 된 이유가.

학창 시절 가출을 해 버린 딸.

아마 최은영의 아버지는 거기에 충격을 받고 다시 일을 하게 됐을 거다.

"명절이나 최은영 씨 생일에 최은영 씨의 아버지가 연락한 내역은 있는데, 최은영 씨가 전화를 받거나 먼저 연락한 기록은 없더라고요."

그럼에도 최은영의 아버지는 희망의 끈을 놓지 않았을

거다. 이렇게 사과하고 또 사과하다 보면 언젠가 다시 딸과 함께 있을 수 있을 거라고 생각했을 거다.

그런데 딸이 시신이 되어 돌아왔다.

종혁은 그제야 이제라도 있어야 된다는 그 절규를 이해할 수 있었다.

"씨발이네, 진짜."

종혁과 오택수는 남은 소주를 들이켰고, 벌떡 일어난 최재수도 소주를 가져와 들이켰다.

"다른 분들은 어떻습니까?"

"박오현 씨는 컴퓨터에 유서를 써 놓았더군요. 취업에 실패해서 미안하다고……."

김수환은 막대한 빚을 지고 있었고, 김미자는 시간이 모자라 조사를 하지 못한 상태다. 그런데 놀랍게도 김미자의 빈소가 바로 아래층에 마련되어 있었다.

"김미자 씨 부모님이 이곳 분이시더라고요."

순간 종혁의 머릿속에 올라오다가 본 장면이 떠올랐다.

"설마 그 조문객 없던 빈소가?"

불이 모두 켜졌음에도 조문객이 단 한 명도 없던 빈소.

"올라오는 길에 보셨나 보군요. 예. 거기에 안치되셨습니다. 어떡하시겠습니까?"

"……가야죠."

이대로 남아 발인까지 지켜보며 사죄를 하고 싶지만, 지금은 눈에 안 보여 주는 게 예의다. 놈들이나 경찰이나 똑같이 보일 테니 말이다.

일어선 그들은 적의 가득한 시선들을 묵묵히 감내하며 아래층으로 향했다.

"이렇게 와 주셔서 감사합니다."

"아, 아닙니다. 저희가 지켜 드리지 못해서 죄송합니다. 그런데 다른 가족분들은…….."

아무도 없는 빈소를 외로이 홀로 지키는 김미자의 어머니.

"……필요한 게 있으시면 언제든 말하세요. 그럼."

참 많은 걸 말해 주는 씁쓸한 미소.

삶이 많이 굴곡졌는지 움츠린 어깨와 굽은 등 때문에 더 서글피 느껴진다.

오택수는 김미자의 어머니가 빈소의 휴게실로 들어가자 머리를 벅벅 긁었다.

"여기도 복잡하네."

"씨발."

이번에도 벌떡 일어난 최재수는 소주를 왕창 가져왔고, 종혁은 다시 무너지려는 그의 모습에 어깨를 두드리며 술을 따라 줬다.

그렇게 얼마나 시간이 지났을까.

폭음을 하던 최재수는 결국 취해 버렸다.

"진짜 왜 이러는데……. 사람이 이러면 안 되잖아…….. 왜 내 일을 못하게 하는데! 왜! 왜에!"

우당탕!

버럭 소리를 치며 일어서다 취기를 이기지 못해 넘어진 최재수가 팔다리를 휘저으며 악을 지른다.

"……나와 봐. 내가 재울게."

"부탁드릴게요."

자리를 바꾼 오택수는 '그래, 이 새끼야. 그래.' 하며 최재수의 가슴에 쌓인 걸 모두 토해 낼 수 있도록 다독였고, 종혁은 장례식장에 도착할 때부터 우울해했던 강현석을 툭 치며 일어섰다.

그렇게 장례식장 건물을 나선 종혁은 현석에게 담배를 내밀었다.

"좆같지?"

"……씨발이네요, 행님."

사람이 너무 쉽게 죽는다.

종혁은 술기운 때문인지 결국 눈물을 터트리는 현석을 어깨동무하며 머리를 쓰다듬었다.

"맛보기가 좀 세다, 그치?"

신고식도 아닌 고작 맛보기.

"이, 이게 진짜 현장입니꺼? 행님은 언제나 이 꼴을 봐 가면서 범인을 잡는 겁니꺼?"

"겨우 일부분이지."

자살 사건은 수많은 사건 중 하나일 뿐이다.

그래서 더 좆같은 거다.

"씨발. 존겡합니데이."

종혁도 아버지 강철선도 모두 존경스럽다.

밖에서 이런 걸 겪고 다니는데 집에선 내색 한 번 안하는 게 너무 존경스럽다.

"씨발…… 이제 어떡할 겁니꺼?"

"어떡하긴. 여기서 시마이지."

"예? 와예!"

"다른 서 사건이니까."

종혁이 이번 일에 개입을 한다? 그건 정선경찰서, 같은 형사를 존중하지 않고 수사력을 의심한다는 뜻이다.

그건 결코 바람직하지 못하다.

"아니……."

종혁은 반박을 하려는 강현석의 모습에 씁쓸히 웃다가 장례식장의 건물을 빠져나오는 정선경찰서 형사에게 손을 흔들었다.

"여깁니다."

"아, 여기 계셨군요."

"어? 가시려고요?"

"예, 뭐. 박오현 씨와 김수환 씨 빈소도 들러야 하니까요."

그리고 내일 아침까지 서로 복귀하려면 시간이 모자랐다.

"아니, 사건을 더 조사하시지 않으시고……."

"어차피 이쪽으로 이관을 해야 되는데요, 뭘."

괜히 사견을 붙여서 수사에 선입견을 주는 것보다는 이쪽 경찰서에서 처음부터 편견 없이 수사를 하게끔 하는 게 옳았다.

"맞는 말이긴 한데……."

타살이 아닌 자살 사건이다.

전국에, 그것도 일개 경찰서에서도 이런 부류의 사건이 한 달에 몇 번, 몇 십 번씩 일어나니 사건을 인계받은 형사들이 제대로 조사해 줄지가 의문이다. 진행하는 사건들 중 맨 뒤로 미루지나 않으면 다행이었다.

그렇게 회의감을 표하는 종혁의 모습에 형사는 눈을 빛냈다.

"아니면 팀장님이 가져가시겠습니까? 듣기로 특별수사팀은 전국을 누빈다던데……."

놀라 그를 봤던 종혁은 이내 피식 웃었다.

'이래서 날 부른 거였구만?'

왜 군이 이곳까지 부르나 했다.

"나중에 밥이나 한 끼 사십시오."

순간 형사의 얼굴이 확 펴진다.

함께 슬퍼한 종혁이라면 더 심도 깊게 조사해 줄 터.

"하하. 언제든 연락만 하십시오! 내가 전국 제일 맛의 고장, 우리 강원도에 대해 제대로 알려 드릴 테니까! 그럼 그렇게 알고 내일까지 사건 정리해서 토스하겠습니다."

"옙. 전 내일 그 두 분 빈소에 들를 테니 저 기다리지 마시고 돌아가세요! 수고하셨습니다. 아, 맞아. 제가 먼저 알아야 할 거 있습니까?"

오늘 저녁 버스로 정선으로 돌아가 사건을 정리해 보낸

다면 빨라도 내일 오후다. 사건을 맡기로 한 이상 몇 시간이라도 빨리 수사에 착수해야 됐다.

"아차차. 제가 이걸 말하지 않았군요. 김수환 씨가 마지막으로 통화한 번호가 대포폰이었습니다."

"대포폰이요? ……생애 마지막 통화인데?"

"그렇더라고요. 그런데……."

순간 형사의 낯빛이 딱딱하게 굳는다.

"통화 종료 시간이 최은영 씨와 박오현 씨, 김미자 씨의 사망 추정 시각과 20분도 채 차이가 나지 않습니다."

수면제 과다 복용 및 일산화탄소 중독에 의한 질식이 사인인 그들. 수면제 복용량을 생각하면 거의 정신을 잃기 직전까지 통화를 했단 소리다.

거기다…….

"김수환 씨의 핸드폰이 네 명의 가운데에 있더군요. 마치 죽는 그 순간까지 모두가 함께 누군가와 통화를 했던 것처럼."

종혁의 낯빛도 딱딱하게 굳었다.

(회귀 경찰의 리셋 라이프 16권에서 계속)

임진왜란, 정유재란, 병자호란
한반도 역사상 제일 암울한 시대

"그래, 자네가 나 대신 이연을 죽이고 그 뒤처리를 좀 해 주게."
"아니, 대체 이연이 누군데요?"

용신에 의해 광해의 몸에 빙의되었다
그것도 도망치는 선조의 앞으로!

"기왕 이렇게 된 거 내가 조선의 왕이다!"

선조가 아닌 광해가 그려 나가는 임진왜란
휘둘리던 나약한 조선은 더 이상 없다
강한 왕에 의한 새로운 역사가 시작된다!

고스름도치 대체역사 장편소설